フェイス・ゼロ

山田正紀

日下三蔵 編

竹書房文庫

フェイス・ゼロ

C O N T E N T S

SIDE A 恐怖と幻想

SIDE B
科　学　と　冒　険

SIDE A

恐　怖　と　幻　想

溺《おぼ》れた金魚

1

金魚が金魚鉢で溺《おぼ》れて死んでしまう……そういうことはある。たしかにある。そういうことがあるのだ、という話は聞いたことがあるし、現に自分でも体験したことがある。だが、うかつにも、それが人の身にも起こりうることなのだということには気がつかなかったし、ましてや自分の身にふりかかってこようなどとは思いもしなかった。

気がついてみれば、もう自分も四十八という年齢で、その齢相応《としそうおう》に分別をつけるならまだしも、いつまでも若作りを要求される稼業についているのをいいことに、いや、たんに若作りを装うならともかく、気持ちまですっかりその気になって、ついうかうかと日々を過ごし、とうとう金魚が金魚鉢で溺れるはめにおちいってしまったのは、われながら滑稽《こっけい》とも無残とも何とも言いようがない。

金魚が金魚鉢で溺れる、と言えば、猿も木から落ちる、という言葉が反射的に返ってきそうだが、これは似て非なるもので、猿は木から落ちても尻を掻《か》いてブッシュに潜り込めばそれでいいのだが、金魚鉢で溺れた金魚はどこにも行き場がない。——死んでしまうしかないのだ。

たしかに、副調整室《サブコン》から見れば、大きなガラス窓を擁したスタジオは金魚鉢のように見える。スタジオが金魚鉢なら、スタジオのなかでしゃべっているパーソナリティは金魚ということになるだろう。

わたしは若いころから小器用なところがあり、大学を卒業してすぐに、あちこちの雑誌に思いつきのコラムを書きとばし、マイナーではあったがそれなりに人気を得て、ラジオの深夜番組のパーソナリティに抜擢《ばってき》され、いっぱし天下を取ったような気分に舞いあがったのだが、何ということだろう、あれからすでに二十年が過ぎているのだ。

「ハアイ、元気してますか。ぼくも元気ですからね。これから朝までおつきあい願います。それでは、まず、眠気覚ましに一発いってみよう」とマイクに言いつづけて二十年、言っている中身は同じでも、いつしか、ぼく、という言い方が年齢にそぐわなくなり、声からも張りが失われ、正直なもので、それにつれて、人気はじりじり落ちていった。

この局の深夜番組では、一時から三時までの時間帯がプライム・タイムであり、三時から五時までの時間帯を担当するパーソナリティはいわば二軍あつかいされる。若い、そのときに人気のある旬《しゅん》のコメディアン、シンガーソング・ライターなどが、一時から三時までの時間帯を担当し、どうでもいい（と言うのが語弊があるなら、盛りを過ぎたと言ってもいい）パーソナリティが三時から五時の時間帯を担当することになる。

わたしがパーソナリティに抜擢されたときにも、それまでその時間を担当していたパーソナリティをいわば二軍に蹴りだすかたちになったのだが、あのころのわたしは若くて傲慢《ごうまん》で、何かそれが当然の自分の権利ででもあるかのように感じていた。

わたしに二軍に追いやられたパーソナリティは、そのころ落ち目になっていたコメディアンで、「いいさ。どうせ、こういうことは順送りだ。あんただっていずれは金魚鉢で溺れる。いつまでも泳ぎつづけてはいられない。おれたち金魚はいつかは金魚鉢で溺れることになるんだよ」とそう言ったものだが、傲慢だったわたしは、何を言ってやがる、と腹の底でせせら笑い、その言葉の意味を本気で考えようともしなかった。わたしがその言葉の意味を覚《さと》ったのは、自分が二軍に追いやられたときのことで、それからだってもう八年が過ぎている。その八年、わたしは泳ぎつづけているかぎり絶対に溺れることはない、とそう空《むな》しく自分に言いきかせてきたのだが……

——どうして今日にかぎってこんなことばかり考えるんだろう。

ハンドルを握りながら、そう自問したが、あらためて問いかけるまでもないことで、自室を出るまえに金魚鉢で金魚が死んでいるのに気がつき、昨夜、いつになく電話をかけてきた編成課長の「じつは、明日、あんたにおりいって話があるんだよ」というその話の内容を不吉に暗示しているようにも感じられ、わたしはそのことに怯《おび》えているのだった。

いまのわたしにとって、このラジオのパーソナリティが唯一のレギュラーの仕事で、忘れたころに舞い込んでくるコラム、エッセイの仕事ぐらいでは、部屋代をまかなうにも追いつかない。いや、そんなコラム、エッセイの注文にしたところで、まがりなりにもパーソナリティの仕事をつづけているから舞い込んでくるのであって、番組を降ろされればそれすら途切れるのは目に見えている。

死んでいる金魚を見て、わたしがあのコメディアンが捨て台詞《ぜりふ》のように言った「溺れた金魚」の話を思いだし、その金魚に自分の運命を重ねて見たのは当然だろう。

若いうちは、気ままに同棲《どうせい》と別れを繰り返してきたわたしだが、四十の坂を越え、人気がおとろえてからは、近づいてくる女もばったりいなくなった。五十にちかい男が、家族もなく、そのうえ仕事も切れたとあっては、寄る辺《べ》がないのもいいところで、しょせん、行き着く先はホームレスしかないのではないか……そう思えば、今夜の雨降りの空に似て、気持ちは暗澹《あんたん》と閉ざされ、ハンドルを操作しているのか、しがみついているのか、萎縮《いしゅく》してしだいに体が前のめりに沈んでいくようなのを、自分でもどうにも抑えることができない。それにしても——

よく降る。どうして今年の五月はこんなに雨が降るのか。雨が降って、降りつづけ、晴れるということがない。

2

いまは夜の二時だから、スタンバイするまでにはまだ余裕があり、番組に遅れる心配はない。が、それにしても、大雨で徐行運転を余儀なくされているからか、それともどこかで道路工事でもしているのか、真夜中の二時に、この渋滞ぶりは尋常ではない。

六本木から乃木坂にかけて、車がびっしりと道路を埋めつくし、信号が青に変わるたび、ようやく七、八台の車がノロノロと交差点を渡り、つづく車はまた赤信号に引っかかることになる。

この時ならぬ深夜の渋滞にいらいらし、かといってカーラジオのスイッチを入れれば、プライム・タイムの得意気なパーソナリティの声を聞かなければならず、それも業腹だというなら、あとはタバコを吸うことぐらいしかやることがない。オン・エアをひかえて、こうたてつづけにタバコを吸ったのでは、喉にいいわけはないが、なに、かまうものか、どうせそれもあと少しのことではないか、と投げやりな気持ちが働いて、むやみにタバコを灰にしつづけた。

雨はフロントグラスをとめどもなしに伝わって、街の灯《ひ》を赤く青くにじませ、ふとそれが遠い連想にいざない、その連想は何とはなしにタルコフスキーの映画に落ちついた。周知のことであるが、タルコフスキーの映画では雨、水溜《みずた》まり、湖、川など、水という水が頻繁に使われて、ときには家のなかにさえ容赦なく雨が降り込んでくる。水が何をあらわしているのか、それがいやしを意味しているのはまず間違いないところで、若いころのわたしはそれを羊水に関連づけ、母胎回帰の象徴と考えた。

ここで、若いころのわたし、と限定して言わざるをえないのは、最近のわたしは、その時々に話題になっている映画を見るのが精一杯で、タルコフスキーもフェリーニもヴィスコンティもついぞビデオでも見返したことがないからだ。――四十五を過ぎて、しち面倒な芸術映画を見るほど暇じゃねえや、とうそぶいていたわたしだが、いま、雨に降り込められ車にとじこめられて、『ストーカー』でもいい、『惑星ソラリス』でも『鏡』でもいい、無性にタルコフスキーの映画を見たいと感じていた。

考えてみれば、わたしがラジオ曲の金魚鉢《スタジオ》で溺れることがあるとしても、そこが金魚鉢である以上、水だけはふんだんにあるはずであり、最初からいやしは約束されているといっていい。なにも怯えることなどないではないか、と理屈にもならない理屈を胸の底でつぶやいて、むりやり笑いを唇にきざんでみた。

いや、そもそも金魚鉢で溺れるより、渋滞に巻き込まれ停《と》まっているこの車のなかで溺れるのを心配すべきであって、これがタルコフスキーの映画なら、こうまで激しく降っているのであれば、まず間違いなく雨は車のなかまで降り込んでくることだろう。

スタジオで溺れるにしても、路上で溺れるにしても、金魚が金魚であることに変わりはなく、人気のおとろえたパーソナリティであることに違いはないだろうが、同じことなら車のなかで溺れたほうがいい。そのほうが、何というか、意外性があっておもしろいのではないか。

そういえば、昔懐かしいテレビ・シリーズの『ミステリー・ゾーン』で（いや、あれは本国では『トワイライト・ゾーン』の題名でオン・エアされていたらしい。スピルバーグがリメイクするまでそのことを知らなかった。以前、若い人相手についうっかり『ミステリー・ゾーン』と言ってしまい、話が通じなかったことがある）、それと似たエピソードがあったような気がする。あれはたしか、熱病かなにかで苦しんでいる男が、暑い砂漠をさまよう悪夢にうなされて、目を覚ましたあとで、実際に、その靴に砂が残っていたという話だったのではないか。いまだに記憶に残っているのは、それだけよくできた話であったからだろう。

ようやく信号が青に変わり、わたしは『ミステリー・ゾーン』のテーマ・ミュージックを口ずさみながら、アクセルを軽く踏んだ……

3

駐車場に車を入れて、いまはもう豪雨と言っていいほどの勢いで降りしきる雨を、心もとないビニール傘一本でかろうじてしのぎながら、ラジオ局の建物に急いだ。入口の守衛に、やあ、と挨拶をし、玄関ホールに入ったわたしはビショ濡れに濡れていて、それはハンカチで拭けばいいようなものだが、寒いのだけはいかんともし難《がた》い。何はともあれ、体を温めようと、ロビーの隅にある自動販売機まで歩いていって、熱い缶コーヒーを取り出したとき、白井《しらい》氏から声をかけられた。

それまでそこにいることに気がつかなかったのだが、白井氏はソファからゆっくりと立ちあがり、やあ、元気そうじゃないか、と笑いかけてきて、ああ、どうもお久しぶりです、とわたしは反射的に答え、久しぶりも久しぶり、もう白井氏とは十年以上も会っていないことに気がついた。

もとはと言えば、当時、深夜番組の敏腕ディレクターであった白井氏が、わたしをパーソナリティに抜擢してくれたのであり、いくら退職してしまったとはいえ、十年以上も連絡しなかった自分の薄情さがいまさらながらに悔やまれる。わたしはこんなふうにして人々を忘れ、後ろに投げ捨てし、二十年も生きてきたのであり、そのことを思えば、いまになって自分が捨てられる順番がめぐってきたのを怨《うら》む筋合いはないだろう。

「どうも、すっかりご無沙汰《ぶさた》して申し訳ありませんでした」とわたしが詫《わ》びるのを、白井氏は手を振って制して、そんなことはいいのさ、と笑って見せた。

「そんなことはいい。わたしは退職した人間で、きみは現役バリバリだ。無沙汰をするのは当然のことだよ。放送はいつも聞かせてもらっているよ。がんばってるじゃないか。わたしは自分の目が誤っていなかったことを誇りに思っている」

「いくら何でも現役バリバリというのは誉《ほ》めすぎですよ」さすがに久しぶりに会った白井氏に、自分は番組を追われようとしているのだとまでは言いかねたが、それでも父親に甘ったれるような気持ちが自然に働いて、「ぼくはすっかり過去の人間になりました。時代遅れの人間で、もうパーソナリティとしてやっていくのは限界のようです」

そんなことがあるものか、と白井氏はこの温厚な人物にはめずらしく、強い口調でさえぎって、「わたしはきみの才能を買っている。いまでも、ラジオ文化を変えるべき才能の持ち主だという、わたしの評価は変わっていない。そう思えばこそ、あのとき、わたしは周囲の反対を押し切って、きみをパーソナリティに採用したんじゃないか」

「多少の才能はあったかもしれません。でも、ぼくは、そのあるかなしかのわずかな才能に溺れて、これまで流されるままに生きてきてしまった。白井さんの信頼を裏切ってしまった。ぼくはすっかり自分を喰《く》いつぶしてしまったんです。目先の欲にとらわれ、怠惰《たいだ》に安んじて、ただズルズルとその日その日を死んだように生きてきて」わたしはうつむいて、その声もしだいに低くなり、自分でもその声が聞こえなくなり、ハッと気がついて顔をあげたときには、もうそこには白井氏の姿はなかった。

白井氏のかわりにそこに立っているのは、若いアシスタント・ディレクターで、なにか怪《け》訝《げん》そうにわたしを見ていて、どうかしたんですか、と聞いてきた。

「いや」わたしはあいまいに首を振って、キョロキョロとロビーを見わたし、「いま、白井さんと話をしてたんだ。名前を聞いたことぐらいあるだろ。もとのディレクター。どこに行ったんだろう。つい、いましがたまで話をしてたんだけどな」

「白井さん」アシスタント・ディレクターは妙な顔をして、「その人ならもう何年もまえに亡くなったと聞いてますけど」

「なにを馬鹿な。そんなことがあるものか。きみは新米で何にもわからないんだ。どうして死んだ人間と話ができる」わたしの声はいらだっていた。

「それはそうですね。ぼくの勘違いかもしれません。以前に、そんな話を聞いたような気がしたものですから」アシスタント・ディレクターは逆らわずにそう言い、「3スタに電話が入っています。出てもらえますか」

「……」わたしはうなずいた。

それから、とアシスタント・ディレクターは言葉をつづけ、一瞬、間をあけて、「編成課長が話があるそうです。ほんの数分で終わるそうですから、オン・エアのまえに顔を出してもらえませんか」

わたしは、アシスタント・ディレクターの目の色、その口調から、自分の予感が当たったことを知った。おそらく、わたしはあと一月《ひとつき》か二月《ふたつき》で番組をお払い箱になるのだろう。

が、もうそんなことはどうでもいい。わたしの視線は白井氏の姿を求めてロビーをさまよいつづけていた。わたしにはまだまだ白井氏に話すべきことがあった。それなのに白井氏はどこに行ってしまったんだろう。

4

番組は4スタで放送されていて、パーソナリティが金魚鉢のなかで話しているのを、副調整室《サブコン》から、ディレクター、ミキサー、技術屋の三人が見ている。一応、4スタに顔を出し、来てるよ、ということだけを知らせて、わたしへの電話が回されているという隣りの3スタに向かった。この時間、3スタは使われておらず、ただ蛍光灯の青白い光だけが寒々と副調整室《サブコン》にともっていた。

テーブルのうえの電話機に電話が入っていることを示すランプがついていた。その受話機を取って、自分の名を告げ、お待たせしました、と言う。

「リクエストをお願いします」若々しい、おそらく高校生らしい声が言った。「ニール・ヤングの『オハィオ』をかけてもらえませんか」

「『オハィオ』」一瞬、わたしは、その題名と曲とが、頭のなかで結びつかなかった。いや、結びつかなかったのではない。私の記憶が錆《さ》びついていて、歯車がうまく噛《か》みあわなかったのだ。

一種のプロテスト・ソングで（ベトナム反戦を唱《とな》えるオハィオの学生たちが大学にたてこもり、警官隊が突入した。そして学生側のほうに死人が出た。そのことを歌ったものだと思うのだが、あるいは記憶にやや誤りがあるかもしれない）、七十年代、クレージーホースをひきいてニール・ヤングがステージでよく歌っていた。当時にしても、それほど知られた曲ではなく、いまとなってはもうほとんど覚えている人もいないのではないか。わたしが覚えているのは、高校生だったわたしがそのライブ盤をすり切れるほど聴いていたからで――

「ずいぶん古い曲だね」わたしの声がかすれた。「あるかどうか」

「嘘《うそ》だ」若い声が嘲《あざけ》るように言った。

そう、嘘だ。国内のラジオ局でも最大の枚数を誇るレコード・ライブラリーがあり、どんな曲でも瞬時のうちにコンピュータで検索できるようになっている。ニール・ヤングの『オハィオ』がないはずがない。何というか、わたしはただ『オハィオ』をかけたくなかったのだ。

「なっ、なっちゃないいなあ」若い声の嘲るような調子はつづいた。その声、その言い回しに、かすかに記憶の底に触れるものがあった。

六十年代末、大人たちに反抗し、そっぽを向いて、なっちゃないなあ、と言いつづける生意気な高校生がいた。交錯する自信と不安に激しく揺らぎながら、それでも、あんな大人たちにはなりたくない、あんなふうにして生きたくはない、と精一杯に虚勢を張って、何かというと、なっちゃないなあ、とうそぶく高校生がたしかにいた。

「しょうがねえなあ。あんた、どうしちゃったんだよ。どうして、そんなに鈍《なま》っちゃったんだよ。そんなふうにして生きてておもしろいかよ。おもしろかねえだろ。すこしは自己批判したらどうなんだよ」その言葉の一つひとつがわたしの体に痛いほどに切り込んできた。

わたしは、電話の向こうの、痩《や》せこけて、ニキビだらけで、長髪の、生意気な高校生の顔をありありと脳裏に思い浮かべていた。憧憬《どうけい》を誘ってもいいはずのその高校生は、しかし、いまのわたし自身を含めて、たんに嫌悪の対象でしかなかった。

「おまえに」わたしはかろうじて言った。いったん口を切ると、思いがけず怒りがこみあげてくるのを覚えた。「何がわかる。おまえなんかただの親の脛《すね》かじりじゃないか。理屈ばっかり言いやがって。生きていくというのはおまえの考えてるようなことじゃないんだよ。そんな甘いものじゃない。おまえみたいな生き方をしてて、それで世間に通用すると思ったら大間違いだ」

言ってから、それはそのまま、わたしが高校生だったころに、親父《おやじ》がわたしに言った言葉だということに気がついた。わたしはいつも親父の言葉を適当に聞き流したものだ。

わたしは親父のことを嫌いではなかった。適当にまじめで、適当に要領がよくて、マージャンとゴルフが好きで、巨人の野球中継は欠かさずに見て、本を読んでいる姿など見たことがない。そんな人間を積極的に嫌いになるのはむずかしい。ただバカにし問題にしていなかった。――あのころの親父はいまのわたしに似ている。とてもよく似ている。

「なっちゃないなあ」若い声はまたそう言い、そして今度の声はいまにも泣きだしそうになっていて、「どうしてそんなふうになっちゃったわけ。どうせ、そんなふうになるんだとしたら、おれはこれからどう生きてけばいいんだよ。わからないよ。なっちゃないなあ。情けないよ」

「おまえにおれを責める資格なんかない。誰にもおれを責める資格はない。おれだって一生懸命にやってきたんだ。これでも精一杯やってきたんだよ。精一杯やってきたはずなのにこうなっちゃったんだよ」わたしは電話にほとんどそう叫んでいた。ほとんど泣いていた。

そして、わたしがそう叫んだとき、ふいにドアのうえのオン・エアを告げるライトが、赤くともったのだ。蛍光灯がフッと消え、オン・エアの赤いライトだけがぎらぎらときわだって、闇のなかににじんで、それにつれ雨の音がスタジオの効果音のように高まっていったのだ。ああ、タルコフスキーだ、いやしの雨だ、とそう思い、天井をあおぐと、たしかにその顔には雨がかかって、それもザアザアとかかって、わたしは歓喜のあまり笑い声をあげていた。

ふいにわたしの横に人影が現れ、ドアを開けて覗《のぞ》き込むと、大丈夫か、痛むのか、いま救急車を呼んだからな、もう少しの辛抱だからな、と気づかわしげにそう言い、しかしその声にはありありと、もう手遅れだ、という思いがあらわれている。わたしはダッシュボードと座席に体を挟まれていて、胸をつぶされ、折れた肋骨《ろっこつ》が肺に突き刺さっていて、笑うたびに血が喉にこみあげてきた。いたるところからシューッシューッと蒸気が音をたてて噴きあげていた。フロントグラスはクモの巣のように一面白く罅《ひび》われていて、そこに赤くにじんでいるのはオン・エアのライトではなく、赤信号なのだった。

それにしてもあんたは無茶だぜ、赤信号で猛スピードで飛び出すなんて、とその人影はそう言い、すると、その背後にべつの人影が現れ、いまそんなことを言っても仕方ないだろうよ、とたしなめて、ふと口調を変えると、それにしてもおかしいな、どうしてこの人はこんなに濡れているんだろう、と訝しげにつぶやいた。

それは雨が降ってるからさ、決まってるだろう、ともうひとりがそう言い、わたしにはそれが不満で、「そうじゃないさ。あんたはタルコフスキーの映画を見たことがないのか。『ミステリーゾーン』を見たことがないのか」とつぶやいて、いや、いまの人には『ミステリーゾーン』では通じない、『トワイライト・ゾーン』と言わなければ通じない、と思いなおし、あらためて言いなおそうとしたのだが、血が喉にあふれてきてとうとう言葉にならず、それを残念に思いながら死んでいった……

夢はやぶれて（あるリストラの記録より）

……あらかじめ断わっておこう。これはあなたの夢の話なのだ。徹頭徹尾、夢の話であって、そうでないなどとは口が裂けても言うつもりはない。

前もって、そのことを明らかにしておくのは、そうしなければ、あなたに対して、はなはだしく公正を欠くことになるのではないか、とそのことを危惧《きぐ》するからに他ならない。あなたにはすべてを知る権利がある。我々にはなにも隠しだてするつもりなどはないのだから。

だけど、これが夢の話であるとして、それはどんな夢であるのか。

たとえば日曜日の昼下がり、マンションの三階——

デッキに面したガラス扉がわずかに開いて、レースのカーテンが風に揺れている。レースかがりの青い影がそれこそ夢のように室内に揺れている。そしてデッキの外にそよぐ木々の葉が五月の陽光に眩《まば》ゆいばかりにきらめいている。

自分はデッキに向かって、ロッキング・チェアにすわり、パイプをふかしながら、いま評判になっているミステリの新作を読んでいる。ミステリの出来はいいし、パイプタバコの香りもいい。上階のどこからかショパンを奏でるピアノの調べが聞こえてくるのも心地いい。

自分は非常に満足している。どうして満足しないわけがあるだろう。これではどうにも満足せざるをえないではないか。しかし……

ふいにドアを開く音が聞こえると、誰かの廊下を走る音がバタバタと聞こえてくる。妻だ。妻がリビングルームに飛び込んでくる。彼女の顔はまるで蠟細工《ろうざいく》のように青くこわばっている。その目が極端に吊《つ》りあがり、どこか狂気の兆《きざ》しさえ宿しているようだ。能にこんな狂女面があったのではないか。

「よかった、てっきり、あなたかと思って」と妻が言う。その声はあさましいまでにうわずっている。「てっきりそう思って」

自分は口からパイプを離し、「何だ、何があったんだ」とそう尋ねるのだが、妻のうわずった声につられてか、その声もややかすれているようだ。

「いまさっき屋上から飛びおりた人がいるの。あなた、その、最近、リストラで悩んでるようだったから――」

「おれが飛びおりたと思ったのか」

「もしかしてと思って」それまで調律を終えたピアノ線のように緊張しきっていた妻の声がふいに緩んだ。その顔も弛緩《しかん》して愚かしいまでに醜い。「何かさあ、フッとそんなふうに思って」

「バカ、何でおれがリストラなんかで」

ふいに怒りがこみあげてきてあとの言葉がつづかない。何でおれがリストラなんかで死ぬものか。おれは最期《さいご》まであきらめない……

ロッキング・チェアを揺らして立ちあがる。その、ギー、ギー、という音が癇《かん》にさわってやりきれない。カーテンを引き開けてデッキに出る。下を覗《のぞ》いた。

デッキのほぼ真下に花壇がある。この季節にはチューリップが美しい。

その花壇に若い女性がうつ伏せに倒れている。そのまわりに、三々五々、人々が集まってきている。そのほとんどがマンションの住人であるらしい。

「……」

自分はジッと彼女の姿を凝視する。

ジーンズにトレーナーという軽装だが、多分、女子高生だろう。遠目であまりはっきりとその容姿を見さだめることはできないが、一、二度、制服で通学する姿を見かけたことがあるような気がする。

可愛《かわい》い子だったろうか。どうだろう。よく覚えていないのだ。

――死んだのか。

いや、どうやら彼女は死んではいないらしい。それどころか怪我《けが》さえ負っていないようだ。花壇が格好のクッションになってくれたのか。五階建てのマンションの屋上から飛びおりたというのに信じられないほどの運のよさだ。

やがて彼女は上半身を起こす。自分の身に何が起こったのか、ほとんどそれすら意識の外にあるらしい。地面にすわり込んで、呆然《ぼうぜん》と周囲を見まわす。

その表情がよほどおかしかったのだろう。二人、三人と笑い声が起こり、それがやがて、その場にいる全員に伝播《でんぱ》していく。安堵《あんど》と好意の混じった笑い声だ。手を打ち鳴らして笑う者もいる。誰かが「よかった」とそう言い、べつの誰かが「ほんとによかった」とそう言う。そして、また笑う。ここにいる人たちは皆いい人たちなのだ……

「………」

自分はソッとデッキを離れる。冷たい汗をかいていた。カーテンを閉める手がわずかに震えていた。

これほどまでにはっきりと予兆を感じたのはこのときが初めてのことだったように思う。滅びの予兆、リストラの予感……何とかしなければならない。おそらく、いまがぎりぎり滅びとリストラを避ける最期の機会であるだろう。しかし何をどうすればいいと言うのか。

……予兆はほかにもあった。それこそ数えきれないほどあった。

それにともなって予感もせまってきた。予感はほとんど実感と言っていいほどまでにありありとリアルなものになって自分を脅《おびや》かした。それを逐一、ここで述べるのは、あまりに煩《はん》雑《ざっ》にすぎるだろうし、自分自身、どこまでその作業に耐えうるか自信がない。ここではとりあえず一例をあげるにとどめたい。

自分がリストラの対象にされてすでに久しい。というか職場そのものが倒産の危機にさらされているのだ。自分から仕事は奪われつつある。

その日の昼下がり……仕事のない自分はただぶらぶらと街をさまよっていた。いまから思えば、どこへ行くという当てもなく、何をするというめどもないのに、街などさまようべきではなかったのかもしれない。えてして人はこんなときに逆境を誘い込むものなのだろう。いまはそう思う。

無為徒食《むいとしよく》はそのこと自体がすでにして一つの罪悪だと言うではないか。そうであれば人がそのことで罰を受けるのは当然のことかもしれない。が、そうであっても、そのことが、あまでおぞましいものを目にしなければならないほどの罪なのだろうか。ああまでおぞましくも罪深いものを見なければならないほどの――

そうはいっても何も特別に変わったものを見たわけではない。平凡なものを見た。人によっては微笑《ほほえ》ましいものを見たと言うかもしれない。が、ときに平凡であり、微笑ましいものであることが、そのまま、おぞましくも堪えがたいものになることがある。あのとき自分の見たものがそうだった。

あのとき自分は何を見たのだったか。

迷い犬だろうか。一匹の中型犬が横断歩道を渡るのを見たのだ。イヌは人なつっこく尻尾《しっぽ》を振りながら横断歩道を渡り、何台かの車やバイクがとまって、運転手たちがにこやかにそれを見つめていた。アスファルトは陽光を照り返し、イヌはわずかに口を開けていたが、それが何か上機嫌に笑っているかのように見えた。

「……………」

強烈な目眩《めまい》にみまわれた。自分は胸の底で悲鳴をあげたように思う。ヨロリとよろけたが、かろうじて信号の支柱に自分を支えた。

目眩が渦を巻いていた。それはそのまま世界の崩壊感覚に重なった。世界はがらがらと崩壊しようとしている。崩壊してもうほとんど再建の望みがない。そのことは疑いようがない。

悲痛な思いが胸をよぎり、

――アア、世界ハドウナッテシマウンダロウ。コノママ滅ンデシマウノダロウカ。実際、ドウスレバイインダロウ……

自分はうめき声をあげていた。

そのとき携帯電話が鳴った。

同僚のAからの電話だった。

「いまのを見たか」Aはいきなりそう切り出した。「なあ、いまのを見たか」

ああ、と自分はうなずいた。

「情けないじゃないか。おれはまさか自分があんなものを見ることになろうなどとは思ってもいなかったぜ」

「仕方がないさ。リストラなんだから」

「リストラ？　リストラだからどんな仕打ちを受けても仕方がないと言うのか」Aはかなり精神的にまいっているようだった。その声がヒステリックに高まってほとんど悲鳴に近いものにまでなった。「おれは納得できない。そんなことがあっていいものか。なあ、教えてくれよ。おれたちがどんな悪いことをしたと言うんだ」

これには笑わされた。巧まざるユーモアというべきか。が、もちろんAの悩みは深刻であって笑い事などではない。

要するにAはリストラの対象にされてアイデンティティを喪失しつつあるのだ。無理もない。Aはきわめて真面目な男であり、仕事をする以外に自分を託すものを何も持っていない。いや、Aにかぎらず、我々には大なり小なり似たところがあって、仕事がそのまま自分の生き甲斐《がい》になっていると言っていい。我々は不器用にしか生きられないのだ。永遠につづく職場などありえないということを十分に承知していながら、つい自分たちの職場が永遠であるかのように振る舞ってしまう。多分、仕事をするというのはそういうことなのかもしれない。

「自棄《やけ》を起こすな。おれが何とかする。絶対に何とかするからさ」

自分はそう言い、実際には、何ができる当てがあるわけでもなかったが、そうであっても、絶対に何とかしなければならない、という思いだけは、ひしひしと切実感をともなって胸にせまってくるのだった……

……見舞いに行かなければならない、という思いがあった。あなたの見舞いに行かなければならない。

絶対に何とかしなければならない、という切実感は、そのまま見舞いに行かなければならない、という切迫した思いに重なって、心せかされるまま病院に向かう。

病院に向かう足どりは重い。すでに洪水は汀《みぎわ》までせまっている。崩壊感覚がぎりぎり極限まできわまって、世界が一気に終末になだれ込もうとしているのだ……それなのにどうして軽やかな足どりで病院に向かうことなどできるものか。

病院に向かう、そのわずかな道のりにおいてさえ、いたるところで、崩壊の予兆を見てとることができた。

その最たるものは、病院の横手にあるゴミ置き場で、よ、い、子、た、ち、が熱心に燃えるゴミと燃えないゴミとの分別作業に当たっているのを見たことだろう。

小学生たちだろうか。男の子も女の子も軍手をつけ、てきぱきと率先して、作業に当たっている。サボっている子もいなければケンカをしている子もいない。カラスたちさえも、ゴミ袋を破るわけでもなければ生ゴミをついばむわけでもなく、ただゴミ置き場に舞うばかりで、総じて地球に優しいのだ。

女子高生はマンションの屋上から飛びおりても死なず、人々はイヌが横断歩道を渡るのを鷹揚《おうよう》に待って、子供たちは率先して分別ゴミの整理に当たる……こんなことがあっていいものか。あまりにグロテスクにすぎる。これではいくら何でもあんまりというものではないか。

「………」

腹の底に激しく波うつものがあった。嘔吐感《おうとかん》を覚えた。あるいは笑いの発作か。多分、そうだろう。いままさに世界は崩壊しつつあり、自分は職場を追われ、リストラの憂き目にさらされようとしている。人はこんなときにも笑うことができる。というか、こんなときには笑う以外にないのかもしれない。

ゲラゲラと笑いながら病院に入っていった。

その笑い声がガランとした待合室ホールに谺《こだま》した。

その虚《うつ》ろな谺に面食らい、自分はその場に立ちつくした。そして、あらためて周囲を見わたす。

ガランとした待合室ホール？　そうなのだ、そこには誰もいない。それどころか受付にさえ誰もいない。すでに面会時間は過ぎているのだろう。看護婦の姿もなければ外来患者の姿もない。まるで無人の病院でもあるかのようではないか。

——どうすればいいいか。

そのことに自分はとまどった。考えてみれば自分はあなたの名さえ知らずにいるのだ。これまでただの一度としてあなたの名を知らなければならない必要を感じたことがなかった。

そのことを考えると、どうしてあなたの見舞いにやってきたのか、自分で自分の意図がいぶかしい。だってそうではないか。常識的に考えれば、世界が崩壊しつつあり、我が身がリストラにさらされようとしているいまこのときになって、自分にはあなたにしてやれることなど何もない。それなのにどうして自分は見舞いと称してのこのこと病院にまでやってきたのだろう。自分はいったい何を考えているのか。

ふいにAの言葉が頭によみがえる。

——リストラ？　リストラだからどんな仕打ちを受けても仕方がないと言うのか。おれは納得できない。そんなことがあっていいものか。

そう、自分にもAの憤りは非常によく納得できる。リストラだからといってどんな仕打ちにも耐えなければならないという法はない。自分もやはりそのことを納得しきれずにいるのだ。納得しきれずに……

何をしようとしているのか？

いまはまだそのことはわからない。わからないながらも自分のなかではおぼろに輪郭を取りはじめたものがあり、それをジッと心のなかで見すえながら、あなたの姿を求めて病院の階段を上りはじめた。

すでに予感はあった。といっても、世界は間もなく崩壊するだろう、というあのお馴染《なじ》みの予感ではない。ついにここまで到達したからには何らかの天啓があってしかるべきではないか、という予感なのだ。その予感は禍々《まがまが》しく、ほとんど不吉と言ってよかったが、何をいまさら忌《い》むべきことがあるものか、まさに不吉で禍々しいものこそが、自分たちが求めてやまないものではなかったか。そして——

その予感はかなえられた。ついに天啓が下されたのだ。

……その老人は大便を食べていた。

病室のベッドのうえにあぐらをかいてすわり、浴衣のまえを便で汚しながら、手づかみでムシャムシャと大便を食べていたのだ。大便といってもその六十〜八十パーセントは水分だ。しかもその糞《くそ》はやや軟便のきらいがあった。糞汁《ふんじゆう》のあとを残しながら、湯気をたてて、だらだらと口からあご、胸にかけて滴っていた。

クシャクシャと咀嚼《そしやく》するたびに、消化腺の分泌液が滴って、未消化の米、セロリの繊維、ホウレンソウの切れっぱし、醗酵《はつこう》したチーズなどがたらたらと胸にこぼれ落ちた。その歯が胆汁に濡れて黄土色とも赤ともつかない色に染まっていた。硫化水素に似た強烈な臭気が病室にこもっていた。

ハッ！　顔を顰《しか》めるんじゃない。お上品ぶるなよ。自分の排泄物《はいせつぶつ》を食べたいという思いは人間なら誰もが持っているひそかな願望なのだ。だからこそ赤ん坊や痴呆《ちほう》老人は自分の便を食べるのではないか。そうだろうぜ。

現実に、手づかみで大便を食べている老人の表情は、うっとりと陶酔しきったものだった。老人がすわっているベッドが、グッショリ濡れているのは、大便ばかりではなしに小便に汚れてもいるようだったが、それもあまりの陶酔に失禁したものに他ならないようだった。

自分は病室の入り口に立ち、あっけにとられて、しばらく老人の様子をうかがっていたが、やがて我慢しきれずに、

「爺《じい》さん、美味《おい》しそうじゃないか」

とそう声をかけた。

「ああ、美味しいね。やっぱ人間、自分で出したものを自分で食べるのがいちばんなんじゃないかね」と老人は満足げにそう言ったが、そこで顔を顰めると、「ただ、この臭《にお》いは何とかならないものかな。なかには、この臭いがいいんだ、という者もいないではないけど、わたしはどうも苦手だね――」

それを聞きながら自分は、そうか、これがあなたのひそかな願望だったんだな、と胸のなかでひとりごちていた。

これがすなわち天啓であったのだ。そのとたん、なにか光に似たものが体のなかで急速に白熱し膨れあがるのを覚えた。歓喜と言っていいだろうか。光、と言ったが、それはシン

フォニーの荘厳な高まりにも似て、あふれ、ほとばしり、炸裂《さくれつ》した。
自分はその歓喜の爆発に狂喜し、

ウォホ、ウォホ、ウォォホホホーッ!

そう声をあげながら、クルクルと舞って、病院の窓から空に翔《と》んだ。すかさずAが自分に合流するのを覚えた。Aばかりではない。ほかの仲間たちがみんな、自分と同じように歓喜の声を放ちながら、次から次に合流し、自分たちは巨大なうねりとなって轟《ごう》ッと音をたてながら驀進《ばくしん》した。自分たちは再生した。

ゴミ置き場では子供たちが乱闘していた。子供が子供の喉に食らいつき、子供が子供の目に指を突き入れていた。ある子供は散乱した生ゴミのなかをゴロゴロと転げまわっていた。ある子供は生ゴミを口いっぱいにほおばって笑い声をあげていた。女の子を地面に抑えつけてそのスカートを引き下ろしそこに咬《か》みついている子供もいた。カラスの群れが嬉しそうに啼《な》きかわしながら、子供たちの間を飛んで、その腹をするどい嘴《くちばし》で裂いて、ズルズルと長い腸を引きずり出していた。腸は湯気を放ち、泥にまみれ、真っ黒な宿便をカッと吐き出した。

交差点ではふいにバイクが発進して横断歩道を渡っていたイヌの首をすぱり、と切断した。バイクに跨《また》がっていた少年が笑い声をあげた。イヌの首はクルクルと宙を舞ってその少年の喉にガブリと食らいついた。少年は悲鳴をあげてバイクを横転させた。横転したバイクはそのまま火花を放ちながらアスファルトを滑ってタンクローリーに突っ込んだ。タンクローリーは凄《すさ》まじい火柱に裂けて黒煙に包まれた。次から次に車が炎上し、人々が火柱となって、悲鳴を放ちながら、路上に舞った。ジュージューと人間の脂の焦げる臭いがした。イヌの吠《ほ》える声が笑っているかのように聞こえてきた。

屋上から飛び降りた少女はいっそあのときに死んでしまったほうがよかったとそう思ったことだろう。何人とも数えきれないほどの男たちが、醜く怒張した性器を剝《む》き出しにして、少女に覆《おお》い被《かぶ》さっていくのだ。逃げようにも逃げられない。少女は両足ともに骨折していた。少女はすでに上着も下着もズタズタに引き裂かれ半裸になっていた。少女の口に無理やり性器を突き入れる男がいた。少女の乳房を咬みちぎる男もいた。少女の陰毛をむしり取る男もいた。少女の性器は無惨に裂けて血まみれになっていた。やがて少女はケタケタと笑いはじめた。

あんまりだと言うのか。なにを白々しい。自分は最初にこれはあなたの夢だとそう断わったではないか。これはあなたの願望であり、あなたの悪夢であり、あなたの正体でもあるのだ。だからこそ、あなたは、自分たちを必要として、生涯、自分たちを飼いならしてきたのではなかったか。自分たち——夢魔を。

あなたはいま死につつある。笑わせるじゃないか。醜く、あさましく、一生をおごりとねたみに費やし、おぞましい欲望のどぶどろのなかを這《は》いずりまわってきたあなたが、死にのぞんで善人ヅラしようと言うのか。そんな得手勝手なことが許されるとでも思っているのか。

あなたは偽善者であり、悪意のかたまりであり、卑小で淫靡《いんび》な欲望にとり憑《つ》かれていて、だからこそ、あなたのなかで自分たち夢魔が育《はぐく》まれたのではなかったか。人が死ぬとき、その人間に育まれてきた夢魔はどうなってしまうのか。自分たちはいわばあなたたちが一生をかけて育んできた分身のようなものではないか。それなのに誰も自分たち夢魔のことなど本気で考えてくれようとはしない。つくづく、あなたたち人間とは見下げはてた生き物ではないか。夢魔さえも愛想をつかす。

まさに自分たちの世界は崩壊の危機に瀕《ひん》していた。自分たちは職場を追われリストラの危機にさらされていた。だが、しょせん、あなたは一生の終わりに自分の糞をむさぼり食うような人間なのだ。いまさら善人ヅラして、悔いあらため、夢魔を追放しようとしてもそうは問屋がおろすものか。

その証拠に、見ろ、自分たちは再就職した。いまのいままで知らなかったが、どうやら人が死ぬとき、その人に育まれてきた夢魔は、別人のなかに移動することができるようなのだ。その別人が、前任の雇用主に等しいほど、悪意に満ちて、いやしく卑小な欲望にまみれていればの話ではあるが。なに、さして難しい条件ではない。ほとんどすべての人間がその条件に当てはまる。要するにあなたはべつのあなたでもあるわけなのだろう。

自分たちはそのことを知って歓喜した。新たな職場に再就職してさっそく仕事に取りかかった。

若く、美しい、夜勤の看護婦だ。だが、この看護婦は、あなたが糞便にまみれて、ベッドを汚したことに憤怒《ふんぬ》した。するどいメスを取りあげ、それをあなたの体に何度も何度も振りおろす。あなたの悲鳴を聞いて、あなたの血にまみれ、あなたの内臓を体になすりつけて、彼女はその美しい顔に陶酔の微笑みを浮かべる。

信じてもらおうか。自分たち夢魔はこういうことにかけてはエキスパートなのだ。この結果がどう転ぶことになるか十分に知りつくしている。若く、美しい看護婦はそのことにやみつきになってしまった。こんな楽しいことをやめられっこないではないか。

看護婦はナイフを振りかざしたままヨロヨロと病室をさまよい出る。やれ、やれ、もっとやれえーっ……自分たちは彼女に向かって一斉に応援の声を放つ。

明け方になるまであと何人の人間を殺せることか。最低限、二桁には達して貰《もら》いたいものだ。そうしたら自分たちは彼女の夢のなかで思う存分天分と才能を発揮することができるにちがいない。ゾクゾクするぜ。こうでなければならない。

どうせ彼女は死刑に処せられることになるだろうが、なに、心配はいらない、そのときにはまた新たな職場を見つけることができるはずだ。

いまようやく、そのことを覚《さと》ったのだが、自分たち夢魔には、なにが無用といって、就職難の心配ほど無用なものはないのだから。

トワイライト・ジャズ・バンド

悪気があって言うんじゃないがもう二度とここに来ないで欲しい……来ないで欲しい、来ないでくれないか、とあれほどまでに頼んだのだから、来ないで欲しいのは本心からなのに、それなのに今夜もあんたはやっぱりやって来るのか……やって来たら追い返さなければならないじゃないか。それが面倒だし、なにか自分が頑迷陋劣《がんめいろうれつ》な人間にでもなったかのようで気が引けるしで、そのあとでおれは滅入ってしまうのよ。だから悪いな、メリーよ、あんたにはほんとうにこの店に出入りして欲しくないんだよ。

「だって」と波止場のメリーは言う。「ここを追い出されたらわたしにはもう行くところがない」

「それが」とおれは言う。「おれのせいなのか」

「あなたのせいだなんて言ってない。誰のせいでもありゃしない」

「誰のせいでもありゃしない。みんな、おいらが悪いのか」

「尾藤《びとう》イサオ」

「そう」

「悲しき願い」

「そうそう」

「そんな話があるものかー♪」とおれたちは手をつないで声をあわせて歌う。何といってもおれとメリーは三十年来のつきあいなのだ。おれたちにその気はなくてもそこはかとなしに微妙に気があってしまう。

　歌い終わっておれが言う。「そうさ。誰のせいでもありゃしない。みんな、あんたのせいなのさ」

「わたしの」

「そうさ」

「まあ、驚いた。それを他の誰でもない、あなたが言うの。サブマネージャー」

「そうさ、他の誰でもない、おれが言うのよ。なあ、メリー。サブマネージャーではなしに六年まえにマネージャーに昇進したこのおれが言うのさ」

「あら、ごめんなさい。わたしったらすぐに忘れてしまって」

「いいよいいよ。どうせおれにはサブマネージャーがお似合いなのさ。なにしろ二十年以上ものサブマネ暮らしだったからな。あのころおれが襟に何の花をさしていたか覚えているかい。あれがおれの青春だった」

「どうして忘れるものですか。あなたはいつもカーネーションをさしていた」

「そうさ、赤いカーネーション」

「母の日でもないのにカーネーション」

「お葬式でもないのにキクの花」

「わたし、どうしていつも襟に赤いカーネーションをさしているのかって聞いたことがあった。そしたら、あなたは聞いてくれるなって悲しそうな顔をしたっけ」

「あのときのきみは、メリーよ、とても優しかった。ただでおれと寝てくれた」

「あら、それは違うわ。あれは出世払いだったのよ」

「おれはきみの豊満なバストにキスしたかった。それなのにきみはオッパイにキスするのを許してくれなかった。オッパイとオッパイの間だったらいいってそう言って」

「だって出世払いだもん」

「おれにはきみのこだわりが理解できなかった。だって地続きじゃん」

「朝鮮半島にだってノーマンズランドがあるでしょ。地続きだけどどちらの国にも属していない」

「きみにその気がないのはわかるけどノーマンズランドって微妙に語呂がいやらしくないかい」

「あら、そう言えば、あなたはマネージャーに出世したのよね」

「いや、まあ、出世というか、それほどのことは……給料すこし上がったけれどそのかわり残業代出ないしさ」

「あなたはわたしの胸に顔を埋めてさめざめ泣きながら、どうしてきみのようないい子がこんな仕事をしてるのかって聞いたわ。ただでしといてイケずうずうしい」

「あれがおれの青春の一ページ」

「それなのに、いまになって、わたしにこのホテルから出てけ、ってそう言うの。ひどい、ひどい、何てこと、ただでしといて」

「だって青春の一ページなんだから」

「このホテルのラウンジでもう三十年も店をはっているこのわたしをつかまえて。この界隈《かいわい》で、波止場のメリー、の名を知らない男はいない。私はここでいつも淋《さび》しい男たちを待っていた。この二十年、わたしと寝た男は数知れず。波止場のメリーは床上手《とこじょうず》のいい女——お色気ありそで」

「なさそで」

「ほらほーら、黄色いサクランボー♪」おれたちはまた手を取りあって声をあわせて歌う。

歌い終わったあとで、おれはメリーの手を放し、その顔をまじまじと見つめて、「だけど、メリーよ、いまのきみは黄色いウバザクランボ。ごらんのとおり最近じゃホテルもめっきり客が減った。警察もうるさい。出会い系サイトとかもあるし、もうプロフェッショナルの時代じゃない。悪いが、もうきみと寝たいって男はいない。だからもうホテルに来ないで欲しい」

「おれがいる。おれが寝ようじゃないか」

「ああ、驚いた。急に声かけるんだもん。お客さん、いつからそこにいらしたんですか」

「さっきから居たよ。馬鹿野郎。ホテルのフロントが昼間から女と歌って踊ってんじゃねーよ。どうしようかって思っちゃったじゃねえか」

「お泊まりですか」

「泊まるし、そちらのお姉さんとも今夜おつきあい願うよ。大体、おまえは失礼なんだよ。女性をつかまえてウバザクランボとは何だ、ウバザクランボとは。てめーこそ腹話術の人形のようなツラしやがって」

「すいません。宿帳にお名前をお願いできますか」

「そんなもんテキトーに書いといてくれ。先払いするし荷物は置いてくからよ」

「いや、しかし、あの、そういうわけには……」

「どうせランキングを剝奪《はくだつ》されたおれだ。さすらいのボクサーに名前なんかあるもんか」

「あら、お兄さん、ボクサーなのにさすらってるの」

「わけありなのさ、お姉さん」

「そうなんだ、どうりで哀愁《あいしゅう》があると思った」

「こんな霧の夜にはあいつのことを思い出す。おれの拳がすすり泣く。おれのパンチがうずくのさ」

「あのう昼間ですけど」とおれが言う。

「っせーよ。今晩戻ってくるからよ。部屋を用意しとけよ。こちらのお姉さんのために部屋にバラの花束を用意しとけ。実費で」

「楽しみだわ。だって、あなたって見るからに逞《たくま》しそうなんだもん」

「姉さんを失望させるようなことはしねーよ。昔みたいなわけにはいかねえがそれでも四回は大丈夫なのさ」

「二回以上は」とメリーがつつましげに目を伏せて言う。「割り増し料金をいただくことになってます」

夜になって霧が出て、夜霧よ今夜もありがとう、遠い港で外国船が、ああ、故郷偲《しの》ぶか、帰らぬあの子を慕《しと》うてか、霧笛鳴らして、今宵《こよい》も一人、むせび泣くよな、やるせなさ……。

夜霧の街の黄昏《たそがれ》ホテル――。恋にやぶれた男と女、隣りあわせた地下のバー、有線で聞こえてくるのはトワイライト・ジャズ・バンドが演奏する郷愁の「マンハッタン・ラプソディ」……。

「バーテンさん、あちらのお嬢さんにダイキリをさしあげて」。「お客様、あちらの方からでございます」。「ありがとう、でもこれきりにしていただくわ」。「それはどうしてなんだろう」。「だってわたしはまだあの人のことが忘れられないの」。「幸せな男だ、その人は」。「でもあの人は遠い遠いカムチャツカに行ってしまった」。「なに、きみ一人を泣かせはしない。今夜はぼくと二人で」。「あなたと二人で」。「男と」。「女」。「二人一緒にカムチャツカのカニ缶食べて」。「つらい別れに泣きましょう」――。

ああ、そんな夜もあったのに。いまはもう黄昏ホテルに客は来ない、やむをえない。なにしろ殺風景なご時世なのだ。いまどき客が集まるものといえばグルメパックに、湯煙りパック、買い物ツアーに「冬ソナ」ツアーと相場が決まっている。どうして黄昏ホテルに客など来るものか。

客など来ない、来るもんか、とわかっているのに……それなのに、おれはいつものように黒いスーツに、蝶《ちょう》ネクタイ。カウンターのなかで背筋を伸ばし、ただ一人、来ない客を待ちつづける。

そうさ、おれは待つのが仕事。会って別れて明日は他人――花に嵐のたとえもあるぜ、さよならだけが人生だ。なんで後悔なんかするものか。

ここでうかうか三十年を過ごしたが、誰にもおれの人生が虚《むな》しかったなどとは言わせはしない。ホテルには客の数だけ人生がある。そうじゃないか。おれはここで客の人生をかわりに生きてきた。

今夜もホテルのバー・ラウンジで男と女の人生が切なくからみあう。波止場のメリーがただ一人、さすらいのボクサーがホテルに戻ってくるのを待っている。トワイライト・ジャズ・バンドの演奏は「サマータイム」――。

「ホテルとしてはさ」とおれが言う。「あんたに来られると困るんだけどな」

「そんなこと言ってるとあの人が戻ってきたらたたきのめされるよ」とメリー。

「なにしろボクサーだもんなあ」

「そう、それも哀愁のさすらいボクサー」

「それにしてもさ。どうしてボクサーがさすらうわけ」

「さあ、ボクサーってさ、何かさすらいやすい職業なんじゃないの」

「そんなことないだろ。そんな話聞いたことないぜ」

「だってさ。矢吹丈《やぶきじょう》だって力石《りきいし》を殺したあとにきちんとさすらったジャン」

「あいつはあしたのジョーって感じじゃなかったぜ。どちらかというとガッツ石松《いしまつ》って感じだった」

「あら、ガッツ石松だってさすらって悪いわけないでしょ」

「何か、捕獲されるような気がして」

「あの人には何かさすらわなければならない事情があるんじゃないの」

メリーがそう言ったときにバー・ラウンジのドア・ベルがチリンチリンと鳴ってその事情というやつが二人組で入ってきた。

二人とも三十がらみ、一人は痩《や》せて、もう一人は肥《ふと》っている。黒のトップハットに、黒い細身のスーツ、黒い靴。「ゴドーを待ちながら」のエストラゴン、ウラジミールのキラー・バージョンとでもいったらいいだろうか。体型がまるで違うのに、なにか双子のようにそっくりの印象をかもし出している。躍るようなステップでカウンターに近づいてくると並んですわった。

「いらっしゃいませ」おれは二人のまえに立った。「何にいたしましょうか」

一瞬、間が空いて、肥った男が痩せた男に言った。「困ったな、デブ、何にするかってよ」

「そうなんスよ」デブと呼ばれた痩せた男が頷《うなず》いて、「ほんとに困ったっスよ。兄貴も困ってるんスか」

「ああ、困った」兄貴と呼ばれた肥った男はあらためておれに目を向けた。そして何か問いかけるようにじっとおれのことを見つめる。

おれはその視線の意味を把握しかねて目を瞬《またた》かせた。なにか、そのことが兄貴と呼ばれる肥った男を失望させたらしい。ため息をついて言った。

「そうじゃないだろ」

「は？」

痩せたデブがいきりたった。「は？　とは何だ、は？　とは。兄貴に向かってそんな口のきき方をしていいのか。そういうのをインキン無礼と言うんだぞ」

「インキンは無礼じゃない。インキンはタムシ――」と兄貴。

「この爺《じじ》いがインキンタムシなんスか」デブは怪訝《けげん》そうな顔をした。

おれは顔をこわばらせた。「とんでもございません。わたしは生まれてこのかたインキンになどなったことはございません」

「じゃあタムシってか」

「何をおっしゃいますか。客商売でございます。タムシでもなければインキンでもございません」

「それじゃ、てめえ、おれがインキンタムシだって言うのか」痩せたデブはふいに自動拳銃を引き抜いてその銃口を突きつけた。

おれは仰天してのけぞった。「め、滅相もございません」

「インキンじゃない。インギンだ。慇懃無礼《いんぎんぶれい》。インキンはタムシ、言ってみろよ、デブ」兄貴が落ち着いた声で言う。「訊くは一時の恥、訊かぬは一生の恥ってな。言ってみろ」

「慇懃無礼――」痩せたデブが言う。

「それでいい」と兄貴は頷いて、おれに視線を転じると、「会話には段取りというやつがあるだろうよ。ふつう客がよ。すわるなり、困った、と言えば、何かお困りのことでもおありになるのですか、ってこうスッと尋ねるのが筋じゃねえのか」

「そういうものでございましょうか」

「会話の段取りがわからねえ。人とかかわりを持つのが苦手ってか。おめえ、そういう人間なのか。自分の人生のない人間なのか」

「何をおっしゃいますか。私、フロントとバーテンを兼ねてもう三十年になります。客商売のプロでございます。人の気持ちが読めずにどうしてこんな仕事ができますでしょうか」

「人の気持ちを読むことと人とかかわりを持つこととは違う。おめえには自分の人生がない。おめえは自分の人生のかわりに人の人生を生きてるだけなのさ。要するにプライドがない」

「お客様のお言葉ですが承服しかねます」

「いいから信じろよ、おれも一種の客商売だからよ。そのことがよくわかる。おれが死ぬかわりに人が死ぬ」

「どんなご商売でいらっしゃるので」おれの声がかすかに震えた。

「その白髪頭は飾りか。自分で考えろよ。姉さん、動くんじゃねえ。じっとしてろ」

最後の言葉はメリーに向けて言われたものだ。メリーは立ち上がろうとして中腰のまま、そこに凍りついた。そのときには痩せたデブがひらりとカウンターを飛び越えていた。非常に身が軽い。

「ご無体な。何をなさるので」

「いろんなことをするのよ」痩せたデブは手際がいい。「爺さん、おめえ、すこし言葉づかいがおかしいいんじゃねえのか」

「な、何を考えていらっしゃるので」

「いろんないいことを考えてるのよ」

抵抗しようがなかった。あっという間に椅子《いす》にぐるぐる巻きに縛りつけられてズボンと下着を脱がされた。そのうえ、被覆を除かれて中身を剝《む》き出しにされた電気のコードが、あろうことか縮こまった性器に巻きつけられた。そのコードはカウンターに置かれた携帯式の小型バッテリーに接続され、もう一方でドアにも結びつけられている。こいつは冗談事じゃない。要するにドアが開けばおれの性器に電流が流れる仕組みなのだ。

痩せたデブはこういう仕事に慣れているらしい。すべてをやり終えるまでにものの五分とかからなかった。仕上げに金属製のフラスコを取り出してなかの水をおれの頭に振りかけた。水？　いや、それにしてはあまりにショッパすぎるのではないか。

「食塩水さ」痩せたデブが説明する。「こいつを振りかけたほうが電流の流れがいい」

「小便だけか。それ以外にも使うのか」と兄貴が訊いてきた。

「な、何のことで……」

「おめえのちっこいそれよ。小便だけか。それ以外にも使うのか」

「その……」

「答えろ」

「ほ、ほぼ、小便だけで」

「そいつはよかった。不幸中の幸いってか」兄貴はにやりと笑う。「小便だけなら黒こげになっても惜しげがない」

「ど、どういうことなので……」

「ガッツ石松に似た男が来たろう。おれたちはそいつに用がある。おれたちをそいつの部屋に案内しろ。おれたちはあの野郎が戻ってくるのを部屋で待つ。あの野郎が戻ってきてもおれたちのことは黙ってろ。できるか」

「そ、そんなことができるはずがない。お客様を罠《わな》にかけるようなことは――」

「どうせ、野郎の命は野郎のものでおめえのものじゃねえ。いくら、おめえが人の人生をかわりに生きるとしても、何も野郎の身代わりになって死ぬまでのことはねえだろう」

「あの方の身代わりになって死ぬ……」

「そうさ。おめえが野郎の部屋を教えてくれれば、おれたちはそこで待ち伏せするから問題はねえ。だが、部屋を教えてくれなければ、おれたちには待ち伏せする場所がないから、おめえを警笛がわりにして待つしかねえ」

「わ、わたしを警笛がわりに使う。どういうことなのでしょう。わたしには意味がわからないのですが」

「いまさらそんなことは気にするまでもないことだろうよ。おめえには何もわからねえ。そもそも人生の意味というやつがわからねえ。なにしろ、おめえには自分自身の人生の持ちあわせというやつがない。どうせ仮そめの人生じゃないか」

「仮そめの人生だろうが何だろうが」

ふいに胸の底に怒りが兆すのを覚えた。それは自分でも思いがけないほどの激しい怒りだった。

「これはまぎれもなしにわたし自身の人生なのです。そのことであなたにとやかく言われる筋合いはない。わたしにはあなたに説明を求める権利がある」

おれの気のせいだろうか。まさか、この男にかぎってそんなことはあるまいと思うのだが——一瞬、兄貴がおれの勢いに怯《ひる》んだ様子を見せたような気がした。なにか、おれに言いかけて、思い直したように痩せたデブのほうに顔を向けた。そして、おまえもそう思うか、と尋ねる。

「何がですか、兄貴」痩せたデブは怪訝そうな顔になった。

「こいつにはおれに説明を求める権利があると思うか」

「さあ」

「それは何だ。おれの質問に、さあ、と答えたやつで長生きした野郎はいねえ。とぼけているのか韜晦《とうかい》しているのか」

「いいいとうかいって何ですか」

「何だと思う？　この野郎。東海大地震で家屋敷が倒壊した、当会では説明をいたしかねますってか。そういうことだと思うのか」

「わからないよ。兄貴。何かの喩《たと》え話にして話してくれないか」

「おれはおまえのグランパか。何で喩え話にして話さなければならねえんだ」

「だって兄貴はいつもおれに喩え話をしてくれたじゃないか。22口径のベレッタがおしゃぶりがわり」

「ブラック・ジャックがガラガラがわり」

「ああ、兄貴、あのころのおれたちは幸せでしたね。とてもとても幸せでしたね」

「もういい、もういい」

兄貴はうんざりしたように首を振った。そして、おれに視線を戻した。

「野郎がドアを開ければおめえのあるかなしかのちっこいそいつに電流が流れる。おめえは悲鳴をあげる。要するに、これが生きた警笛の意味さ。わかるか」

「それはつまり……」

「それはつまり、おれたちにとって部屋で待ち伏せしてるのと同じという意味なのさ。これでわかったろ。どうだ、これで野郎の部屋を教える気になったか」

「……」

教える、と答えるべきだった。今日会ったばかりの、しかもまだ宿泊もしていない男に何の義理があるだろう。ほぼ小便にだけしか使わないものだからといって黒こげになってもいいというものではない。イモリじゃないんだから。そう、おれはあの男の部屋を教えるべきだった。

どうしておれが頬を震わせて、嫌だ、と言ったのか、それは自分にもわからない。おれには自分の人生がないと言われたことに反発したのか。あるいは、ないと言われたプライドがそれでもあることを誰かに――多分、自分自身に――証明したかったのだろうか。

「はあー」痩せたデブがわざとらしく耳に手を当てて訊き返した。「何だって」

「嫌だ、教えるもんか」自分では毅然《きぜん》と言ったつもりだが、多分、それは半泣きの声になっていたことだろう。

「……」

一瞬、二人の男はおれの頭のうえで視線を交わしあったようだ。そのことがわかった。だとさ、と兄貴が言って、痩せたデブがそれに笑う。そして、あっという間に二人は撤退した。

チリンチリン、というドア・ベルの音が聞こえてきたときにはすでに二人の姿は消えていた。

おれはガクリと顎を胸に落とした。なかば失神しかかっていた。

そして、懸命にロープを解こうとしているメリーにうわ言のように尋ねた。「おれには自分の人生がないのか。おれは自分の人生のかわりにホテルの泊まり客の人生を生きているのか。メリーよ、おれはおまえに対してあまりに冷淡すぎたろうか」

一瞬、ためらうような沈黙があった。その沈黙がなによりよく彼女の胸のうちを語っていた。

そして、そんなことないよ、とメリーは言った。

「あなたはいい人よ」

「嘘だ」

「嘘なんかつかない。いい人だわ」

「本当にそうなのか」

「だって、ほら、あなたって本当にいい人ね」

「でも、ただそれだーけねー♪」

と、この場合につい歌ってしまうおれの頬を——。

何かが滴ってそれが口のなかに入ってきた。冷たかった。しょっぱかった。

もしかしたらおれは泣いているのか。これは涙なのか……とも思ったが、自分の人生を生きていない空っぽのおれに、これが涙であるのか、それとも食塩水なのか、そんなことがわかろうはずがなかった。

逃げようとして

○

……逃げようとして逃げきれない。そもそも逃げようとしている人間がホテルの一室に閉じこもって一歩も外に出ようとしないそのこと自体が矛盾している。いっそ馬鹿ばかしいといってもいいぐらいだ。矛盾はしていても、すでにその選択肢をとってしまった以上、ほかにどうすることもできない。壁側のほうを向いて、ツイン・ルームの一方のベッドにすわり込んで、ただジッと壁紙を見つめているしかないのだ。

本当にこんなことをやってていいのか。そんな疑問がある。というか、疑問だらけといってい い。自分で自分のやろうとしていることが信じられない。逃げようとしているのに本当にこんなことをやってていいのか。いいわけがない。が、昼には濃霧がたちこめ、夜には雪が降って、逃げようにも、どうにも逃げられなかったのだ。第一、案内する人間がいないのでは、どこをどう逃げたらいいのか見当もつかない。手元にあるのは一枚の地図、というか、簡単な略図だけで、こんなものを頼りにして見知らぬ土地を一人さまようわけにはいかない。

だから、と彼は胸の底で自分にいい聞かせる。おれはこうしてホテルの部屋の壁紙を見つめている。壁紙の文様をたどることが逃げる道筋であると信じて。馬鹿ばかしい？　そう、たしかに馬鹿ばかしい。が、だからといって、ほかにどうすればいいというのか。何かすべきことでもあるというのか。ない。実際、ほかに何かいい方法があったら、誰でもいい、そのことを教えてくれないものか……

壁紙には、唐草文様というのか、蔓草《つるくさ》文様というのか、複雑な曲線が何重にもあやをなして描かれていて、それがどこまでも途切れなしにひろがっている。その蔓の色は、ほとんどどぎついといっていいほど濃い緑色で、見ているうちに、なにか目のなかに渦が巻いているような錯覚にとらわれる。単純に、目まいといっていいのか、緑色の蔓草文様がざわざわと波うっているようにも感じられ、なにか目の底が痛くなってくるのを覚えるのだ。たんに生理的なものというより、どこかで感覚が微妙にずれ、細かくぶれつづけているかのような、怪しいまでの不安定感だ。

その不安定感、意識の奥のほうで水が揺れつづけているような揺曳感《ようえいかん》に耐えきれず、激しくなる動悸《どうき》にあえいで、つと壁紙から視線をそらすと、そこにあるのは窓なのだった。

いま、窓の外には、白い軌跡を曳《ひ》いて、おびただしい雪片がかすめている。この夕刻から降りはじめた雪だった。昼には、濃霧に視野をさえぎられ、夕方からは雪に行く手をじゃまされて……

そのうえ、あの忌まいましい地震だ、と彼は胸の底で独りごちる。たいした地震ではない。震度2か、せいぜい3というところだろう。それにしてもあの地震に誰も気がつかないなどということがあるだろうか。彼にはそのことが信じられない。――チェック・インのときに、彼が地震のことを口にすると、フロントの人間は首を傾《かし》げ、「さあ、そんな地震がありましたか。気がつきませんでした」などと惚《とぼ》けたことをいった。いくら何でもあの地震に気がつかないなどということはありえないと思うのだが。

もっとも、このホテルのことを教えてくれたあの占い師は、地震のことについて妙なことをいっていた。このホテルでは軽い地震が頻発しているのだが、それに気がつく人間もいれば、気がつかない人間もいる、地震は地震でもそういう地震なのだ、とそんなことをいったのだ。どんな意味だかわからなかったし、どうせ占い師の言葉などいたずらに謎めかすばかりで、さして意味などないのだろう、と気にもかけなかった。

が、その後につづいて占い師のいった言葉には、さすがに彼も無関心ではいられなかった。

――「気をつけたほうがいい。十分に気をつけることだ」と占い師は口もとに曖昧《あいまい》な笑いをたたえつつこういったのだ。「あんたの運命もその地震にかかっている。地震には注意したほうがいい。さもないと、とんでもないことになるよ」うなずいて、とんでもないことになるよ、とそう繰り返した。

○

――地震には注意したほうがいい、か。

彼は頭のなかで占い師の言葉を反芻《はんすう》する。自然に顔が歪《ゆが》んでしまう。たしかに占い師の言葉は的中した。地震は彼を不運におとしいれた。が、そもそも自然現象である地震に、どう注意したらよかったというのだろう。あの占い師の言葉は無意味というほかはないのではないか。

もっとも、べつだん彼は占ってもらうのが目的で、その占い師のもとを訪れたわけではない。以前、三年ほどまえのことになるか、場末のバーの片隅で、その占い師の奇妙な噂《うわさ》を耳にした。その占い師は犯罪者を逃がしてくれるのだという。逃がすというより消してくれるのだという。消してくれるとはどういう意味なのか？　彼はそのことがわからずに、その噂を教えてくれたホステスにそれを尋ねたのだが、彼女もそこまでは知らなかったようだ。

「わかんないんだけどさあ。消すったって、もちろん、殺すとか、そんなんじゃないよ。わかんないんだけど。とにかく、完全に消してくれるんだって」曖昧にそんなことを繰り返すばかりだった。

「ふうん、そうなんだ」彼にしたところで、そのときには自分がいずれ犯罪者として逃げなければならない立場になる、とは夢にも思っておらず、それ以上、そのことは詮索《せんさく》する気にはなれなかった。どうでもいいことではないか。

いや、いまでも彼には自分が犯罪をおかしたという実感はない。横領など犯罪のうちに入らないのではないか。たしかに三億というカネは大金だが、人にはたまたま魔がさすということがあるだろう。その三億という金額にしてからがすでに実感はない。遊ぶカネ欲しさに、毎月、百万、二百万とくすねていって、いつのまにか、そんな額になった。いずれ、まとめて返せばいいさ、とたかをくくっているうちに、塵《ちり》が積もって三億という大金になり、そればかりか、思いがけず査察が入ることになって、逃げ出さざるをえなくなった。そのときに、ふと、あの占い師のことを思い出したのは幸運だったか不運だったか。

三年まえの記憶など、どこまで当てになるものか、自分でも半信半疑で、ホステスに教えられた町に行ってみたのだが、意外にもあったのだ。あまりにも容易に見つかりすぎたような気がした。古い雑居ビルの一階で、占い、と記された看板の電飾が点滅しているのを見て、なにかこの三年ものあいだ、その占い師がそこで自分のことをズッと待ちつづけていたような、そんな奇妙な思いにとらわれた。

占い師は四十がらみの、その笑いの隅にどこか卑《いや》しい翳《かげり》のある男だった。ポマードを黒々とべったり撫《な》でつけ、ひたいの真ん中にスペードの先端のように、尖《とが》った髪が突きだしていて、それだけが、かろうじて占い師らしいといえばいえないこともない。が、そのことをべつにすれば、やり手のブローカーという印象で、その職業から連想される神秘性などかけらも感じさせない。だが、それが何だというのだろう。そもそも彼は何かを占ってもらうために占い師のもとを訪れたのではないのだ。

占い師は彼の話を聞くなり、かなりの大金を要求してきた。彼がいまはそれだけのカネを所持していないことを告げると、不機嫌そうに首を傾げたが、まあ、いいか、とつぶやいて、デスクの引出しからホテルのパンフレットを取り出し、「逃げるのならここへ行くべきだろうね。そうすべきだ。何といってもこのホテルに泊まるのがいい」とこともなげにそういったのだ。

「ホテル？　ホテルに泊まってどうするというんです。外国のホテルですか」

「いや、日本のホテルさ。外国に出るにはパスポートが要る。そんなことをしたって何にもならない。逃げきれないよ」

「日本のホテルに泊まってどこにどうやって逃げるというんですか」

「このホテルは特別なんだよ」

「どうもいってることがわからないな。どう特別なんですか」

「だからさ」占い師はクスクスと笑いながら歌うようにいい、「カネを持ってくればそのことを教えてやるよ」

都内から程近いところにあるホテルなのだという。彼がこれまで名前を聞いたこともないホテルだ。もっとも占い師にいわせれば、それはたんに彼が無知だからにすぎず、知る人ぞ知る、というか、歴史の深い、名門と呼んでもいいホテルなのだという。客を選ぶ、というほどではないが、不特定多数の客を相手にせず、どちらかというと気むずかしい経営路線をとっているらしい。

が、彼としては、すぐに占い師のいうことを信用する気にはなれない。それはそうだろう。大金といってもいい金額を要求しておきながら、その額に見合う情報として、ホテルに泊まれ、というだけでは、あまりに頼りない、といわざるをえない。詐欺ではないか。「そのホテルに泊まればどうして逃げることができるというんだ。どこに、どうやって逃げることができるというんだ」

と彼が重ねて問うのに、占い師は子細ありげな顔をし、テーブルのうえのメモ帳に、サラと簡単な地図を走り書きすると、「いまは、まあ、これだけを持って帰りな。くわしいことは、次に、カネを持ってきたときに教えてやるからさ」と狡猾《こうかつ》そうな笑いを浮かべてそういった。そして、ふと思いだしたかのように、「そうだ、これだけはいっておいたほうがいいだろう。このホテルでは軽い地震が頻発しているのだが――」と続けてそのことをいったのだ。

軽い地震が頻発し、しかもそれに気がつく人間もいれば、気がつかない人間もいる、というのはどういう意味なのだろう。しかも彼はその地震に注意しなければならないとそういうのだ。ホテルに泊まれば逃げられる、ということといい、この地震のことといい、すべて理屈にあわないことばかりで、彼としては困惑せざるをえない。謎めいているというより、いっそナンセンスといったほうがいい。

どうせ占い師などというものは、人を脅かすのが仕事のようなもので、その言葉を本気で信じるのは馬鹿のすることだ。そう自分にいい聞かせたが、それでもやはり、その謎めいた言葉が気持ちの底に引っかかったのは否めない。

　が、どうせ占い師は、報酬を支払ったときに、すべてを教えてくれるとそう断言しているのだ。そのときまで好奇心を抑えておけばそれでいいだけのことではないか。そう自分の気持ちをむりやり押し込んで、その場はそのままおとなしく退散したのだが……

　……彼の好奇心がかなえられることはついになかった。

　それというのも、占い師に与える約束をした金額を持って、次に、その雑居ビルを訪れたとき、ビルのまえに一人の男がたたずんでいるのを見たからだ。見覚えのある男だった。それは、会計監査をまかせられている査察人で、きわめて熾烈《しれつ》で有能なことで知られていた。姿をくらました彼のあとを追っているのは明らかだった。どうして占い師のことを突きとめたのかは不明だったが、もともと、そういうことを得意にしている男なのだ。生まれながらの猟犬といってもいいかもしれない。どこまでも獲物のあとを追いつづけて倦《う》むことを知らない。

「……」

　彼は自分の顔色が変わるのを覚えた。

　慌ててきびすを返し、その場をあとにした。もうあの占い師のもとに行くことはできない……切羽つまった思いでそう考えた。電話で銀行口座を聞いて、所定のカネを振り込んで、残りの情報を聞き出すことはできるが、そんなことをしたところで、あの査察人の追跡を逃れることができるとは思えない。実際、あの猟犬は自分の仕事を遂行するためだったら電話の盗聴ぐらい平然とやりかねない男なのだ。

——こうなったら、とにかくあのホテルに行ってみるしかない。

なにか血走ったような意識のなかでそう考えていた。

ホテルの名前と、占い師が渡してくれた走り書きの略図……その二つだけを頼りにして何とか逃げる算段を考えるしかない。そう、どうしても逃げるしかないのだ。

○

二月十四日、ヴァレンタイン・ディ——早朝に都内を発《た》ってホテルに向かった。

茜色《あかねいろ》の雲が東の空に浮かんで、その茜色はしだいに濃さを増しつつ、ハイウエイの地平まで達している。鮮やかな朝焼けだが、ふしぎに美しいとは感じない。はるか地平に達するあたりの雲は、ほとんど深紅色といっていいほどの濃い色で、美しいというより、なにか血がしたたるのを見るかのような不吉さを覚える。そういえば〝血のヴァレンタイン・ディ〟という言葉がなかったろうか。

ハイウエイを出て、高原の細い舗装路にさしかかるあたりから、天候が変わった。つづら折りのカーブを曲がるたびに、目に見えて日が翳《かげ》っていくのがわかり、谷底から噴きあげるように霧がたちのぼった。ヘッドライトの明かりのなかに、細かい水滴の粒子がうつろって、灰色の鈍い光を放った。霧の暗さに木々がかげろい、その濡れた重さに樹葉がうなだれた。

ライトをハイ・ビームにし慎重に徐行運転をこころがけながら高原の路をのぼった。ワイパーを作動させたが、ただ視界が濡れて滲《にじ》んだだけで、ほとんどものの役に立たなかった。対向車がほとんどない。そうでなければ、車を運転しつづけるのに、極度の緊張を強いられることになったろう。

ふいに厚い霧のなかから迫《せ》り出すようにしてホテルの建物が見えてきた。それほど大きなホテルではない。パンフレットにはたしか五階建てと印刷されていたはずである。

現代的なホテルとはいえない。かといって歴史に富んだ由緒正しいホテルという印象もない。古いが、その古さは情緒をかもし出すこともなければ、重厚感を鎧《よろ》うこともなく、ただ滓《おり》のようなものをその底によどませているだけなのだ。

——逃げるのならここに行くべきだろうね。そうすべきだ。何といってもこのホテルに泊まるのがいい……

あの占い師の言葉が胸の底によみがえったが、どうしてか、いま、その口調には嘲笑の響きが感じられるようだった。

昼過ぎにホテルに着いた。

チェック・インは午後二時からで、荷物を預けることはできるが、まだ部屋に入ることはできないという。

フロント係に、占い師が走り書きした略図を見せて、「このホテルのまわりにこんな地形の土地はないだろうか」と尋ねる。仮に、略図に似た地形があったからといって、それでど、う逃げるということがわかるものでもないだろうが、とりあえず、そんなことでも聞かなければやりきれない。このホテルを見たときから、自分は愚かしいことをしているのではないだろうか、という疑いを捨てきれずにいる。街中のビジネス・ホテルにでも潜んでいたほうがまだしも逃げるチャンスがあったのではないか。

「……」

フロント係は略図を見て首を傾げた。その表情に困惑の色が滲んだ。

無理もない。略図といっても、たんなる走り書きで、ほとんど地図の態《てい》をなしていない。見様《みよう》によっては、どんな地図にも当てはまるだろうし、どんな地図にも当てはまらない。人によってはたんにイタズラ書きと見なす者もいるだろう。

「申し訳ありません。これだけでは何ともわかりかねます」フロント係はそう詫《わ》びて、カウンターからパンフレットを取ると、「簡単な地図でしたらこのパンフレットに載っています。

参考になりますかどうか、どうぞ、お使いください」

「……」

そのときのことだ。ふと彼は目まいに似た感覚にみまわれた。とっさにカウンターの端をつかんだ。一瞬、立ちくらみしたのではないか、と疑ったが、そうではない。靴の底にかすかに浮揚感のようなものを覚えた。地震だ。そう思い、天井を見あげたが、照明器具は揺れていない。ロビーの人々にも動揺の色は見られないし、地震だ、とそう思ったときには、すでに揺れは感じなくなっていた。

彼はフロント係に視線を戻した。フロント係は何事もなかったかのように何か書類に記載している。そう、何事もなかったかのように。ふと得体《えたい》の知れない不安が胸の底にそよぐのを覚えた。

――このホテルでは軽い地震が頻発しているのだが、それに気がつく人間もいれば、気がつかない人間もいる、地震は地震でもそうした地震なのだ。あの占い師の言葉がまた脳裏をかすめた。まさか、しかし、そう、しかし……その不安に耐えかねて、「たいした揺れではなかったですね」そうフロント係に声をかけずにいられなかった。

「揺れ？」フロント係は彼を見つめた。ジッと見つめた。つと目をそらし、一瞬、顔をそむけてから、また、その視線を彼に戻す。その目からは砂利石のように感情が褪《あ》せていた。

「なにか揺れましたでしょうか。わたし、なにも気がつきませんでしたが」

……二時になるのを待って、チェック・インを済ませてから、ホテルのまわりに車を走らせた。パンフレットに載っている地図に、占い師の略図を参照し、何とか合致する地形はないか捜したのだ。が、おりあしく雪が降りはじめて、チェーンを装備していない車では、思うように車を走らせることはできなかった。それに、どうせ略図に合致する道路など見つからないに決まっている。あきらめてホテルに戻るしかなかった。

そして、失意の思いを抱いて、ひとり、ツインの部屋に入り、ベッドに寝ころんで、ぼんやりと見るとはなしに壁紙の文様を見ているうちに——それが占い師の略図と合致することに気がついたのだった……

○

……最初はたんなる錯覚かと思った。逃げなければならない。何としても逃げなければならない、と思いつめるあまりに、そんな愚かしい錯覚におちいったのか、とそう考えたのだ。が、見れば見るほど、壁紙の蔓草文様は、占い師が渡してくれた略図に似ていて（というか完全に合致していて）、そんな馬鹿なことがあるはずはないと、どんなに理性で否定しようとしても否定しきれない。偶然の一致と片づけるのはたやすいが、こんな偶然があっていいものではないだろう。

壁紙の蔓草文様は非常に複雑にからみあい、こみいっていて、なにか空間恐怖症患者の描く絵のようにびっしりと壁一面にひろがっている。しかも、すべては緑に統一されているために、その蔓草を目でたどりつづけるのは困難きわまりない。

占い師の略図は、ジグソー・パズルのピースに似て、しかもそのピースは何枚か欠けていて、不可思議な曲線をえがいている。その曲線を目で追ううちに、瞼《まぶた》が痙攣《けいれん》し、眼球の端がチクチクと痛んできて、ふと気がつくと、どの蔓草を追っていたのかわからなくなってしまう。

が、たしかに、壁紙の一部を成している蔓草文様が、占い師から渡された略図と一致しているのは間違いないことなのだ。ベッドの縁、壁からもっとも離れたところに体を移して、目の焦点をややずらすようにし、壁紙を凝視していると、そこに占い師の略図そのままをはっきり見てとることができる。壁紙の蔓草文様はたしかに緑一色であるが、子細に目を凝らすと、そこの部分だけはその緑の色がやや薄いように感じる。そのあとをたどるのは難しいには難しいが、できない相談ではないようだ。

蔓草文様の端から端までを目で追うのではなく、その最尾端だけを見ると、そこに蓮の花に似た文様がえがかれているのがわかる。それも、なにかしら心の安らぎを誘うような花の文様なのだ。その花弁は十分に開ききっていて、蔓草のさきに咲いているというより、蔓草から花弁のなか、どこかべつの世界に通じているようにも見えないではない。

——あの占い師のいっていた、逃げるのならここに行くべきだ、というのはこのことではないだろうか……ふと、不合理とも不条理ともつかない、そんな思いが胸をよぎるのを覚えた。胸をよぎって、なにをバカなことを、と笑い飛ばそうとするその衝動が、底のほうで瞬時に凍てついた。そもそも高原のホテルに泊まってどこかに逃げようという発想そのもの自体がすでに異常といっていい。その異常ということでは、壁紙の蔓草をたどってどこかに逃げよう、という発想にしたところで、五十歩百歩ではないか。

頭のなかが軋《きし》んだ。どこか奥のほうで、目に見えない歯車の嚙《か》みあわせが、一刻み、カチリと音をたてて進んだ。壁紙の蔓草文様のあの一部分はたしかに占い師の略図に合致している。ぴったりそのままといっていい。略図を地図だと思い込んだのは自分の早とちりではなかったろうか。じつは略図はこの壁紙の蔓草文様をあらわしているのではないか。あの占い師は、略図そのままに蔓草文様をたどって、花のところまでたどり着ければ、そこからどこかべつの世界に逃げられる、とそういいたかったのではないだろうか。

——おれは何をバカなことを考えているんだ。おれは狂っているのではないか……そう自問しながら、そして、たしかにまともではないと思いつつ、狂っている、とはっきり認めるのをためらう気持ちが働くのを覚える。たしかにバカなことだ。が、バカなことだから何だというのか。狂っていたらどうだというのだろう。

占い師にはもう会うことはできない。腕ききの査察官が追ってきている。濃い霧がたちこめ、雪が降り、ホテルの外に逃げることはできない。だとしたら壁紙のなかにでも逃げ込むことを考えるほかはないではないか。

「……」

頭のなかで歯車がまた一刻み、いや、二刻みも三刻みもギシギシと音をたてて回転するのを覚える。歯車が嚙みあっていない。軋んでいる。いや、笑っている。ちくしょう！　誰が笑っているのだろう。いったい、どこの誰におれを笑う資格などあるというのか。腕ききの査察官に追われ、得体の知れない占い師の言葉にたぶらかされ、こんなホテルの一室に追いつめられてしまったこのおれを。

また壁紙を凝視する。

これまでにも増して、ほとんど必死の一念で見つめる。そう、たしかにその蔓草だけはほかの文様に比して、やや緑の色が薄い。それだけが頼りだ。

蔓草文様は複雑にからみあい、さらにからみあい、枝分かれし、さらに枝分かれして、壁一面に際限もなくひろがっている。その緑の迷路のなかで、心なし色が薄いということだけで、かろうじて見分けることができるその蔓草を目で追いつづけるのは至難の業なのだ。

それを目で追う。追いつづける。

追いつづけるうちに、焦点がぶれ、ぼやけて、その蔓草はほかの蔓草にまぎれ、いつしか自分が何を見ているのかわからなくなってしまう。ただ緑の色だけが目の底にかすんでじわり、と滲んでひろがっていくのだ。

ああ、目が痛い、と彼は思う。痛くてたまらない。目の底にチカチカと光点のようなものが明滅する。その蔓草そのものがぼんやりと燐光《りんこう》を発しているかのようにも感じられる。その光が目の底からはなれて人魂のようにふわふわと漂いはじめる……そして、また気がついてみると、自分はその蔓草を見失っているのだ。茫漠《ぼうばく》とひろがる緑色の壁紙のなかに迷子になっている。

「……」

あらためて目の芯に力を込めて壁紙を見つめる。すでに壁紙のなかに逃げ込んでしまうという発想が馬鹿ばかしいという自省の念は消えている。ここまで追いつめられたのでは常識などにとらわれてはいられない。実際、ことここに及んで、常識など何の役に立つというのだろう。――見れば見るほど占い師が渡してくれた略図は壁紙のその蔓草文様に酷似している。それをたどればどこかに逃げられるのだ。というか、いまの彼には、もうそのほかの可能性は考えられなくなってしまっている。それ以外にもう自分が逃げる術《すべ》はない。そう思いつめている。

――逃げなければならない。おれは何としても逃げなければならない……信じることだ、と彼は思う。信じるものは救われる。痙攣するような笑いが唇のうえに波うつ。自分の顔が歪んでいるのを覚える。歪んで、どこか一点、虚《うつ》ろに、無残にほつれていくようなのを覚える。おれは発狂しようとしているのか。狂いかけているのか。

が、狂いかけているのかそうでないのか、自分が小さくなりつつあるのか壁紙の蔓草文様が大きくなりつつあるのか。

しだいにその蔓草の緑がなまなましいまでに鮮明になっていき、その繊維がざわざわと波うちながら目のなかにひろがっていって、やがてはそれが目路《めじ》の達するかぎりつづいている緑の路に変わっていき、はるか彼方《かなた》にはお花畑がひろがっていて、そして——

……査察人はとうとうその男を追いつめた。追いつめた、とそう信じた。信じるのも当然で、これまで公金を横領した人間は数えきれないほどいたが、その査察人が追ったかぎりでは、ただの一人も逃げきることはできなかった。査察人は自分ほど優秀な追跡者はいないと思っていた。だから、ホテルのその部屋に（ノックもせずに）踏み込んで、そこに誰もいなかったときには、意外の念を禁じえなかった。

たしかに、あいつは、いままでこの部屋にいたのだ。そのことは間違いない。ベッドにはそれまで人がすわっていたのを証するくぼみが残っていた。そうまでする気はないが、そのくぼみに触れれば、まだ人肌の温もりが残っているのではないか。

ホテルのレストランで食事でもしているのか、それとも追跡者に気がついて、あわてて逃げだしたのか。

——いや、それはないだろう。査察人は唇を歪めるようにし自分の考えを否定した。窓の外を見るがいい。夜は暗いし、雪は降りつづけている。いくら車を運転しているからといって、こんな夜、こんな時刻に、どこに逃げだそうというのか。この辺鄙《へんぴ》な場所では土地勘のない人間はただ道に迷ってしまうばかりだろう。

「……」

わずかに眉をひそめた。窓ガラスを見つめた。揺れを感じたような気がした。地震だろうか、と思った。が、窓ガラスが震えている気配はない。テーブルのうえに水差しがあるがその水も揺れてはいない。揺れたと思ったのは気のせいか。

いや、そうとばかりもいえない。壁紙の一部分が合わせめのところで数センチほどべろりと剝《は》がれているのだ。蔓草文様がそこだけ途切れてしまっている。やはり揺れがあったと感じたのは錯覚ではないらしい。地震があって、こうなってしまったのだろう。

「……」

査察人はその剝がれたところをジッと見つめた。なにか妙に気になる。が、何がそんなに気にかかるのかわからない。ただ壁紙が数センチほど剝がれているだけではないか。気にすべきほどのことは何もない。

査察人は肩をすくめた。どうも自分はやや神経過敏になっているらしい。ここには誰もいないし何もない。明かりのスイッチを消して部屋を出ようとした。そのとき頭のなかで声が聞こえたように感じた。振り返り、眉をひそめつつ、あらためて部屋を見た。やはり誰もいないし何もない。首を横に振った。明かりを消して、ドアを閉め、エレベーターに向かう。

そして頭のなかで聞こえてきたように感じたその言葉を胸のなかで反芻した。

——明かりを消さないで。何も見えないとどこにも逃げられなくなってしまうから……

エスケープ　フロム　ア　クラスルーム

最近、不況のせいか、街で頻繁にホームレスの姿を見かけるようになった。繁華街や公園ではむしろホームレスのいない場所を捜すほうが難しい。いつのまにか、そんな時代になってしまった。

ホームレスには無関心ではいられない。人道的な見地からそんなふうに思うのではない。島田《しまだ》は概して冷淡な人間でおよそ人道的なことには興味が乏しい。

そうではなしに、どうしてあの人たちがホームレスで自分がそうでないのか。端的にそのことに違和感を抱いてしまうからなのだ。何かそのことに自分一人がズルを働いているようなやましいものさえ覚えてしまう。

事実、とある街角で、自分と非常によく似たホームレスを見かけて、その場から動けなくなってしまったことがある。そのときには、何かそのホームレスが自分の身替わりであるような気がして、すぐにはその場を離れることができなかった。いつまでもホームレスの後ろ姿を見送ったことだった……あのときの痛切に胸をえぐる、悲しい、それでいてどこか奇妙に倒錯したところのある罪悪感は、いまだに忘れることができない。胸の底にこびりついている。

――自分は作家になれなければホームレスになっていただろう。

ときに島田はそう思う。いや、非常にしばしばそう思う。

なにも作家という職業に特別な思い入れがあって傲《おご》った気持ちからそんなふうに思うのではない。作家を天職と思うほど才能に恵まれているわけではないし、事実、それほどの評価を得ているわけでもない。いいところ並び大名の一人にすぎないだろう。いや、それ以下か。

作家になれたのは幸運と偶然からにすぎなかったろうが、その幸運と偶然がなければ、世間から爪弾《つまはじ》きにされたまま、いずれはホームレスにならざるをえなかった。そのことは実感としていつも感じている。

いまだって小説を書けなくなればその日から自分は忘れられ捨てられた存在になるのに違いない。その思いは恐怖感にも似ていつも気持ちの底に張りついているし、多分、客観的な事実でもあるはずだった。その恐怖が島田をして脅迫神経的に執筆に向かわせているといっても過言ではない。

――自分は無能な人間である。最初からどうしようもないほどに壊れてしまっている人間である……

これが嘘《うそ》もてらいもなしに島田の自己評価のすべてだといっていい。むしろオブセッションというべきだろうか。

これをいかにも作家にありがちな、

——自分は世間のはみ出し者なのだ、したがって小説家になるべくしてなったのだ。という肥大したエゴの裏返し、謙虚に見えてじつは尊大さのあらわれでしかない文学的修辞と同列に見なされたのでは心外というほかはない。これは決してそんな甘ったるい話ではないのだ。

島田は自分と世間との関係を考えるときにいつもどこか架空の工場を想起せずにはいられない。その工場では無数の機械部品がベルトコンベアに運ばれている。ベルトコンベアのわきで待機している工員がそのなかから欠陥品を目ざとく見つけ出してそれを捨ててしまう……要するにそういうことなのだ。人間としての規格から外れているのではない。そうではなしに、たんに規格に達していないにすぎない。こんな人間は、しょせんは忘れられ、捨てられるべき存在ではないか。誰からも必要とされない人間なのではないか。

欠陥品、不良品、故障品……島田は自分をそうした人間の一人だと認識している。作家であるか否かにかかわりなく、たんに事実としてそういうことなのだ、と思っている。それが事実であるかぎり、そこに自己憐憫《れんびん》の余地はないし、あれこれと釈明の要もないことだろう。

ときに思うことがある。島田はホームレスになるべき存在だった。それがたまたま偶然が幸いし、瓢簞《ひょうたん》から駒のように作家になってしまった。仮に、この世に〝運命の天秤《てんびん》〟のようなものがあるのであれば、島田のことを詐欺師のように感じているのではないか。不当に運命をかすめとった破廉恥漢のように感じているのにちがいない。

そうだとしたら〝運命の天秤〟はことあるごとに島田に干渉し、彼を世間から弾き出そうと試みることだろうか。彼を本来あるべき姿、ホームレスに戻そうとするのではないだろうか……

＊

いまでこそ児童のアスペルガー症候群、学習障害、発達性協調運動障害などが教育現場で理解されるようになったが、島田が成長した昭和三十年代にはそんな発想は皆無だったといっていい。

彼らはたんにできない子であり、運動神経の極端に鈍い子であり、手先の不器用な子であり、協調性に欠けて友達のいない子であった。要するに彼らは、級友にとっても、教師にとっても、見えない子であって、ときに目の端に入ることでもあれば、それは端的にうざったい存在であり、排除されるべき存在であった。

現在、自閉症も含めて、学習障害、発達性協調運動障害は、生まれながらの脳の疾患が原因していると見なされることが多い。その症状はさまざまであり、じつに幅があって、それを理解することの非常に困難なことが、いまも教育現場に混乱を招いている。島田が成長した昭和三十年代であればなおさらのこと、教育現場でこの障害が認知されることは皆無だったといっていい。当時、そうした子供たちは、まさに学校で生き地獄のような日々を送らざるをえなかった。

この歳になってしまえば、それもどうでもいいことかもしれない。しかし――

島田はときに子供時代に想《おも》いを馳《は》せ、自分の障害がどの程度のものであったのか、それを推し量ろうとすることがある。

アスペルガー症候群と診断される人間の多くは、言語障害が顕著《けんちょ》であるために、彼、もしくは彼女が小説を書くことはまずありえないのだという。したがって島田がアスペルガー症候群でないことだけはまず間違いないものと思われる。

運動神経が極端に鈍いこと、手先が極端に不器用なこと、ソーシャルスキルが皆無であることなどから、多分、非言語障害と発達性協調運動障害が微妙に重なりあっている（いたと過去形で片づけられないのは残念だが、脳そのものに疾患があるのであれば、この障害を負った人間がそれから治癒することはありえない）のではないか。

この障害を負って苦悩してきた人間は自分の病名を知ると往々にしてホッと安心するのだという。島田にもその気持ちはわからないではない。

協調障害を負った人間は、ただでさえ、そのことで社会生活を営むのに非常な苦労を負わされる。しかも、それを周囲の人間からあたかも、彼、もしくは彼女自身の人間性に問題があるからのように誤解されることが少なくない。不条理とも何ともいいようのない話だが、その人間性、性格等に欠陥があると見なされて逆に迫害されてしまう。いわば二重の意味での苦悩を強いられることになるわけで、自然、そのことに罪悪感、劣等感を持つようになる。彼らの自己評価の低さはじつに痛々しいほどである。

生きるのに非常な苦労を強いられるうえに、それはすべておまえが悪いからなのだ。おまえが劣っているからなのだ、という罪悪感を負わされる。生涯、ゆえのない劣等感に煩悶《はんもん》しつづけることになる……その不条理な終わりのない苦しみを思えば、自分が病気であるのを知らされることは、むしろ、その罪悪感、劣等感から解放されることを意味するのは想像に難《かた》くない。そのことに救われたように感じるのは自然な感情の発露ではないか。

だが、島田はいまさら自分が脳に障害を負っているのかどうか、それを知りたいとは思わない。多分、学習障害か、協調障害と診断されることになると思うのだが、そしてそう診断されれば、いくばくかこの罪悪感、劣等感から解放されることになるとは思うのだが――そのことを潔《いさぎよ》しとはしない自分がいるのを感じる。

これはあくまでも島田一個人にかぎっての感想であって、それを人に押しつける筋合いのことではないだろう。多分、島田自身がどこかいびつになっているだけのことなのだ。それを承知のうえであえていうのだが、自分の障害を知らされ、そのことに救済感を覚えるのは、なにか姑息《こそく》なことであり、狡猾《こうかつ》なことであるような気さえする。生涯にわたっての苦悩をそんなふうにして安易に（安易に？　いや、そうではないだろう。そういってしまっては誤解を招くことにもなりかねないのだが……）投げ出してしまうのには釈然としないものを覚えざるをえない。島田の場合、それは本質的な問題の解決とはなりえないのではないか。

それというのも島田にとって、この障害は劣等感、罪悪感、孤独感だけではなしに、非常な恐怖感をもたらしたからなのだった。この障害を負った人間は誰もがこれほどの恐怖感を負って生きていかなければならないのか。それは島田には何ともわからないことであるのだが……

この恐怖を克服することが、彼にとって人生で最大の課題であることは間違いない。そしてその恐怖を象徴する最大のものが学校なのだといっていい。

島田のような人間にとって学校とはすなわち牢獄の意味に他ならない。教師は冷淡な抑圧者であり、級友たちは残酷な迫害者であった。学習障害を負っているために授業についていけないことが多く（とりわけ算数の習得に問題がある）、それでも机にすわっていなければならないのだから針のムシロというのも愚かしい。体育、図工の授業となると、なおさら嘲笑の的にならざるをえない。それが球技（ドッジボール、バレーボール、サッカー）ともなれば最悪で、場合によっては教師、級友たちの憎しみをかうことにもなりかねない。

運動神経の鈍さ、手先の極端な不器用さ、人と融《と》けあうことのできない悲しさは、明らかに障害のあらわれであるのだが、それが周囲にはどうも当人の性格に問題があるからだと映ってしまうらしい。それが当人の無能、怠慢ゆえに見えてしまうのはどうしてなのか。端的にいって間抜けに見えてしまうらしいのだ。どうして島田のような人間は、こうした場合、二重の苦悩を負わされることになってしまうのだろう。

　こうしたことを打ち明けるのは恥辱以外の何物でもないのだが、島田には、小学、中学、高校を通じて、いい思い出は皆無といっていい。心に残るものは何もない。忘れてしまいたい、と思うことばかりで、事実、そのほとんどを忘れてしまっている。

　これは信じられない話に思えるかもしれないが、小学校、中学校、高校がどこにあったのか、いまではその正確な場所さえ記憶にとどめていないほどなのだ……ある種の人間にとっては、地獄をからくも脱出したあとに、その地獄がどこにあったのか、それを覚えているのは至難のわざであるということなのだろう。

　いい思い出は皆無である。が、恥辱にまみれざるをえなかった思い出、劣等感にあえいだ思い出、悲しみにうちひしがれた思い出は数えきれないほどある。そう、そこには恐ろしかった思い出さえある。恐ろしくて恐ろしくてならなかった思い出さえ……

＊

　島田には奇妙な経験がある。まず、そのことから説明しておいたほうがいいだろう。

　先にもいったように、昭和三十年代には、アスペルガー症候群とか学習障害とかいう概念そのものがなかった。それと同じように引きこもりとか不登校という概念もなかった。概念がなく、言葉もなければ、それは要するにそれに見合う現象そのものがないということなのだ。島田は不登校、引きこもりのはしりでもあったわけなのだが、周囲にそれが理解されるはずもなかった。

　精神的に追いつめられて学校には行けなかった。が、そうかといって、引きこもるべき家庭もなかった。そもそも、そのころの子供には個室というものが与えられていなかった。どこにもシェルターなどはない。引きこもることができずに、それでいて誰の目にも触れないようにしようとすれば、一日中、街をさまようしかない。街をさまよっているぶんには、誰もちっぽけで汚らしいガキのことなど気にする者はいない。島田はその歳にしてすでに「群衆の人」だったわけなのだろう。

　カネがなく、たむろすべき場所もなければ、一日中、街をほっつき歩いているほかはない。トイレはどうしていたのだろう。そのことが不思議なのだが、いまはどうしてもそれが思いだせない。公衆便所ででも済ませていたのか。

　行くところといえば図書館ぐらいしかないわけなのだが、いうまでもなく、学校にいるべき時刻に、図書館で本を読んでいれば、職員からそのことを不審に思われ、咎《とが》められることになる。不用意に図書館に足を踏み入れるわけにはいかない。そこでもっぱら貸本屋を利用することになる。貸本屋の経営者たちは、概して子供たちへの教育的配慮などには無関心で、学校に行っているべき時間に、子供たちが自分の店にいても、そのことを気にかけようともしなかった。

　いまの人は貸本屋といってもピンとこないかもしれないが、要するに、昭和三十年代には、二十円、三十円で、マンガ本を一泊二日で貸してくれるところがあったのだ。いまのビデオのレンタル屋を連想すればいいかもしれない。もちろん、そのころの貸本屋は個人が経営するささやかなもので、いまどきのチェーンのレンタル屋とはその経営の規模において比較にもならないのだが。

　ある日のことだ。いつものように学校に行くふりをし、家を出て、そのまま街をさまよっていた島田は、これもいつものように貸本屋に足を踏み入れた。そのときにそれが起こったのだった。

　それを何と説明したらいいのか。いまだに、それを説明すべき的確な言葉を思いつけずにいる。何といったらいいのか、頭のなかに視神経と連動しているレンズのようなものがあって、そのレンズがグニャリと歪《ゆが》んだかのようなのだ。一瞬のうちに、そこにあるべき世界が遠のいていって、そのかわりに——

　そのかわりにそこに教室があった。水蒸気が噴き上がるようにふいにそこに教室が出現したのだった。ポン、という何かが弾《は》ぜるような音さえした気がする。圧倒的な威容をもってそこに立ちふさがった。

そこには黒板があり、教壇があった。教卓には花を生けた花瓶があった。その花が一輪のコスモスであったのを覚えている。コスモスの花はかすかに揺れていたが、可憐《かれん》という印象はなかった。とんでもない。それどころかコスモスの花はそうして揺れることで無力で無能な島田のことを嘲笑していた。

——逃ゲ切レルト思ッテイルノカ。本当ニオレタチカラ逃ゲ切レルコトガデキルト思ッテイルノカ……

壁には何枚か絵が貼《は》られてあった。その絵がすべて、上端だけが画鋲《がびょう》でとめられているように下半分がまくれあがり、ハタハタと壁を叩《たた》いていた。しだいにその壁を叩く勢いが速まっていった。何人かの人間が一斉に手を打ち鳴らしているかのように感じられた。手を打ち鳴らして島田のことをはやしたてていた。

——アンナコトシテルヨ、馬鹿ダナ、本気デ逃ゲ切レルト思ッテイルンダヨ、馬鹿ダネ、何テ馬鹿ナンダロ、アイツニハ逃ゲルトコロナドナイノニサ、ドコニモソンナ場所ナドナイハズナノニ……

自分の体がそこにあることが意識されなかった。体はない。あの感覚を何と説明したらいいだろう。体から目だけが遊離してそこにある、とでもいえばいいだろうか。教室には子供たちの机が並んでいてそれと向かいあって教卓がある。その間に〝目〟があって、子供たちの机を背にし、教卓側を向いている。体は意識されないのに後頭部だけが意識されている。

正確にいえば後頭部におびただしい視線が注《そそ》がれているのがひしひしと意識される。それは、多分、いや、間違いなしに級友たちの視線であるはずだった。

コスモスの花が揺れ、壁にかかっている絵が一斉にまくれあがる。そしてそれがしだいに、ザッ、ザッ、ザッ、という一定のリズムを刻むようになる。そのリズムはこう聞こえる。馬ヽ鹿、馬ァ鹿、バァカ、バァカ、バァカ……リズムが狂騒的に高まっていった。

いつしかそれは拍子をあわせ机を持ちあげて床に落とす響きに変わっていった。威圧的で、脅迫的で、嘲笑的な響き……これまでは島田のことをいじめるのはごく数人にかぎられていた。そのほかの級友たちはまるで島田などそこに存在しないかのようにふるまっていた。それがいま級友たちはよってたかって島田のことをいじめにかかっていた。一斉に牙を剝《む》いて襲いかかろうとしていた。

――俺《オレ》タチハ皆オマエノコトガ嫌イナンダヨ。オマエハ気持チ悪イ。汚イ。暗イ。俺タチノクラスニオマエナンカ要ラナイ。オマエナンカ死ンデシマエ、オマエナンカ死ンデシマエ、オマエナンカ死ンデシマエ……

ひしひしと後頭部に圧迫感が迫ってくるのが感じられた。それは、誰もおまえのことを必要としていない、誰もおまえのことは好きではない、おまえには何の取り柄もない、いいところなんか一つもない、おまえなんか生きるのに値しない人間だ、という無言の圧力となって島田のことを追いつめようとしていた。島田の自尊心（仮にそんなものが残っていたとすればの話であるが）を木っ端微塵《こっぱみじん》に打ち砕こうとしていた。

そのとき島田は思い切って振り返るべきだったのだろう。何がそうまで理不尽に島田を苦しめているのか、その元凶を突きとめるべきだったはずなのだ。が、島田にはそうすることができなかった。多分、何をするのにもあまりに無力で無能にすぎた。なにより致命的なことに、そうするのに必要な、ほんのわずかな最低限の勇気さえ欠いていた。

島田はついに振り返らなかった。振り返ることができなかった。そのかわりに悲鳴をあげた。悲鳴は嗚咽《おえつ》となった。多分、そのまま嗚咽しながら気絶してしまったのにちがいない。そして、そのあとのことは何も覚えていない……

人はそんなことがあるだろうかと訝《いぶか》しむかもしれない。そうまですべてを忘れてしまうことがありうるだろうか。島田としてはありうると答えるしかない。なにしろ自分の母校がどこにあるのかも忘れてしまうほどの頼りない人間なのだ。そんなことがあったとしても何の不思議もないのだろう。

＊

その後の島田の人生はそのときのことを忘れるためにすべて費やされることになったといっても過言ではないだろう。あの教室から逃げるために、ただそれだけのためにすべてが費やされることになった。作家になったのもそのためだったし、多分、結婚したのもそのためだったにちがいない。子供は可愛《かわい》かったが、子供を可愛いと思うのも、じつはあの教室を忘れたいがためではないか、とそう疑ったことさえある。それほどまでにあの教室のことが心底から恐ろしかった

それであの教室から逃げ切ることができたのだろうか？　逃げ切ったと思ったこともある。それどころか、そんなことがあったのを完全に忘れてしまったことさえある。それはいいかえれば無意識のうちに、自分の人生はそれなりに成功している、と自分自身に確認することでもあったろう。しかし……

あの教室はいわば島田の人生そのものであって、そもそもそれから逃げる、などということが可能なのかどうか。いったい人が自分自身から逃げることなどできるものだろうか。できないのであれば、いつかはなけなしの勇気を振りしぼり、振り返って、それと向かい合わなければならないのではないか。そのときはすでに指呼《しこ》の間《かん》に近づいているのではないだろうか。

数年まえ、思いがけず急病に倒れて、緊急治療室に運び込まれたことがある。多分、麻酔の副作用ででもあるのだろうが、緊急治療室のベッドに体を拘束され、島田は暴れに暴れたのだという。獣《けもの》のように呻《うめ》いて咆吼《ほうこう》を発したのだという。意識を取り戻し、そのことを聞かされ、（もちろん自分では覚えていないから）大いに恐縮させられたのだが、そのときにふ

と記憶の縁のほうをあの教室がチラリとかすめたように感じた。

緊急治療室に運び込まれたときにそれがあの教室のように感じられたのではなかったか。そのことがあったから島田はあれほどまでに暴れたのではなかったか……

二月《ふたつき》ほどで退院することができたのだが、病は癒えても、あの教室はそのまま意識の底に居残ってしまったようなのだ。日を追うにつれ、それが鮮明になっていくのがありありと実感された。あの教室は島田の人生に急速に肉薄しつつあるようなのである。そのことを如実に意識するようになって、あの教室こそが自分の人生そのものなのだ、という思いが確信にまで高まった。

人は永遠に自分の人生から逃げつづけることはできない。どんなにそれが恐ろしいものであり、直視するに堪えないものであっても、いずれはそれと真正面から向かい合わなければならない。多分、人が自分の運命を生きるとはそういうことなのだろう。

退院してからのち、何かというとあの教室が島田の背後に立ち現れるようになった。その気配が濃厚にある。振り返ると消えるのだが、それが消えずにそこに立ちふさがるのも遠いことではないような気がする。多分、明日にでも、いや、今夜にでもそのときがやってきそうな気がする。やってくるだろう。

ときに島田は自分のこれまでの人生は何だったのだろうかと自問することがある。多くの人に会い、さまざまな経験を重ねてきたような気がするが、それもこれもすべては徒労にすぎなかったのではないか。そのすべてはあの教室から逃げるためのものだったと考えるべきだろう。が、結局、あの教室から逃げ切ることができずに、あそこに戻っていくのであれば、要するに何もしなかったのと同じではないか。これまでの自分の人生はすべて虚構のようなものでしかなかったのではないか。

　いつかはあの教室に追いつかれる。いつかはあの教室に戻っていくことになる……そのときはいまかもしれない。いま、この原稿を書いている自分の背後にそれが現れ出《い》でようとしているのかもしれない。そのことをひしひしと痛いほどに背中に感じる。

　今回はもう逃げることができない。気を失うこともできない。今度こそ振り返ってそれを直視しなければならないだろう。あの教室を、自分の人生そのものを――どんなにあの声が耳を圧して聞こえてこようとも、それがどこまでも追いすがってこようとも……

　――俺タチハ皆オマエノコトガ嫌イナンダヨ。オマエハ気持チ悪イ。汚イ、暗イ。俺タチノクラスニオマエナンカ要ラナイ。オマエナンカ死ンデシマエ、オマエナンカ死ンデシマエ、オマエナンカ死ンデシマエ……

TEN SECONDS

（一秒）

私の場合、どれぐらいここにいるのか、それを確認したところで意味がない。前任者と入れ替わり、この窓際の席にすわって、さあ、何時間になるのか、何日になるのか、まさか何ヵ月ということはないだろうが――それだって自信がない。前任者に会釈をし、席を入れ替わり、テーブルに飾ってある花を見て、きれいだなと思った。この窓際のテーブルは、いつも予約席の札が置いてあって、そのくせ、誰かがここにすわっているのを一度だって見たことがない。かねがね、おかしいな、とは思っていたのだが、要するに幽霊の指定席だったわけなのだろう。そのことにようやく気がついたときには、何のことはない、私自身が幽霊になっていた。――たぶん、店の経営陣か、従業員のなかに、霊感の強い人間がいて、それでこんなふうに幽霊の指定席が設けられることになったのにちがいない。

（二秒）

国道が交差する交差点に面したファミレスだ。――交通量が激しいわりに、信号の点灯間隔に工夫がなく、しかも夕暮れには西日が当たって、その反射のために見にくくなってしまう。以前から危険が指摘されていて、事実、事故も多かったのだが（なにしろ幽霊の指定席が設けられるほどだ）、まさかこの私が事故にあうことになろうとは思わなかった。ファミレスで出される料理は可もなく不可もなく、まあ、それなりのものでしかないのだが、ふしぎにシーフード・カレーだけは罰当《ばちあ》たりなまでに美味《おい》しい。定期的に食べたくなってしまうのだが――その日にかぎって、つい赤信号の長さにじれて、横断歩道でないところを渡ってしまったのがいけなかった。トラックに轢《ひ》かれ、内臓破裂の、くも膜下出血で、あっさりと死亡……。まあ、唯一の心残りが、カレーを食べられなかったことなのだから、死んで惜《お》しいような人生ではなかったかもしれない。何の取り柄《え》もない、私のような人間がまがりなりにも六十近くまで生きてきたのだから、それでよしとしなければならないだろう。

（三秒）

だが、その子は違う。たぶん高校一年生――もしかしたら、まだ中学生かもしれない。健康で、はつらつとしていて、人生の希望にあふれている。歩くたびに制服のリボンが（まだ十分に膨らんでいない胸のうえで）揺れるのが何かまぶしいほどだ。もちろん名前は知らない。何度か、この交差点で、通学途中の彼女の姿を見かけたことがあるだけだ。いま、彼女がいつものように、はつらつと交差点を渡るのを見て、私はそのことに微笑《ほほえ》まずにはいられなかったのだが――交差点の反対側を走ってくる車に気がついて、その微笑みがこわばってしまうのを覚えた。

（四秒）

その車を運転しているのは、私が週に一度ほど通っていた居酒屋の主人で、たしか名前を木村《きむら》とかいったように思う。看板の灯《ひ》は十一時に消してしまうが、それ以降、常連たちと明け方まで飲んでいることが多い。たぶん昨夜もそのくちで、徹夜で飲んで、いま帰るところなのだろう。それはいい。それはどうでもかまわないようなものだが問題は、――木村が居眠り運転をしていることだ。ハンドルのうえに顔を突っ伏すようにしてうつらうつらとしている。信号が赤なのにブレーキを踏む気配さえ見せない。このままでは交差点に突っ込んでしまう。彼女を轢いてしまう。それだけの猛スピードで轢かれれば彼女は即死せざるをえないだろう。若い彼女が私のようにみすみす幽霊になってしまう。――どうすればいいか。

（五秒）

――彼女が危ない。何とか彼女を助けなければならない……。そう思ったときには体が（幽霊には体がないというのであれば意識が）二つに分裂し、一つは窓際の席に残り、もう一つはふらふらと交差点にさまよい出て、彼女のまえに立ちふさがった。立ちふさがったつもりなのだが、——彼女は私の体だか意識だかを何の抵抗もなしにスッとすり抜けて、そのまま何事もなかったように歩いていく。事実、彼女にしてみれば、何事もなかったのだろう。幽霊には物理的な肉体はない。したがって光は反射されず、吸収もされないから、人間（にかぎらず、それがどんな生き物であろうと）の目に知覚されることはない……。それはそうではあるのだが、私としては、そのことに納得してはいられない。このまま彼女が横断歩道を歩いていき、木村が居眠り運転をつづければ、あと数秒で悲惨な事故が起こることになる。彼女は死んでしまうか、（最大限に運がよくても）障害を残すことになるだろう。

（六秒）

幽霊になった私が、どうにかして彼女に幽霊の姿を見させることができないものか、と苦慮するのは、何とも皮肉な話としか言いようがないがそのことに苦笑している余裕はない。何としても私は彼女のまえに姿を現し、「とまれ」、「もう歩いてはならない」と注意しなければならないのだが——それを可能にするにはどうすればいいだろう。幽霊は光を反射もしなければ吸収もしないはずなのに、人はまれにその姿を目撃することがあるらしい。物理的には絶対にありえないことのようだが、人類がこれまで一度も幽霊を見たことがないのであれば、そもそも「幽霊」という言葉が生まれようはずがない。まれに人は幽霊を見ることがある。それはどういうことなのか。なにか光の屈折率にかかわりがあるのではないか。——私はそう思いついた。ガラスだって光をそのまま通してしまうのに、たいていの場合、人はそこにガラスがあることに気がつく。それはガラスに入射した光が屈折するからだろう。——だとしたら、もしかしたら、そう、もしかしたら、幽霊の体も入射した光を屈折させるために、それでまれに人は幽霊の姿を見ることができるのではないだろうか。そういうことなら私はその姿をファミレスの窓ガラスに映すことができるかもしれない。彼女はそれを見ることができるのではないか。

（七秒）

ダメだった。私の姿が窓ガラスに映らなかったのではない。見事に映ったたし、私自身はそれを認識することもできたのだが——どうして脳も視神経も持たない私に視覚があるのか（それともこれは視覚に似て非なる何かなのだろうか）はわからない。これはまた別のときに考察すべきことだろう——、彼女は私の姿に気がつかなかった。私がどんなに「とまれ」、「とまれ」と手を振っても彼女はそれを視認しない。たぶん視神経で捕捉することはできても、脳の視覚野がそれを視覚像として認識することができないのではないかと思う。おそらく人が幽霊を認識するためには、生前、その人物を見知っている必要があるのではないか。脳の長期記憶のなかに私の姿が収蔵されている必要がある。――悲しい話だが、私が彼女を意識するほどには、彼女は私に注意を払っていなかったということなのだろう。

（八秒）

けれども――ここで私は発想の転換をすればいいのではないか、ということに気づいたのだった。たしかに彼女は私のことを記憶にとどめていない。だが、木村であれば、まずは常連といっていい私のことを覚えていないはずがない。車の窓ガラスに私の姿を映し出せば――なにしろ幽霊を目《ま》のあたりにするわけなのだから――驚いてとっさにハンドルを大きく切ってしまうのではないか。彼女は轢かれずに済むのではないか。その結果、木村が大事故を引き起こすことになって、よしんば死ぬようなことになっても、それはまあ自業自得というものだろう。木村がどうなろうと私の知ったことではない。

（九秒）

そのときには彼女も自分めがけて突っ込んでくる車に気がついた。逃げるのも間にあわず、声をあげる余裕さえなく、その場に呆然《ぼうぜん》と立ちつくした。もうこうなれば車のほうで避けてもらうしかない。ハーフ・スピンし、横転して、どこか別のところに激突でもしてくれれば好都合なのだが。――その場合には、まあ、木村には死んでもらう以外にない。私は急いで自分の姿を車のフロントガラスに映した。ドン、というような大きな音が響きわたった。

(十秒)

私は自分がどれぐらい窓際の席にすわっているのかわからないと言った。いまにして知ったのだが、じつは数時間、せいぜい半日ぐらいしか、すわっていなかったらしい。それがわかったのは、木村がフロントガラスに映った私の姿を視認しなかったからであって――、「どうやら、彼、もしくは彼女が死んだということを知らない人間には、その幽霊を認識することができないらしい。つまり木村はまだ私が死んだということを知らずにいる。考えてみれば当然かもしれないけれど、死んだと思ってもいない人間の幽霊を見ることはできない理屈なのだろう。そういうわけできみを助けることはできなかった。きみには済まないことをした」と私が言うと、彼女はガラス越しに、歩道で血を流している自分の死体を見ながら、ううん、とかぶりを振り、「べつにいいの。あなたは一生懸命やってくれた。短かったけどそれなりに楽しい人生だったし……」そう言って私と入れ替わりに窓際の席にすわった。私が旅立つ寸前、シーフード・カレーが食べられなかったのは残念だけど、とそうつぶやくのが聞こえてきた……。

SIDE B

科　学　と　冒　険

わが病、癒えることなく

1

ただ一面のセイタカアワダチソウだ。おれたちはブタクサと呼んでいる。風が吹いてブタクサが揺れる。秋には稲穂が実るようにたわわに銀色に波うつ。冬にはわびしく立ち枯れる。しかし、なんといっても夏だ。夏にはみどり豊かに茂り、はるか〝時閉ステーション〟まで、一枚の絨毯《じゅうたん》を敷きつめたように拡がる。その素晴らしさをどういい表したらいいのかわからない。

今年もまた前夜祭《アンテ・フェストウム》の夜が来る。前夜祭のそのときにはブタクサが歓喜に震え、その穂先から青い光をしずくのように散らす。

風に波うつブタクサの草原がきらきらと水晶のような光を散らす光景は他にたとえようもないほど美しい。それは、ほんの一瞬、おそらく数秒のことにすぎないが、それだけに夢のようにはかなく、切ない思いを胸にきざんで残すのだ。忘れられない。

その前夜祭を待たずにサイコとアブラゲは死んだ。残念だ。あんなに前夜祭を楽しみにし、ほとんど唯一の生きがいのようにしていたのに、それを見ることもなく、あっさりと死んでしまった。

やむをえない。もともと生きるのに不器用な連中だった。生きるのに不器用な人間しか時閉症にならない。

2

ブタクサの草原に高圧送電線の鉄塔がそびえている。その鉄塔から数十メートルのところに五階建てのマンションがある。

十年ほどまえに日本住宅公団が建設したマンションだが、数万キロワットの高圧送電線から洩《も》れる電磁波が、遺伝子ＤＮＡに悪影響をおよぼすということがわかり、ひとりも住まないうちに遺棄された。

窓ガラスは割れ、コンクリート壁にはひびが入り、屋上の貯水タンクは底が抜けて、いつもジクジクと汚水を洩らしている。生い茂るブタクサに埋もれ、朽ちるにまかせて、いまでは野犬の巣になっている。

おれたちは自然にそこに集まった。おれたち五人の時閉症患者は。とにもかくにもそこには屋根がある。雨露をしのげればオンの字で、（なかば野生化したノライヌはおっかないが）高圧送電線から洩れる電磁波のことなど気にする人間はひとりもいない。ジャーノンなんかはテレビ番組を夢で受信できると本気で信じているほどだ。

なにより、そのマンションの屋上からは、はるか草原の彼方《かなた》にそびえる時閉ステーションをのぞむことができる。

夕暮れの、低く垂れこめた雲が茜色《あかねいろ》に染まるときなど、時閉ステーションのシルエットがくっきりと刻まれ、いつまで見ていても飽きることがない。時閉ステーションはちょっと見は遊園地のジェットコースターに似ていて、その空に伸びる優雅な鉄の曲線が、おれたちをたまらなく切ない気持ちにかりたてる。

そんなときには（退屈で、凡庸《ぼんよう》な）湾岸ベッドタウンの遠い街の灯《ひ》も、魔法のように様相を変え、ニューヨークか香港のような宝石箱の夜景を展開する。日が沈んでいくにつれ、しだいに街の灯がきわだって前景にせりだしてきて、ますます時閉ステーションを黒々と塗りこめる。

ついには時閉ステーションが闇に沈んで、その鉄の骨組みが完全に見えなくなるまで、おれたちはジッとマンションの屋上にたたずんでいるのだ。

コンビニのゴミ箱から拾ってきた（賞味期限の過ぎた）弁当を食べ、何十本と空きビンをかき集め、ようやく一本分に溜まったカクテル・ウイスキーを飲みながら、それでもそんなときのおれたちは十分に幸せだった。

おれたちには何がなくても時閉ステーションがある。そうではないか。時閉ステーションは閉鎖されて久しいが、一年に一度、前夜祭の夜にアイドリング作動し、ほんのつかのま、息を吹き返す。〝過去〟への通路が開かれるのだ。そうとも、時閉ステーションの近くに身を置いているかぎり、おれたちは十分に幸せだ。

が、どうやら幸せとは相対的なもののようだ。よせばいいのに、どんなときにももっと幸せな状態を想定してしまう。そして、それを想定したとたん、いまの境遇に不満を覚え、欠けているものを痛切に感じるようになる。十分に幸せなどという状態はありえない。そんなのは自己満足の嘘《うそ》だ。

ある夕暮れ、いつものように闇に沈んでいく時閉ステーションを見ながら、おれたちはふいにいまの自分たちの境遇に耐えられなくなったのだ。

「行きたいよ、もう一度、時閉ステーションから〝過去〟に行きたいよ」ジャーノンが思いつめた表情でそういいだしたのだ。

「忘れろ」とこれはウルフだ。

「お言葉ですがね、なんで忘れなきゃいけないんですかい」からみ癖のあるアブラゲがさっそくからんできた。

「そうよ、なんで忘れなきゃいけないの」意外だったのだが、サイコがアブラゲに賛成して、そうウルフに嚙《か》みついてきた。

「忘れなければ」ウルフは表情を変えなかった。「不幸になるばかりだ」

「なにさ、偉そうに。誰があんたなんかに人生相談してるのよ。いつまで神父様のつもりでいやがるんだ。誰もあんたなんかに懺悔《ざんげ》してないよ」

「時閉ステーションはとっくの昔に閉鎖されたんだ。もう誰も〝過去〟には行けない。あれは遠い昔の夢なんだよ」ウルフの眉のあいだに深いしわが刻まれた。「下手にステーションに近づこうものなら、おれたちはみんなひっつかまって、精神病院行きになる。そんなことにはなりたくないだろ。こうしてステーションを見ることのできる場所にいるだけで十分じゃないか。それで満足するんだよ」

「十分じゃないよ」若いジャーノンが身もだえするようにいった。「満足なんかできないよ」

「そういうこと。ウルフの兄貴のまえですがね、とてもじゃねえが満足なんかできっこねえですよ」

「わたし、もう我慢できないよ。見てるだけじゃ耐えられないよ」

「もう誰も〝過去〟には行けないというのは正確じゃないな」おれはウルフの顔を見つめていった。「前夜祭《アンテ・フエストウム》があるじゃないか」

ウルフはおれの顔を見かえした。ジッと見つめていた。その眉のあいだのしわがいっそう深くなった。やがて、喉に何かからんだような声でいった。「本気でそんなことをいってるのか」

「ああ」とおれはうなずいた。もちろん、本気だ、本気だとも。

おれはずっとそのことばかり考えていた。おれひとりが考えていたのではない。ほかのみんなも（そう、ウルフさえも）そのことばかり考えていたのだ。おれにはそのことがわかっていた。

「やろうよ、ねえ、ウルフ、やろうよ」ジャーノンが泣かんばかりの声でいった。

「物事には頃合いというもんがあるんじゃないんですかね」アブラゲがうなずいた。

「わたし、こんなのもう我慢できないよ。インポの野郎とやってるみたい。いきそうでいけない。いきたいよ」とこれはいかにも淫売《いんばい》のサイコらしい表現だ。

「本気でそんなことをいってるのか」ウルフはあいかわらずおれの顔を見つめていた。

3

おれたちはこの時代にあっては少数の選ばれた人間だ。選ばれた？　いや、あるいはとり残されたというべきか。どちらにしろ時代遅れであることは間違いない。

人にはそれぞれ〝自我〟というものがあって、それが一人ひとりの人間をいわばブラックボックスのように、外からうかがい知ることのできない存在にしている。他者の〝自我〟をたやすく知ることはできないが、その精神の深暗部から（偶然のように）噴きだしてくる〝狂気〟が、かろうじてその深淵を覗《のぞ》かせてくれる……おれたちは、そんなふうに信じられていた、ロマンチックな時代の遺物なのだ。

もちろん、おれはある種の精神障害のことをいっているのだ。

この日本という国では、七十年代の末から八十年代にかけて、その「ある種の」精神障害が目に見えて減ってきた。二十一世紀末のいまでは天然記念物のイリオモテヤマネコのように絶滅寸前なのだ。そのかわりに急増してきたのが、〝境界例《ボーダーラインケース》〟と呼ばれる、離人症とも鬱病《うつびょう》ともつかない、なんともあいまいな症状だ。

心の病というものが、その時どきの時代精神を反映しているのだとしたら、たしかに〝境界例〟は精神病質を一般に大衆化したものだといえるかもしれない。精神病の戦後大衆社会ヴァージョン、水増ししてふやけた、いわば精神病のバブルなのだ。

当人たちはそこそこ深刻に悩んでいるつもりなのだろうが、そこには、あの神聖な〝自我〟のかっとうがほとんど見られない。

二十一世紀と世紀が変わってからは「ある種の」精神障害はほとんど消滅してしまった。日本脳炎や腸チフスのようにほぼ根絶されたといっていい。日本脳炎や腸チフスが根絶されたのは、予防医学の発達によるものだが、どうして「ある種の」精神障害が激減したのか、それを説明できる定説はまだないらしい。

こんなことは、おれがしたり顔であらためて説明するまでもないことだ。精神医療にたずさわる人間なら誰でも知っていることなのだ。

おれのなかに、失われた「ある種の」精神障害をおしむ気持ちがあるといえば、あまりに不穏当な発言に聞こえるだろうか？　しかし——あのけだかい狂気の高揚、おびただしい天才たちがぎりぎり〝自我〟を研ぎすまし、ついにはそこに踏み込まざるをえなかった崇高な狂気の荒野……〝自我〟の深淵にひそむ裸形の魂をかいまみさせてくれた〝聖なる病〟が、永遠に精神病棟から消え失《う》せてしまったというのは、何といってもやはり残念なことではないだろうか。

考えてみれば、その「ある種の」（あまりに大仰であまりに激情的な）精神病は、近世ロマン派の時代にこそふさわしい病なのかもしれない。〝自我〟がスカスカに蚕食《さんしょく》され、個人などというものが信じられなくなった戦後マス社会には、もっとお手軽な〝境界例〟のほうがずっと似つかわしい。

何かにつけて、大げさで深刻なものはこの戦後マス社会では受け入れられないのだ。芸術、文学、音楽、政治運動からサイエンスにいたるまで、ある種の〝軽さ〟を要求されるのが二十一世紀の時代精神であり、それがついに精神病理にまで及んだといえるだろう。

おれたちが選ばれた少数派だというのは、おれたち五人がその精神障害の「気質」を強く受けついでいるからだ。

ジャーノンはまだ高校生だが、自分が誰かの意思にあやつられ、絶えず意識のなかに他者の声を聞いているという、「ある種の」精神障害に特有の「作為体験」に苦しんでいる。夢のなかで（高圧送電線から洩れる）電磁波のささやきを聞いているというのも、つまりはそのためなのだろう。

アブラゲは初老の放火常習犯だが、これもテレビでひっきりなしに誰かが「火をつけろ、すべてを浄化せよ」と本人に命じているからだという。その声は、やむにやまれぬ思いから、どこかに火をつけるまで、執拗《しつよう》に聞こえてやむことがない。

サイコは本名さえこ、彼女は「作為体験」の裏返しである（これも「ある種の」精神障害に特有の）つつぬけ体験に悩まされていて、自分が何をやっていてどんなことを考えても、それがすべて他人につつぬけになってしまうという妄想に苦しんでいる。いわば彼女は自分を大出力の電波発信装置のように感じていて、どうせ何もかも知られてしまうのだから、という自暴自棄な思いから、手あたり次第の無軌道なセックスに走る。いまは二十七歳だが、十七歳で家出したというから、もう十年来の売春婦ということになる。

ウルフは四十代のもとカソリックの神父、頭のなかに聞こえる声を〝神の声〟と信じられるうちは、まだしもそれに耐えることもできた。しかし、その声が（自分自身に対してさえも）ひた隠しに隠していた性的嗜好《しこう》を激しく非難するようになってからは、その苦しさについに信仰を捨てざるをえなかった。その性的嗜好が何であるのか、おれはそれを語る立場にない。

おれ？　おれは自分が確実に自分自身であるという確信を得ることができずに苦しんでいる。ちょっとでも目を離したら（意識のなかに他者が入り込んできて）自分がバラバラに壊れてしまうように感じているのだ。おれには自分という存在がわからない。自分がわからないから、他者と自然に接することができずに、いつも疎外感に苦しんでいる。病理学的には「分裂病感《プレコックスゲフュール》」と呼ばれる症状であるらしい……

　つまり、これがおれたち五人だ。

　おれたちは逆説的な意味で反時代的な存在といえるだろう。〝自我〟が希薄になり、ほとんど失われてしまった時代に、その〝自我〟の喪失に苦しんで、「ある種の」精神病質におちいってしまったのだから。

　もちろん、おれたちは偶然に知りあったわけではない。絶滅寸前になっている「ある種の」精神病質者が五人も偶然に知りあうなどということは確率的にもありえないことだろう。

　三年だ。

　もうあれから三年になる。

　おれには、つい先日のような気がするのだが、三年まえ、厚生省、通産省、それに科学技術庁の三省庁が合同で〝時閉ステーション〟の実験を実施した。当時、マスコミは〝時閉ステーション〟の実験をタイムマシンの開発準備実験などと騒いだものだが、プロジェクトに厚生省が参加していたことからもわかるように、これは本質的に医療実験の色あいが濃かったようだ。

　その被験者として、「ある種の」精神病質を持つ人間が必要とされ、（なにぶんにもその精神病質そのものが極端に減っているため）厚生省がとてつもない苦労をかさね、ようやく日本中の精神科病棟からかり集めたのが、おれたち五人というわけなのだった。

マスコミ発表では、専門用語を羅列してあいまいにぼかされていたが、要するに実験は失敗だった。おれたち五人は時閉ステーションの力場にさらされ、〝過去〟のとば口まで踏み込んだが、そこでパワーユニットがオーバーチャージし、すべてはごわさんになった。

プールに爪先《つまさき》を浸しはしたが、泳ぐまでいかなかったといえばいいだろうか。それとも走りだしたとたんにブレーキが踏まれたといえばいいか？　あのときサイコは、「早漏の男とセックスし、いけそうでいけずに、欲求不満だけが残された」、そんなふうにいったものだが、なるほど、そんなところかもしれない。

実験は無残に失敗し、プロジェクトそのものが放棄されることになって、おれたち五人の被験者はそれぞれの病院に戻されることになったのだが……

しめしあわせて全員で逃げだした。

アブラゲが病室に火をつけ、スタッフが右往左往している隙をついて、窓を破って逃げだしたのだ。そのときにジャーノンが看護人をひとり殴り倒しているが、あの看護人は死んだのではないだろうか。ジャーノンはボクシングのミドル級でインターハイに出場している若者なのだから。

そして、プロジェクトが放棄され、時閉ステーションを残し、あらゆる設備、機材が運びだされたこの荒れ地に、五人、浮浪者さながらの暮らしをつづけてきた。それというのも、ほんのとば口だったとはいえ、〝過去〟に逆のぼったあの快感がどうしても忘れられず、時閉ステーションを去るのが忍びがたかったからだ。時閉ステーションのない人生などとても考えられないようになっていた。

おれたちは、この三年間というもの、発情期の雄イヌが、雌イヌの犬小屋のまわりにへばりつくように、クンクンと未練に鼻を鳴らしながら、時閉ステーションのまわりをほっつき歩いていたのだ。

ここで、もう一度、あのときのサイコの言葉をご紹介しよう。

「お話にもならない早漏だったけど、忘れられない早漏もいるんだよね。だって、早いのをべつにすれば、テクニックが抜群だったんだもん――」

4

新開発の薬品を人体実験するのに集中投与という方法があるのを御《ご》存知《ぞんじ》だろうか？　国際法では禁止されているという話も聞いたが真偽のほどはさだかではない。つまり、該当する薬品を短時間のうちに集中的に投与し、その副作用の有無を測定する実験だ。その薬品を長期にわたって服用しても副作用がないかどうか、それを濃縮《コンデンス》して検査するということらしい。

いわばおれたちがその集中投与実験だった。

時代は人々に〝自我〟に固執しないことを期待している。〝自我〟などないようにふるまえと要求している。いまはそんな時代だ。しなやかに軽々と生きることが人生を快適に過ごすこつだとそう教えているのだ。

しかし、どうしてもその時代精神に順応できない人間がいる。〝自我〟を忘れるどころか、それが希薄になったのに苦しんで、アイデンティティの喪失に悩んでいる人たちがいる……そんな人間が年々増えている。それも等比級数的に増えているといえばいいか。

これは要するに、現代の精神病理を代表する〝境界例〟の典型的症状でもあるのだが、その急激な増加が深刻な社会問題となりつつあった。

〝時閉ステーション〟はその治療システムとして開発されたもので、けっして、当時、一部の無責任なマスコミで報じられたようにタイムトラベルを目的とした装置などではない。〝境界例〟という病を癒やすのに多大な効果があるという予測のもとに開発されたシステムなのだ。

だからこそ、(たんなる〝境界例〟患者ではなく)〝自我喪失〟にもっとも極端な形で苦しんでいたおれたち五人の「ある種の」精神病質者が、その被験者として選ばれたわけなのだった。

おれたちが集中投与実験だったという意味がおわかりだろうか。臨床的な症状は似ていても、「ある種の」精神病質の深刻さは〝境界例〟の比ではなく、おれたちを被験者にしたほうが、より豊富なデータをえられると考えられたわけなのだ。

残念ながら副作用はあった。それも猛烈な副作用があった。実験は中止され、データがおおやけにされることなく、プロジェクトは永遠に放棄されることになった。

しかし、プロジェクトが中断されても、〝自我〟の希薄化に苦しんでいる人間は、〝時閉ステーション〟に一縷《いちる》の望みをたくさずにいられない。

〝時閉ステーション〟に乗り込んだ人間はほんとうの〝自分〟を見つけられる……実験の当初から、そんな噂《うわさ》が流れていたこともあって、ステーションが完全に閉鎖されたいまになっても、なんとか施設に不法浸入しようとくわだてる〝境界例〟患者があとを絶たないのだ。

虹の彼方《オーヴァー・ザ・レインボウ》にほんとうの自分がいる。ほんとうの自分？　じつにロマンチックだ。そうではないか。つまり、これは『オズの魔法使い』の二十一世紀ヴァージョンといえるだろう。

しかし厚生省や科学技術庁としては、莫大《ばくだい》な予算を投下し、公式には（世論の非難を避けるために）開発なかばとされている政府施設に、ホームレスも同然の人間たちをたやすく侵入させるわけにはいかない。

役人という人種はいつの世も変わらない。基本的に無責任なのだ。

政府は一応は無用な事故を避けるためと称してはいる。

が、実際には〝時閉ステーション〟がいかにナンセンスなプロジェクトであり、かつ途方もない税金の浪費であったか、それを国民に知られるのを恐れ、施設からの〝境界例〟患者の徹底排除をはかったのだ。

不法侵入者を排除するために、政府は民間の警備会社と契約し、二十四時間四交代制の監視体制を敷いている。パトロール員たちがひっきりなしに装甲ジープで敷地を巡回しているのだ。

このパトロール員たちが何というか、じつにひどい連中なのだった。〝時閉ステーション〟に侵入しようとする〝境界例〟患者は、ホームレスになっている人間がほとんどで、憲法にうたわれている基本的人権も、この連中にまではおよばない。それをいいことにパトロール員たちは侵入者に対して暴虐のかぎりをつくしていた。

しかし……

おれたちは〝境界例〟患者ではない。おれたちは魂の深部に達する「ある種の」病質者で、しかも〝時閉ステーション〟にとり憑《つ》かれた時閉症患者なのだ。おれたちを甘く見ないでもらいたい。おれたちが本気で〝時閉ステーション〟に侵入しようとすれば、どんなパトロール員もこれを阻止することはできない。

5

夏の朝だ。

この時間になるとかならず東京ベイエリアから微風が吹く。送電線が鳴る。ブタクサの穂先が黄金色《きんいろ》にきらめいて草原がゆるやかに波うつ。

風は東京ベイエリアからはるばるブタクサの草原をわたる。しかし、そこ、でさえぎられる。

〝時閉ステーション〟の周囲二キロにわたってフェンスが張りめぐらされている。風も人間もそこを越えることはできない。

一般の都民はそのことを知らされてはいない。が、フェンスには二万ボルトの高電圧がかけられている。触れるものはみんな死んでしまう。嘘だと思うならフェンスの近くに寄ってみるがいい。鳥や野犬、ウサギが黒こげになって死んでいる。監視体制はどこまでも熾烈《しれつ》で徹底しているのだ。

三台の装甲ジープが絶えずフェンスの周囲を巡回している。パトロール員たちは手錠を持ち、スプレーガンを持ち、警電棒を持っている。大口径の実弾を装填《そうてん》された拳銃を支給されているという噂さえある。ちょっとでも不審な人間は逮捕される。逆らう人間は痛めつけられる。それでも逆らう人間は事故死させられる。ここでは憲法の基本的人権などという言葉はほんの冗談にすぎない。誰もそんなものは気にしない。

しかし、それにしてもいくら何でもこれはひどすぎる。

その警備員はただサイコと寝るだけでは満足しなかった。わずか数万（デフレ）円を出費するだけでサイコの体から絞りとれるだけのぎりぎりの快楽を貪《むさぼ》ろうとしていた。

サイコを地面に押し倒し、そのうえにのしかかり、挿入した。両手を背中にまわし手錠をかけているのは、万が一のためと称してはいるが、じつは淫靡《いんび》でサディスティックなレイプ願望を満足させるためだった。ときおり警電棒をサイコの肌に押しつけ（もちろん最低レベルに調節してはあるが）、サイコに悲鳴をあげさせるのも、つまりはそれで筋肉を収縮させ、しまりのよさを楽しむためなのだった。

小柄で貧相な中年男だ。いつも顔色が悪いのは胃弱だからではないか。装甲ジープのなかで俳句の雑誌に読みふけっているのを見たことがある。年齢的には、一日おきに徹夜を強いられるパトロール業がきつくないはずはないが、慢性的な不況で中高年の就業率が低くなっている。家族のために体に鞭《むち》うって働かざるをえないのだろう。

そう、どこにでもいる平凡で（おそらくは）善良な夫であり父親なのだ。その善良な家庭人が、その内心の抑圧された怒りをぶつけるように、サイコの体をサディスティックに責めさいなんでいる。手錠で拘束し、警電棒を押しつけ、女のあげる悲鳴を楽しんでいるのだ。こんな世の中では人間を信じて好きになるのはとても難しい。

しかし、まだこいつはいい。問題はその相棒のほうだ。若い。たくましいとはいえないが、その贅肉《ぜいにく》のついていない体はしなやかに細い。バードウォッチングが趣味らしい。いつもジープのなかから双眼鏡を覗き込んでいる。鳥が好きというより、端的に人間に興味がないのだろう。

いまもジープのボディによりかかって、相棒の中年男がサイコの体を責めさいなんでいるのを、（鳥を観察するように）ジッと観察している。

興奮してもいない。ましてや嫌悪感を示しているわけでもない。どんな感情もまじえずに、ただたんに終わるのを待っている。

おれにはこいつのほうが恐ろしい。サイコは娼婦《しょうふ》だが、それだけにその体は性的な魅力を発散している。いつも雄を引きつけるフェロモンを放っているのだ。ところがこの若い男ときたらサイコにまったく興味を示そうとしないのだ。娼婦を軽蔑したり、その体に嫌悪感を持つというふうではなく、たんに何の関心もないらしい。その目はどこまでも澄んで、あっけらかんと明るく、清涼飲料水のコマーシャル・タレントのように没個性的に爽《さわ》やかだ。

サイコに誘惑され、（どんなに変態的であろうと）その体に挑んでいく中年男のほうが、まだしも人間味が感じられる。そうではないか。その若い男にはどんな人間性も感じられない。

おれたち四人の男はサイコが犯されるのを草むらにひそんで見ていた。サイコはいわば（ゲイのウルフを除いて）おれたちの共有の愛人のようなものだ。愛情があるかと問われれば、口ごもらざるをえないが、そのたっぷりと蜜を含んだ体には愛着がある。そのサイコの体がほとんど拷問《ごうもん》同然に責めさいなまれているのを目《ま》のあたりにしては、さすがに平静ではいられない。しかし……「あの野郎、気に入らないな」ウルフがそうつぶやいたのは、サイコを犯している中年男に対してではなく、その若い相棒に対してのことだった。

「こいつはうまくないっスよ」アブラゲもチッ、チッと舌を鳴らしていった。

「どうにもまずいや」

「あいつをどうにかしないと」ジャーノンが緊張にこわばった顔を向ける。「ねえ、あいつをなんとかしないと――」

「どうにもならないよ」おれはうんざりと首を振った。

「なんともなるもんか」

当初の計画では、パトロール員たちがサイコの体に夢中になっている隙をついて、装甲ジープを奪うことになっていた。ジープを奪えば、そこにはゲートの同調回路システムが搭載されていて、たやすく〝時閉ステーション〟の敷地に入ることができる。

サイコはこれまでにも何度か食料や酒と交換にパトロール員たちと寝ている。いわばサイコがセックスを持ちかけるのは日常茶飯事で、いまさらそのことでパトロール員たちがその裏に何かあるのではないかと疑うはずがない。

ごく大雑把《おおざっぱ》な計画だが、それだけに臨機応変に動くことができる。女と寝ているときの男ぐらい無防備な存在はない。その隙を襲えば、縛りあげるなり、気絶させるなり、どうにでもパトロール員たちを始末することができるはずだった。しかし……

サイコはどうやらセックスを持ちかける相手をまちがえたようだ。ほかのパトロール員たちを選ぶべきだったのだ。

　中年のパトロール員はサイコに骨抜きになっているが、もうひとりの若いパトロール員はセックスに心動かされた様子はない。非人間的なほど冷静で、バードウォッチングの冷徹さで、相棒の中年男がセックスに溺《おぼ》れ込んでいるのを観察しているのだ。おそらく、どんなものもこの若いパトロール員を動揺させることはできない。そんな野郎だ。

「延期したほうがいいんじゃないか」おれは提案した。

「いまさらそれはできない」ウルフは顔をしかめた。「いつまで延期するんだ？　来年の〝前夜祭《アンテ・フエストウム》〟まで延期すればいいというのか」

「そんなには待てねえっスよ」アブラゲがまた、チッ、チッと舌を鳴らした。「おれも歳《とし》だからね。それにこんな暮らしだ。とても一年は待っていられねえ。もうこんなふうに野良犬が餌をあさるみてえに生きていくのはうんざりなんだよ。一年は待てねえよ」

「それに」ジャーノンがごくりと喉仏を上下させた。「延期しようたってそれをサイコさんに伝える方法がありませんよ。そうじゃありませんか。どうやってそれをサイコさんに知らせるんです？」

「……」

　おれは唇を噛んだ。たしかにジャーノンのいうとおりだ。サイコはすでに計画のなかに踏み込んでしまっている。サイコを見殺しにするつもりがあるならともかく、そうでないかぎり、いまさら計画を延期することなどできっこないのだ。それに……

〝時閉ステーション〟のまわりを野良犬のように嗅《か》ぎまわるこんな暮らしにうんざりしているのはアブラゲひとりではない。おれたちは全員、「待て」と命じられ、永遠に餌にありつけずにいるのだ。口のなかはヨダレだらけになっている。そう、たしかにもううんざりだった。夏には（なにしろ残飯をあさるのだから）食中毒におびえ、冬には凍死におびえる――こんな暮らしをあと一年つづけられるだけの自信はない。

おれは沈黙した。沈黙せざるをえない。

本心をいえば、おれにしたところで計画を延期しようなどとは、これっぽっちも考えていないのだ。そんなことは嫌だ。

「計画どおりやりますよ、いいっスね」黙り込んでしまったおれを見て、アブラゲは飲み込み顔でうなずくと、四つんばいになって後ずさりながら、尻から草原のなかに消えていった。

6

「うふうっ、ふん」中年男はサイコにのしかかってインサートしている。ズボンを膝までおろし、その貧相な（ブロイラーの皮を連想させるような）尻を上下にピストン運動させていた。その年齢を考えればすこし激しすぎるのではないか。人ごとながら脳溢血《のういっけつ》が心配になってくる。

そして——また警電棒をサイコのわき腹に押しつけるのだ。

電極から、パチン、と音をたてて、青白いスパークが走る。

「あああ」サイコは悲鳴をあげて体をのけぞらせる。その腋《わき》、横腹の筋肉が痙攣《けいれん》するようにひきつるのがはっきりわかる。全身から汗がしぶきのように飛び散った。「ああ、痛いよう」

その悲鳴は遠く草原を這《は》っていたおれたちのところにも聞こえてきた。

サイコの悲鳴にジャーノンが耳をおさえて顔を草に埋めた。やめてくれよ、と泣いているようにつぶやいた。ブルブルと全身を震わせていた。「頼むからやめてくれよ」

なにもジャーノンがことさらサイコを愛しているというわけではない。そんなことでこんなに大仰に苦しんだりはしない。

ジャーノンは異常なほど音に敏感なのだ。なにしろ送電線の電気音さえ聞きとれると主張しているほどなのだから。もちろん、なかには幻聴も混じっているだろうが、人一倍、音に対して鋭敏なのはまちがいない。

そして残酷なことに、ジャーノンにとっては、すべての音は苦痛でしかないのだ。ただでさえジャーノンは「ある種の」病質に特有の「作為体験」に苦しんでいる。いつも意識のなかに他者の囁《ささや》く声を聞いているのだ。そんな人間が異常に音に鋭敏なのだからこんな残酷なことはない。

ジャーノンは完璧な静寂を、まったくの無音の世界を求めているのだが、そもそも意識のなかに他者の声が聞こえているのだから、これはとうていかなうはずのない夢なのだった。ジャーノンはブルブルと身を震わせながら地面に這いつくばっている。そんなふうに耳をおさえていても、すべての音を遮断することなど不可能なのだ。ジャーノンの鋭敏すぎる耳には、ブタクサの穂先の擦れあう音さえ、とどろく雷鳴のように聞こえているのにちがいない。

ウルフが背後からソッとジャーノンの肩に手をかけた。その手をジャーノンはじゃけんに払いのけた。「やめてくれよ」

「……」

ウルフの顔にかすかに傷ついたような表情が滲《にじ》んだ。このもと神父様はひそかにジャーノンを愛しているのだ。

ウルフは知性にみちて豪気で慈愛にとんだ精神の持ち主だ。神父としてこんなに似つかわしい人物はいない。そんなウルフが、ただゲイであるというそのことだけで、ジャーノンのような若造にじゃけんにされるのを見るのは、けっして愉快なことではない。

おれは苦々しさを嚙みころしながらうながした。「行こう」

おれたちはブタクサの茂みのなかを這い進んでいるのだ。じりじりとパトロール員たちに近づきつつあった。

計画ではこうなっている。

サイコはスカートに注射器を隠し持っている。注射器のなかにはある種の筋肉弛緩液が入っている。そいつを注射されれば、たいていの人間は呼吸困難におちいって、半日は動きがとれない。運の悪い人間ならば狭心症の発作をおこして死んでしまう者もいる。おれたちとしては中年パトロール員の心臓が十分に頑強であることを祈るばかりだ。

中年パトロール員が呼吸困難におちいれば若いパトロール員は装甲ジープを離れて相棒のもとに駆け寄るだろう。いくら何でも相棒を見殺しにはできない。その隙にアブラゲがジープに飛び乗ってそれを奪う。

若いパトロール員はあいつぐトラブルに動転するはずだ。どんなに冷静な人間でもとっさの判断に迷うのではないか。その迷いをついて、おれたちが茂みから飛びだし襲いかかって、三人がかりでパトロール員を倒す。

そんなにうまくことが運ぶだろうか？　運ぶはずだ。まえにもいったようにジャーノンはインターハイで優勝しているアマチュア・ボクサーのチャンピオンなのだ。そのパンチ力は凄《すご》い。若いパトロール員に武器を使わせる余裕さえ与えなければ、ジャーノンひとりでも相手をたたきのめすことなど簡単なことなのだ。

おれたちの計画がかなり大雑把《おおざつぱ》で緻密さに欠けることは認める。場当たり的ともいえるだろう。しかし、これぐらい大雑把なほうが、いざというとき臨機応変に動くことができる。

おれたちはそう考えたのだ。

ただひとつ、おれたちに誤算があったとしたら、若いパトロール員のほとんど非人間的ともいえそうな冷静さだ。この若者はどんなことがあっても動揺しそうにない。そのことが、唯一、気がかりだった。

これまでの人生で学んだことがある。悪い予感は的中するということだ。そう、どんな場合にも、悪い予感だけは的中する。そのことに例外はない。

しかし、すでにサイコは計画に一歩も二歩も踏み込んでいた。いまさらそれを延期することはできない。

サイコは身をひねるようにして後ろ手に注射器を持っていた。それを自分に跨《また》がった中年男のくるぶしに射《う》とうとしていた。くるぶしには静脈がある。そこに注射を射てば、ほんの短時間に筋肉弛緩液が全身をめぐるはずだった。

そう、いまさら延期はできない。何をどうするのももう遅すぎる。

すべてはいきなり始まった。そして断ち切られるように終わった。

ふいに若いパトロール員がこう中年男に声をかけたのだ。冷静な、というより、ほとんど冷笑的といっていい口調だった。「おっさん、気をつけな、その女は注射器を持ってるぜ。やばいんじゃないか」

「……」

さすがにパトロール員をやっているだけあって、中年男の反応は早かった。警電棒を放りだすと、サイコの手首をつかんだ。おそらく乱暴に手首をひねられたのだろう。サイコが悲鳴をあげた。それに重なるようにして中年男は笑い声をあげ、そしてその笑い声がすぐに悲鳴に変わったのだ。とっさにサイコが中年男の股《もも》に嚙みついたのだ。

中年男は悲鳴をあげ、このあま、と怒声を発すると、サイコのほおを殴りつけた。サイコの頭がガクンとのけぞった。

が、そのときには、サイコは手錠でくくりつけられた後ろ手に、放りだされた警電棒をすくいあげていた。そして、体を反転させると、その警電棒を男の尻に突きいれていたのだ。むきだしになった尻に警電棒を突っ込まれたのだ。しかも、おそらくサイコは警電棒の電圧を最高に切り換えていた。たまったものではない。

「ぐわあぁぁっ」中年男は絶叫をほとばしらせた。サイコのうえでピクンと体を直立させた。その頭髪を逆立たせ、全身からパチパチと放電をひらめかせた。尻の穴から煙りをたちのぼらせた。

若い男はまったく逡巡《しゅんじゅん》しなかった。この若者にはどんな場合にも迷いというものがないのか。人間の血が通っていないのか。腰のホルスターから拳銃を引き抜くと一発でサイコの頭を吹っ飛ばした。そしてクルリと身をひるがえす。

そのときにはアブラゲが装甲ジープの運転席に飛び込んでいた。「ホッホッホッ」奇声をあげながらアブラゲは装甲ジープを発進させた。そして、すぐさまステアリングをひねった。タイヤが凄《すさ》まじい金切り声をあげ、ジープはバックし、ハーフスピンした。

「とまれ」若い男は叫んだ。

こんな野郎は見たことがない。どんな場合にもおよそ動揺するということがないのだ。マシンのように正確に判断を刻んで動く。アブラゲの後頭部に全弾をたたき込んだ。アブラゲの頭から噴水のように盛大に血しぶきがあがった。ほとんど半分になってしまった。アブラゲは死んだ。これで生きていられるはずがない。それなのにアブラゲは奇声をあげつづけていた。「ホッホッホッ」

装甲ジープはフェンスに向かって突っ込んでいった。数万ボルトの高圧電流が真っ赤にスパークを放って、一瞬、装甲ジープのシルエットをありありと刻んだ。ガソリンに引火し爆発した。火柱が噴きあがった。半生を放火犯として生きてきたアブラゲを骨まで焼きつくす炎だった。

おれは草やぶから立ちあがり、叫んで、体をひねると、ブ、、ー、、メ、、ラ、、ン、、を投げた。

この日のために精魂こめて彫りあげたブーメランだった。さしわたし六十センチ、重さ数キロ、どんなものも撃破する破壊力をひめている。硬い木材を削って、丹念なうえにも丹念にしあげた。もともとは野良犬を撃退するために、作り方を覚えたものだが、これは犬を追い払うために削ったブーメランではない。

ブーメランは弧をえがいて、クルクルと回転しながら、飛んでいった。若いパトロール員の後頭部に正確にヒットした。パトロール員は声もあげなかった。拳銃を放りだし、草のなかに前のめりに沈んだ。

鞭打ちぐらいでは済まなかったろう。おそらく頸《くび》の骨が折れたはずだ。死んでもその目は底抜けに澄んで明るいだろうか。

ジャーノンが何か叫びながら草原を走っていった。装甲ジープがふたたび爆発し、その声をかき消した。

ウルフが立ちあがり、おれを見つめると、ぼんやりと疲れたような声でいった。「とにかく、これで〝時閉ステーション〟の敷地に入ることだけはできるわけだよな、ブーメラン」

「ああ」おれはうなずいた。

おそらく、おれの声も疲れていた。疲れて悲しんでいた。

生きていたころには、サイコやアブラゲのことを自分の仲間だなどと一度も思ったことはないが、死んだいまになって、あの連中が掛けがえのない仲間だったことがはっきりとわかった。

せめて悲しんでやりたい。

ほかの仲間たちは、ウルフがおれのことをブーメランと呼ぶのは、おれがブーメラン作りに長《た》けているからだとそう思い込んでいるようだ。べつだん、どう思われようとどうでもいいことだから、そのままにしているが、じつはウルフがおれのことをブーメランと呼ぶのにはべつの理由がある。

おれの人生はいつもブーメランのように同じところに戻っていくのだ。神父だったころのウルフにそのことを懺悔したことがあり、それ以来、ウルフはおれのことをブーメランと呼ぶようになった。

7

おれの人生をブーメランが弧をえがいて飛んでいく。飛んでいく。何度もくりかえし飛んで、しかしいつも同じ場所に戻ってくる。その場所では雨に濡れて子犬がクンクン鳴いている……

おれは転校したばかりの小学生だった。新しい環境になじめず、友人はできず、それどころかわけもなくおれを憎むいじめっ子におびえ、暗い日々を送っていた。地獄のような暗い日々、といえば大げさに聞こえるだろうが、当時、小学生のおれにはそれがまぎれもない実感だったのだ。

そんなおれが、ある雨の日、帰宅の途中で捨て犬を見つけたのだ。

生まれてからほんの一、二週間の子犬だ。段ボールの靴箱に入れられ、その縁に前足をかけて、クンクン鳴いていた。それまで、そしてそれ以降にも、あんなにはかなく可憐《かれん》な生き物は見たことがない。

小さな橋のたもとだった。橋の下では降りつづく雨に増水した川が褐色にうねって流れていた。

おれはしばらく子犬のまえにたたずんでいた。

子犬はおれを見ていっそう声を張りあげて鳴いた。

可愛《かわい》いと思った。

哀れだとも思った。

拾ってやりたかった。

どうして嘘なんかつくものか。

心底から拾ってやりたいとそう思ったのだ。

しかし、おれの両親は生き物を嫌っていて、とても子犬を飼うことなど許してくれそうになかった。もともと父母ともに情感に乏《とぼ》しいところがあり、おれがこんな冷淡な人間に育ってしまったのも、多分に両親の影響があるのかもしれない。

どうすることもできない。あきらめるしかなかった。

おれは行きすぎた。あれで百メートルほどは歩いたろうか？　立ちどまった。ふいに自分が取り返しのつかないことをしたのに気がついた。救いを求めて鳴いているちっぽけな生き物を見捨てようとしているのだ。どんなことがあっても見捨てるべきではない。おそらく、あのままにしておけば、あの子犬は雨にうたれて死んでしまう。おれは急いで引き返した。走った。

が、橋に戻ったときには、すでに子犬の姿はなかった。

おれは川を覗き込んだ。増水した川を靴箱が流れていくのが見えた。しかし、子犬はどこにもいない。もしかしたら、誰か橋を通りかかった人間が靴箱もろとも子犬を川に放り込んだのかもしれない。いつの世にも意味もなく哀れな生き物を虐待して喜ぶ人間がいるものだ。そして、子犬を見捨てたということでは、おれもその人間と同罪だった。その人間を責める資格なんかない。

おれは雨にうたれながら呆然《ぼうぜん》と橋のうえにたたずんでいた。

おれは泣いていたが子犬がかわいそうで泣いていたのではない。

子供心に自分が何か取りかえしのつかない罪を背負ったかのように感じていた。そして、おそらく生涯、自分はその罪から逃れることはできない、そのことがはっきりとわかった。

おれはそのことが悲しくて泣いたのだ。

これがおれのいわば原罪だ。人生を弧をえがいて飛んでいくおれのブーメランはいつもここに戻ってくる。ブーメランにはほかにどんな戻るべき場所もない。

取るにたらない体験だというのか？　そう、たしかに取るにたらない体験かもしれないが、ある意味では、これがおれの人生を永遠に決定づけたともいえるのだ。

それ以降、おれはいつも愛する対象を失いつづけてきた。おれが愛した人間はいつもおれからすり抜けて消えてしまう。あるいは不幸にしてしまう。どんなものもおれの掌《てのひら》には残らない。神話のマイダス王は触れるものをすべて黄金に変えたが、おれは触れるものをすべて腐らせてしまう。おれには何も残らない。いつも。

それがおれの「ある種の」精神病質の傾向を促進させた。それとも他者と正常な関係をはぐくむことができないのが、この病気の特徴だというから、本来的にそなわっていた病理が、その傾向を助長させたのだろうか（この病質を持つ者は自分自身のことさえ意識の底では〝他者〟として感じているという。自分を自分として感じるアイデンティティが決定的に損なわれているらしいのだ。自分を持たない人間がどうして〝他者〟とまともに向かいあうことができるものか）。おれの人生をブーメランが飛んで戻ってくる。ブーメランが戻ってくるのは、どうあがいても変わりようのない、変わることのできない、わびしく孤独なおれなのだ。

ウルフがいう。「あんたにとってその子犬はキリストだったんじゃないか」

おれがいう。「キリストなんかであるもんか。そんなことはない。ただのかさっかきの汚らしい子犬だったんだ」

「ある種の」精神病質者が〝他者〟になじめないのはつまるところ〝自分〟になじめない

のが原因なのかもしれない。自分が誰かにあやつられているという〝作為体験〟も、自分の考えていることがすべて他人に筒抜けになっているという〝つつぬけ体験〟も、要するに自分自身が確保されていないことから起こる妄想だろう。

おれたちにはアイデンティティなどというものは保証されておらず、「私が私である」という言葉は無意味な同語反復でしかないのだ。

どうしてこの〝私〟が、ほかならないこのおれ、精神を病んで、むなしくブタクサの草原をさまようホームレスのブーメランでなければならないのか？　どこにそんな必然性があるのか？

おれにとって、この〝私〟は唯一無二のものであって、自分以外の人間が〝私〟と呼んでいるものは、おれには〝私〟ではない。そして、この〝私〟と、ブーメランと呼ばれるホームレスとのあいだには、どんな内的な関連性もない。〝私〟がブーメランと呼ばれるおれでなければならないどんな必然性もない。

〝私〟が、この時代、あの両親のもとに生まれたのは、たんなる偶然であって、どんなに頭をひねって考えても、〝私〟がべつの人間であってならない理由はどこにも見いだせないのだ。

要するに、おれのような人間には、「私が私である」というアイデンティティが決定的に損なわれているわけなのだ。

もっとも、その〝私〟という自己認識にしてからが、人間がこの世に生をうけ肉体を授けられたときに無条件に付加されるものではない。

どうやら赤ん坊は自己と他者とを区別して考えていないらしい。その意識は、混沌《こんとん》とした「自他未分化」の状態にあるのだが、それがおそらく幼児期になって、自己と他者とをはじめて分離したものとしてとらえるようになる。そして、そのときになってようやく、この〝私〟という認識も生まれるのだ。

考えてみれば驚くべきことであるが、それまで〝私〟はこの世界のどこにも存在していないことになる。

最近の精神病理学では、〝境界例《ボーダーラインケース》〟のそもそもの原因は、この幼児期の「自他分離時期」にあるのではないかと考えられている。この時期、自他の分離に失敗し、自分さえも〝他者〟と見なしてしまった幼児が、成長してのち、アイデンティティの喪失、その希薄化に苦しめられるのではないか、というのだ。

ここでさしあたって問題とされているのは〝境界例〟だが、「ある種の」精神病質がその最たるものと考えられているのはいうまでもない。

こうして〝時閉ステーション〟が開発されることになったのだ。

何度も繰り返すようだが、〝時閉ステーション〟は治療装置であって、タイムマシンではない。しかし被験者を幼児期、新生児、極端な場合には胎児の状態に戻すという意味では、それはある種のタイムマシンといえないこともない。

　それも、たんに心理的に戻すのではなく（そんなことなら催眠療法で十分だ）、現実に被験者をその時代に投げ戻すのだ。そして、自己と他者とを分離させるという精神的な過程を、ふたたび被験者にたどらせる。

　どうしてそんなことが可能になるのか？　被験者にタキオンを照射し、さらに超高密度物体を超高速回転させるなどと説明されているようだが、門外漢のおれにはちんぷんかんぷんだ。どうしてもそれを理解したいというむきには、専門書か、そうでなければ一般向けのブルーバックスでも当たってもらうほかはない。おれには〝時閉ステーション〟のハードを説明するだけの能力はない。

　〝時閉ステーション〟は精神医療に新たな地平を切りひらく、画期的な治療システムになるはずだった。まえにもいったが、いわば集中投与として、おれたち数少ない「ある種の」精神病質者が全国からかき集められたことからも、このシステムに寄せる関係者の期待のほども知れようというものだ。

　しかし……

　ここにとんでもない誤算があった。おれたち被験者が幼児、新生児、胎児の時代に逆行するだけでは満足しなかったのだ。おれたちは何かにとり憑かれたように、もっと先に、もっともっと先に〝時間〟をさかのぼろうとした。おれたちは（増えすぎたレミングが死の行進にかりたてられるように）本能的に自分たちが生まれる以前にさかのぼろうとしたのだ。どんなものもそのほとんど偏執的なまでの強烈な欲望をさまたげることはできなかった。

こうして実験は失敗し、おれたち被験者には〝時閉症〟という病名がつけられ、〝時閉ステーション〟は永遠に閉鎖されることになったのだった。

永遠に？　いや、一年に一度、装置の保全のために、ほんの数時間、それをアイドリング運転させることになっている。

これがつまり、おれたちの〝前夜祭《アンテ・フエストウム》〟なのだった。

8

フェンスは破れた。ふたりのパトロール員は死んだ。サイコとアブラゲのふたりも死んだ。計四人の人間が死んで、〝時閉ステーション〟の敷地に三人の病質者が忍び込んでいく……

フェンスが破れれば警報ベルが鳴り響くのではないかと考えていたが、そんなことはなかった。夏のじりじりと焼けつく陽光のなかに、あいかわらずブタクサの草原がゆるやかに波うっているだけだ。何の音もしない。

もっとも、監視塔からは燃えあがる装甲ジープの煙りが見えているのにちがいない。いずれ警備員たちが集合してくるはずだ。おれたちに与えられた時間は少ない。

そんなことはいい。そんなことはかまわない。

〝時閉ステーション〟が始動するのは、いまから三十分後、正午かっきり、それもほんの十分たらずのことだ。十分間、アイドリング運転して、それでまた来年の夏まで作動することはない。どうせ、おれたちに与えられた時間はごく少ない。

それに、すでにジェネレーターは予備運転を始めていて、強い磁場を発生させているはずで、まともな人間は周囲一キロに足を踏み入れようとはしない。警備員にしたところで自分の遺伝子DNAは大切にしたいはずだ。こんなときにあえて〝時閉ステーション〟に近づこうとするのは、おれたち時閉症患者ぐらいのものではないか。

揺れるブタクサの草原に〝時閉ステーション〟がそびえ建っている。そのジェットコースターに似た鉄の曲線は、はるか空に向かって伸びていて、おれたちの〝過去〟に対する強い憧憬《どうけい》をあらわしているかのようだ。

一見したところ、〝時閉ステーション〟に人影はない。しかし、おれたちとしては念には念をいれておきたい。おれたちに与えられたチャンスはわずか十分だ。ぎりぎり土壇場《どたんば》のところで妙なじゃまが入ったのではすべてがぶち壊しになってしまう。そのことを考えてジャーノンを偵察にやらせた。

おれとウルフのふたりはブタクサの茂みに身を隠してジャーノンが帰ってくるのを待った。ジャーノンはなかなか帰ってこない。おれたちは待った。夏の草いきれのなか、あぶの翅《はね》音《おと》がけだるく聞こえていた。ふと眠気を誘われた。

「わたしは」いきなりウルフがいった。「懺悔したい。聞いてくれるか」

おれはウルフを見つめた。「おれは神父じゃないぜ」

「神父だったら懺悔なんかしない。あんたが神父じゃないから懺悔したいんだ」

「……」

「わたしはゲイだ。何度も罪を犯した」

「ゲイは罪なんかじゃない。ストレートもゲイもバイもつまるところ性衝動ということでは同じなんじゃないか。そんなことで懺悔する必要なんかない。バチカンだってゲイを認める方向に動いているそうじゃないか」

「そうじゃない。そういうことじゃないんだ。あんたは何もわかっていない。わたしは要するに魂の問題をいっているんだ。わたしは何度も心のなかで姦淫《かんいん》の罪を犯した。わたしはそのことをいってるんだよ」

「……」

魂の問題をいわれたのでは、おれには何も答えることができない。おれは沈黙せざるをえない。

ウルフは狼《おおかみ》の意味ではない。そこには、売る男、というもってまわった意味が隠されている。つまり男娼のことだ。ウルフは神父だったころ、新宿をさすらい、何度も男娼を買っている。それはやはり姦淫の罪を犯したということになるのかもしれない。

「わたしは自分がゲイであることがどうしても信じられないんだよ。そんなことがあってたまるものかとそう思う。しかし、それでもやっぱりわたしがゲイであることはまぎれもない事実なんだ。どんなに信じられなくてもそれを否定することはできない」

「それが、あんたが〝時閉ステーション〟に忍び込んで、もう一度〝過去〟にさかのぼろうとしている理由なのか？　幼児期、新生児期、胎児、どこまで〝時間〟をさかのぼっても、きりがないんじゃないか」

「わたしはわたしが受胎された瞬間を見とどけるつもりでいる。父親の精子が母親の卵子と結合する瞬間を見るつもりでいるんだ。それで何がわかるのかといわれそうだが、せめてそんなことでもしなければ気がすまない」ウルフの声が苦しげにひずんだ。息がやや荒くなった。

「……」

おれはウルフが苦しげなのに気がつかないふりをしていた。

じつはウルフは教会の屋上から飛びおり自殺をはかったことがある。死ぬことができずに、脊髄《せきずい》を損傷した。いまだにその後遺症に悩まされ、生体テレメーターを装着しているらしいのだが、ろくにメインテナンスを受けていない装置が故障がちになるのはやむをえないだろう。

「そうなんだよ。せめてそんなことでもしなければ気がすまない。わたしはわたしの〝罪〟が何に起因しているのか、どうしてもそれを確かめたい」

「確かめたところでどうなるものでもないだろう。人はどうせ生まれついたようにしか生きていけない。変わることはできない」

ウルフはいぶかしげにおれを見た。「そういうあんたはどうなんだ？　おかしいじゃないか。人はどうせ変われないと考えているなら、どうしてそんなにあんたは〝時閉ステーション〟に執着しているんだ？」

「……」

おれは答えなかった。答える必要のないことだし、答える時間もなかった。

そのとき草原からジャーノンが姿を現し手を振ったのだ。陽は中天にさしかかり、正午が近いことを告げている。いよいよ〝時閉ステーション〟に足を踏み入れるときがきたようだった。

9

ジャーノンの責任ではない。ジャーノンがどんなに念をいれて偵察しても、しょせんは人間のやることだ。慎重に配備された〝プロウラー〟を発見することなどできっこないのだ。

〝プロウラー〟は殺人ロボットだ。燃料・バッテリー併用駆動の軽装甲車タイプで、もともとはアメリカの兵器会社「ＲＤＳ社」が開発したものだった。

熱線感知センサーと暗視センサー、それに視聴覚センサーをそなえていて、その搭載コンピュータにはあらかじめ敵識別のためのパターンが登録され、瞬時のうちに侵入者を判断することができる。

とにかく小さい。小馬ぐらいの大きさしかないのだ。それでいて旋回・伸縮式の銃台には二挺《ちょう》のマシンガン（むろん銃身は短く切られている）、それに手榴弾《しゅりゅうだん》発射筒を装備している。その駆動輪は強化ラバーに包まれていて、移動するのにぴくりとも音をたてない。ジャーノンが偵察で〝プロウラー〟を発見することができなかったのを責めるわけにはいかない。

〝時閉ステーション〟のチェンバーに入る踊り場だ。そこに足を踏み入れたとたん、いきなり物陰から現れた。マシンガンの銃口はすでにわれわれに向けられていた。逃げることも立ち向かうこともできない。大体、マシン相手に丸腰の人間がどう立ち向かえばいいというのか。

「……」

おれたちは立ちすくんだ。

いや、正確には立ちすくんだのは、おれとジャーノンだけで、ウルフは〝プロウラー〟を見たとたんに床を蹴っていたのだ。

おれは叫んだ。「やめろ」

しかし、ウルフはやめなかった。思いもよらないことだ。無謀というよりいっそ愚かしい。ウルフはわめき声をあげながら、両手をひろげ、〝プロウラー〟に抱きついていったのだ。マシンガンが咳《せ》き込んだ。その破壊力は凄まじい。人間の肉体などズタズタに引き裂いてメンチに変えてしまう。弾道の嵐のなかでウルフの体は糸の切れた操り人形のようにピョンピョンと撥《は》ねた。背中の射出孔から肉の切れ端が飛んで血がしぶいた。それでもウルフは突っ込んでいった。両手をひろげて〝プロウラー〟に抱きついた。

おれはけっして冗談をいっているのではない。こんな状況をジョークにまぎらすすべをおれは知らない。これはまぎれもない事実としていうのだが、ウルフはペニスをズボンから引きだしていた。それを熱線感知センサーに突っ込んだ。いわばウルフは〝プロウラー〟のオカマを掘ったのだ。

おれが叫んだ。「やめろ」

ジャーノンが叫んだ。「ウルフさん」

どんなに叫んでももうウルフを助けることはできない。手遅れだ。

ウルフのペニスからスパークが走り、それを感知したセンサー電圧が超荷重状態になって、一瞬のうちに破壊された。マシンの電気系統がすべてスパークを発し、それが燃料ボックスに引火した。ボン、と鈍い音をたてて、〝プロウラー〟はわずかに宙に浮き、床に傾いた。

そして、そのボディの溶接部分から薄い煙りを吐きだした。〝プロウラー〟は壊れ、そしてウルフも死んだ。感電死だ。

「ウルフ……」

おれは呆然とつぶやくばかりだ。

ウルフは脊髄を損傷し、排尿感覚を失ってしまっている。自力では膀胱内圧《ぼうこう》をはかることができず、器官内に微小な圧力センサーを装着し、膀胱内圧の圧力値が一定値に達すると、その平滑筋を電気刺激して、排尿をうながすようになっている。ペニスをセンサーに突っ込んで、その圧力センサーから電気信号を放った。尿が優れた伝導液であることはいうまでもない。

「ウルフさんらしいや」ふいにジャーノンが狂ったように笑いだした。「オカマを掘って死んでやがんの。ちくしょう、こんな傑作な話はないよ。ウルフさん、オカマ掘って死んじまったよ――」

「……」

おれは笑う気にはなれなかった。

ジャーノンはウルフはオカマを掘って死んだという。しかし、おれの目にはそうは見えないのだ。おれの目には、両手をひろげ、〝プロウラー〟に抱きついて死んでいるウルフの姿は、逆向きになったキリストの磔刑像《たっけいぞう》のように見えるのだ。

ぎりぎり最後の瞬間、ウルフは信仰を取り戻し、キリストと和解したのだ。おれとしてはそう思いたい。

——どうしておれが〝時閉ステーション〟に執着するのか、おれはあんたにそのことを答えなかったっけな。

おれは頭のなかでぼんやりつぶやいた。

——おれはおかしなことを考えているんだよ。あんまり奇妙すぎて、どうやってそれをあんたに説明したらいいか、そのことがわからなかったんだ。

これまで数えきれないほどのタイムトラベル・ストーリーを読んできた。が、おれはいつも、それらおびただしいタイムトラベル・ストーリーに対し、共通してひとつの不満をいだいてきた。不遜《ふそん》を承知でいえば、タイムトラベル・ストーリーはどれも重大な錯誤を含んでいると思う。タイムパラドックスなどという論理の遊びのことをいっているのではない。そんなものはどうでもいい。

おれがタイムトラベル・ストーリーに対していだいている不満というのは、そのどれもこれも〝私〟という視点を欠いているように感じられることだ。

いまたまたまブーメランと呼ばれている〝私〟は、ほかの人間であることも可能だった。〝私〟がブーメランと呼ばれる人間であるのは、どこまでいっても偶然の結果にすぎず、論理的には、アブラゲであっても、ウルフであっても、なんならサイコであってもいっこうにさしつかえない。しかし〝私〟そのものは違う。世界を認識する装置であり、世界を閉ざす地平線でもある〝私〟は、唯一無二のものであって、ほかの人間のそれぞれの〝私〟とは絶対に代替のきかないものなのだ。やや哲学的にいえば、――そして、おれの哲学知識は生かじりのものでしかないのだが――ブーメランやウルフがこんなふうにして存在するのは世界内的諸事実であるが、つまり世界のうちに含まれているが、〝私〟は世界を超越してあるといっていいだろう。

ここで重要なのは、〝私〟が唯一無二の代替のきかないものであるということで、そのことを考えれば、タイムトラベルした人間がたやすく（過去の、あるいは未来の）自分に遭遇するという設定はあまりに楽天的にすぎないだろうか。

世界を認識する装置であり、世界を閉ざす地平線でもある〝私〟が、ふたり同時に存在する――それはいわば超越的な事実である〝私〟が、ふたつに分裂することを意味していて、そのとき世界がどう認識され、どう閉ざされることになるのか、おれにはそれを想像することもできないのだ。

ほかの人間はそれぞれに〝私〟を持っているが、それはおれの〝私〟ではない。おれはそういった。覚えているか？　どんな意味からも〝私〟は唯一無二のものであらなければならないのだ。過去の自分、未来の自分もそれぞれに〝私〟を持ってはいるだろうが、それはほかならないこの〝私〟とはぜんぜん別のものであるはずではないか。

よしんばタイムトラベルが可能になったとしても、過去の自分、未来の自分といったふうに〝私〟が複数存在しうるとはとうてい考えられない。そんなことになれば、〝私〟は超越的事実であることをやめ、たんに世界内的諸事実に格下げされることになるのではないか。もっといえば、おれが生まれる以前に〝時間〟をさかのぼったとしたら、その時代には〝私〟は存在していないはずで、そのとき世界はどう認識され、閉ざされるのか、あるいはそもそも世界などないのか、おれはどうしてもそれを知りたいのだ。

――おれは自分自身に対してアイデンティティを失っている。おれには自分というものがないんだよ。そんなおれだが〝時閉ステーション〟で〝時間〟をさかのぼって、〝私〟がどう変わっていくかを知ることができれば、すこしは自分というものを確認することができるかもしれない。だから、ウルフよ、おれは〝時閉ステーション〟にこだわりつづけてきたんだよ……

　おれはウルフから目をそらし、ゆっくりとジャーノンを見た。ジャーノンはすすり泣いていた。ジャーノンの気持ちがおさまるのをすこし待った。そして、うながした。「行こう、前夜祭《アンテ・フエストウム》だ」

10

チェンバーにはエネルギーが充塡されつつあった。ダイナモが高速回転するように、エネルギーの圧力が急速に高まり、ぴりぴりと空気が震えているのが感じられた。

午前十一時五十五分、あと五分で正午だ。チェンバーの照明があわただしく点滅を繰り返している。いったんジェネレーターが始動すれば、このチェンバーそのものが〝過去〟への射出装置となり、人間はカタパルトで投擲《とうてき》されるように〝時間〟のなかに放りだされることになる。

おれはチェンバーの電子ロックをコンピュータで解除した。潜水艦の気密扉のような重い電動扉がゆっくりと外側に開いた。

おれはチェンバーのなかに飛び込んでいこうとした。それを背後からジャーノンが、待てよ、と呼びとめた。

「……」

おれは振り返った。38口径リボルバーの黒い銃口が目のなかに飛び込んできた。あの若いパトロール員が持っていた拳銃だ。おれはジッと拳銃を見つめ、その視線をジャーノンに転じた。しゃがれた声で尋ねた。「どういうつもりなんだ?」

「あんたは自分が生まれる以前の〝過去〟に戻るつもりなんだろう」ジャーノンの顔は緊張にこわばっていた。

「ああ、おまえもそうしたいんじゃなかったのか」

「そのつもりだった。だけど気が変わったんだ」

「……」

「ぼくは音のない世界に行きたい。それがぼくのほんとうの願いなんだ。ようやくそれがわかった。ゆっくり休みたいんだよ。ただ、静かに、静かに休みたいんだ――」

「自分が生まれるまえの世界に行けば」おれはいった。「願いがかなうんじゃないか。ゆっくり休めるんじゃないか」

「そいつは駄目だ。自分が生まれるまえということは死んだあとも同じじゃないか。死んだ人間は休まない。ただ死んでいるだけだ。そうじゃないか」

「どうするつもりなんだ？」

「あんたには悪いと思っている」ジャーノンは視線を伏せた。「だけど、じゃましないで欲しいんだ。ほんとに、おれ、じゃまされると困るんだよ」

「そんなことを聞いてるんじゃない。どうするつもりなのかと聞いているんだ」

「動け」

ジャーノンは銃身を振った。この若者が人間をひとり殴り殺していることを思い出さざるをえない。凶暴なのではない。その逆に気が弱すぎて、心理的に追いつめられると、暴力をふるわずにいられなくなるのだ。ジャーノンに逆らうのは非常に危険だった。

やむをえない。おれはチェンバーの扉のまえから離れた。

「悪いと思ってるんだ、ほんとだぜ」

ジャーノンはそういい、銃身を振って、おれを後ろに下がらせた。そして、ふいに身をひるがえすと、チェンバーのなかに飛び込んでいった。飛び込むなり、施錠スイッチを押したようだ。電動扉が鈍い音をたてて閉ざされた。

そのとき正午——

〝時閉ステーション〟が稼働した。チェンバーのなかでエネルギーが最高レベルまで一気にのぼりつめた。数万匹のハチが群れ飛んでいるようなハミング音が伝わってきた。電動扉のうえで赤いランプが点灯した。

もう誰にも〝時閉ステーション〟をとめることはできない。いま、ジャーノンは〝過去〟に向かって射出されたはずだ。

ほんのコンマ数秒、瞬《まばた》きする間に、〝時閉ステーション〟は人間を数十年の〝時間〟にさかのぼらせることができる。〝時閉ステーション〟に射出された人間の主観時間と客観時間とには信じられないほどのずれ、があるのだ。

一瞬のうちにジャーノンはおれの手の届かない〝過去〟に去ってしまった。

　しかし、すぐに作動の停止を求める緊急コールのライトが点滅した。ジャーノンがイマージェンシイ・ボタンを押したのだ。何がどうなったのかはわからない。が、ジャーノンの身に何かが起こったのはまちがいない。ジャーノンは救いを求めているのだ。

「ジャーノン」おれは叫んだ。そんなことをしても徒労だとはわかっていた。しかし電動扉に体当たりせずにはいられなかった。狂ったように叫びながら何度も何度も体当たりをかけた。

　そして〝時閉ステーション〟の作動音がやんだ。電動扉が外側に開いて、ジャーノンが転がり出てきた。おれの腕のなかに倒れ込んできた。おれは一緒に転倒しそうになり、かろうじてジャーノンの体を支え、床にひざまずいた。

「駄目だったよ、ブーメラン、バカなことしちゃった――」ジャーノンはおれの顔を見て泣き笑いのような表情になった。その口といわず、鼻といわず、耳といわず、鮮血が噴きだしてきた。

「おれ、胎児に戻ろうとしたんだ。おふくろの腹んなかだったらさ、静かに、静かに休めるとそう思ったんだよ」

「……」

　思いだした。たしかジャーノンは幼いときに母親を失っている。母親との親密な関係が、〝自我〟を養うのになにより大切なものだとしたら、ジャーノンはあらかじめそれを欠いて育ってきたことになる。ある種の人間にはそれは一生をつらぬくトラウマとなってしまうのだ。「ところが、これがお笑い、静かなんかでないでやんの」ジャーノンは痙攣するように笑った。その唇の端から血の泡が噴きこぼれてきた。「おふくろの腹んなか、ぜんぜん静かでないでやんの」

「心搏音《しんぱくおん》だ」おれは痛ましい思いにかられながらつぶやいた。「なんで母親の腹のなかが静かだなんてそんなとんでもない勘違いをしたんだよ。静かなんかであるもんか。胎児はいつも母親の心臓の鼓動音を聞いているんだよ」

「そうなんだよな、ちっくしょう、しくじったな、ブーメラン、おれはさ――」そこでプツンと言葉がとぎれた。体をそらし、床を蹴って、ウウーン、とうめき声をあげた。みじかく痙攣し、そして死んだ。

おれはジャーノンの体が急速に冷たくなっていくのを腕のなかに感じていた。感じながら、どうしてもジャーノンの体を床に横たえる気にはなれなかった。いつまでも、いつまでも抱いていた。

前夜祭《アンテ・フェストウム》は終わった。しかし、おれにとっては何も終わっていないも同然だ。また一年、おれは前夜祭が来るのを待つことになるだろう。それでも駄目なら、また一年、おれはいつまでもチャンスを待ちながら、ブタクサの草原をさまよいつづける。なぜなら、おれは救いがたい時閉症患者で、おそらくそうするのがおれに科せられた唯一の運命であるからだ。

ほかにどんな運命もない。

一元の奇妙な獣

ein eigentümliches Tier

しかしKの喉には一方の男の両の手が置かれ、もう一人は包丁を、その心臓深くつきさして、二度そこをえぐった。かすんでゆくKの目には、彼の顔のまぢかに二人の男が、頰と頰とを寄せあって、決着をながめているそのさまが、なおも映った。

「犬のようだ！」と彼は言い、恥辱だけが生き残ってゆくようだった。

「審判」カフカ　岩波文庫より

1

犬のようだ、と少年は思う。あるいは獣のようだ、毒虫のようだ、とも思う。が、その思いは、ほとんど生理的といっていい恥辱感に遮られ、思考にまで結晶されることがない。恥辱感、それに飢餓感《きがかん》に。

とりわけ飢餓感が胃の腑《ふ》をきりきりとさいなんでいる。まるで肉切り包丁で切り刻まれるかのように。〝出血の儀式《カシュルート》〟で頸動脈《けいどうみゃく》を切られ血を絞り出される生贄《いけにえ》の動物《Tier》でもあるかのように。

一瞬、暗い夜空を振り仰《あお》いだその目に、なにか奇妙なものがふわっと漂《ただよ》っているのが映った。

それは、とてつもなく大きいもので、ほとんど夜空を覆わんばかりに拡《ひろ》がっているのだが、そのくせ幻影めいて不思議に実体感を欠いている。なにか二つの〝現実〟がそこに重なっていて、相互に微妙にずれがある、とでもいえば、この感覚を説明することができるだろうか。少年がこれまでの十四年間の生涯で見てきたもので、少しでもこれと似たものを捜すなら、それはクラゲということになるだろう。

が、クラゲとはいっても、その触手は、タコ、あるいはナマコ、ヒトデのそれのようでもあって、腔腸《こうちよう》動物とも棘皮《きよくひ》動物とも何とも判別し難《がた》い。というか、そもそも、これは動物の名に値するのだろうか。夜空に何キロ、何十キロにもわたって広がっている触手は、どこかパラボラ・アンテナを連想させ（といってもこの時代にはまだそんなものは存在していないのだが）、実際に、帯電してもいるらしく、青白いアークをしきりに放っているのである。

——奇妙な獣《けもの》のように……

ふと、それまでとは何の脈絡もなしに、そんな言葉が脳裏をかすめ、そのことに少年はわれ知らず動揺を覚えている。

が……

どうしてそんなことに動揺しなければならないのか。あらためて考えると、それすらわからなくなってしまう。そもそも自分には奇妙な獣という言葉に動揺しなければならないいわれなどないではないか。

いまさっき、自分のことを犬のようだと思い、獣のようだ、毒虫のようだ、とも思った。そのこととの連想から、あれを奇妙な獣のようだ、と思ったのだろうが、何も、そのことに動揺しなければならない理由などない。

第一、ふたたび夜空を仰げば、そこにはただ闇が拡がっているばかりで、あれの姿はもうどこにもない。あれは錯覚だったのではないか。最初からあんなものはどこにもいなかったのではないか。

——そうだ。最初からあんなものはどこにもいなかった。あれはただの幻にすぎなかったのだ……

少年はそう自分に言い聞かせたが、意識の隅では、自分でもそんなことは信じていないのがわかっていた。

というか、人はあまりに無慈悲にあつかわれ、日々、屈辱を強いられると、この世に何一つ、そう、自分自身の感覚さえも信じられなくなってしまうもののようだ。喜びはもちろん(そもそも、そんなものは最初からないのだが)、苦しみさえも薄っぺらに現実感を喪失してしまう。

かろうじて自分に残されたものといえば、人を屈辱に追いやる嘲笑……無慈悲に容赦のない苦痛……きりきりと胃の腑をさいなんでやまない飢餓……つまりは絶望感にほかならず、それだけが唯一、リアリティのあるもので、ほかのものはすべて取るにたらない幻影にすぎない。ましてや、あんな獣など存在するはずがないではないか。あんなものはどこにもいない！

そう思いながら、しかし少年の意識の底には、あの軟体動物とも棘皮動物ともつかないものが、生々しいリアリティをともない、青白いアークを放ちつつ、うごめいているのだ。

――あれは何だったのだろう。あれはいったい何だったのだろう。

一瞬、意識がどこかに遠のいていきそうになるのを感じた。どこかに遠のいていきそうになるのを……いや、そうではないだろう。そんなことではない。

それまでどうにか統一を保っていた意識が、その紐帯《ちゅうたい》を解かれ、バラバラに分裂しそうになるといったほうがいいか。意識の底が透け、そこに思いもかけないものがあらわになった、といったほうがいいのではないか。

思いもかけないものが、そう、あまりに不条理に思いもかけないものが……

そのときのことだ。背後から子供の泣き声が聞こえてきて、それが少年の夢想をうち破ったのだ。

――何てこった。泣き声なんかあげやがって。あいつらに、ばれちまうじゃないか。

少年は怒りをこめてサッと振り返る。

そこには、ただ闇と風、それに降りしきる冷たい雨ばかりが……

これほどまでに荒涼として救いのない風景はないだろう。ダンテの「地獄」さえもこんなにも徹底して絶望感をみなぎらせてはいないのではないか。

闇の底には、汚物にまみれた泥濘《ぬかるみ》がどこまでも拡がっていて、雨足がその表面に白いレースの縁飾りのようなしぶきをあげている。そのしぶきは化学薬品と酸に汚染され地獄の硫黄臭をたちのぼらせているのだ。

遥《はる》か遠くの一点に焼却炉の煙突があかあかと炎を噴きあげているのが見える。

その炎を、遥か遠くの闇に負い、六歳から九歳までの子供たちが、七、八人、一かたまりに身を寄せあって、雨に打たれつづけているのだ。

雨は非情なまでに冷たい。ハイエナのように貪欲《どんよく》だ。血に氷の吐息を吹きかける。そして幼い子供たちの骨をがりがりと音をたてて嚙《か》んでいる。

この年齢の子供たちがその辛さに泣き声をあげるのは当然ではないか。実際、これは大人たちにも耐えることのできない苦難なのだ。一人が泣きだしたのをきっかけに、ほかの子供たちまで泣きだしたのを、どうして咎《とが》めることができるだろう。

「泣くんじゃないよ。泣いちゃいけない。あいつらに気づかれちゃうよ」少年はそういったが、その声に力はない。冗談じゃない。少年自身がまだ十四歳なのだ。ほんとうは自分が泣き出したいぐらいだ。

ふいに疲労感が、いや、疲労感というより絶望感が、激しい悲哀の念をともなって、体の底から噴きあげてくるのを覚えた。

もうダメだ、と思う。これ以上はもう頑張れない。ぼくはもうダメなんだよ。だって立っているのがやっとじゃないか。もうヘトヘトに疲れきっているじゃないか。

これ以上はもう頑張ることなんかできっこない。ただもう眠たいよ。何がどうなったってかまうものか。ぼくは、ここで、この泥のなかで眠ってやるんだ……

2

ウオッチャーは逆立ちしている。

足が頭頂葉にあり、体幹、手、親指、顔面、口唇、咽頭《いんとう》という順になる。顔が外表面の最下部になるわけで、したがって逆立ちをしていることになる。それだけではない。顔と手が不釣《ふつ》り合いに大きい。足の下に生殖器がある。

ウオッチャーはホムンクルスと呼ばれることもある。ホムンクルス、すなわち小人である。この小人《ホムンクルス》が、脳の表面に逆立ちしていて、しかも、その顔、手、唇、生殖器などが極端に誇張されているのだ。じつにもってグロテスクといっていいが、このグロテスクな小人が、監視人《ウオツチヤー》としてはきわめて有能なのだ。

　このホムンクルスは要するに脳の中心溝の後ろに表象される体表面・脳地図である。脳の両側に細いテープのように走っている領域が、上から下に、足、体幹、手、顔、唇、胸腔、咽頭の順に対応する。

　脳のそれぞれの領域にあるニューロン群が、体のさまざまな部位の局所的な刺激に応じて発火する。これが脳の身体地図であり、「感覚ホムンクルス」とも呼ばれている。

　じつは、この「脳の身体地図」は書き換えることができる。驚くべきことだが、成熟した動物の神経回路が、一瞬のうちに変わって、その結合を一センチあまりも修正することができる。体のさまざまな部位に応じて反応するニューロン群の結合が、場合によって、その地図を書き換えてしまうのだという。それまで、たとえば顔面からの入力刺激に応じて発火していたはずのニューロン群が、突然、手からの感覚情報に反応するようになる。

「脳の身体地図」の可変性《フレキシビリティ》までも含め、そのアバターをすべて、小人《ホムンクルス》と総称している。

ホムンクルスのアバターは網膜端末《レチキユレーター》に３Ｄディスプレイされている。そして、このディスプレイ情報が複数のアンダーネット（〇・〇〇一ミリ秒のコンピュータ・基本サイクルから一〇ミリ秒のニューロン・基本サイクルまで）にリンクされ、それぞれにウエブを張っている。

　要するに「脳の身体地図」というレーダーサイトがそのまま無数の網膜《サイト》にリンクされてい

る。それだからこそホムンクルスは監視人《ウォッチャー》そのものといっていいわけなのだ。

そのレーダーサイトが再結線《モディフイケーション》されたときが、すなわち〝奇妙な獣〟の存在が捕捉されたときといっていい。

〝奇妙な獣《フェノム》〟の存在が捕捉されるのと同時に、宇宙《コス・モス》に待機している「空白号《エポケー》」が起動する。そして幻象帯に突入し、デカルト座標で「戦場《カンプラプラッツ》」を仮想したうえで、〝奇妙な獣〟をホーミング追跡するのであるが……

彼ら〝戦争の子供たち〟に誤算があったとしたら、この〝奇妙な獣〟がそのエクリチュール起源を「プラハ・ドイツ語」に負っていたというそのことであろう。

元来、〝奇妙な獣〟の起源については二通りの説がある。——一つは、人類の「歴史悪」が〝奇妙な獣〟に先だってあるという説で、人類の「悪」が〝奇妙な獣〟を漏出したと説明される。もう一つは、〝奇妙な獣〟が人類の「歴史悪」に先だってあるという説で、この場合には、むしろ〝奇妙な獣〟が人類の「悪」を漏出したのだと説明されることになる。

どちらの説が正しいのか、いまだに結論にまではいたっていないのだが、それも、これが、

「言葉が存在を規定するのか」

「存在が言葉を規定するのか」

という根源的疑義に重ねて考えられるべきことである以上、容易に結論が出ないのもやむをえないことであるだろう。

〝奇妙な獣〟とは何なのか。

人類の「悪」から漏出されたものなのだろうか、その逆に人類の「悪」を漏出するものなのか——要するに、〝奇妙な獣〟は「悪」のメタファーであり、その起源は、いずれかの言語のエクリチュールにある。

〝奇妙な獣〟が『時間』を超越し、「現前したことのない過去」、すなわち痕跡《トレース》のなかにのみ見出されるのはそのためなのだ。

〝奇妙な獣〟が人類の「悪」のメタファーであるなら、それぞれの民族、宗教、とりわけ言語によって、多様に存在するのが当然であるだろう。

つまり人類の「悪」はそれぞれに異なっている。が、それぞれに似かよってもいる。同じように陰惨であり、同じように醜悪であり、同じように残酷である。

人類の「悪」はその一つ一つを取れば、いずれも微妙に異なるが、鳥瞰的《ちょうかんてき》に見ると似たりよったりのところがある……〝戦争の子供たち〟はすでに経験を重ね、そのことを十分に承知していた。知りすぎていたがために、多少、〝奇妙な獣〟たちを追うのに高をくっていたふしがある。

しかし、この〝奇妙な獣〟にかぎっては、その起源が「プラハ・ドイツ語」にあったということに、もっと留意すべきだったのではないか。

「プラハ・ドイツ語」は、プラハのドイツ系ユダヤ人たちの言語である。プラハのマジョリティーであるチェコ人はもちろん、ユダヤ人の大多数がチェコ語を話すなかにあって、マイノリティーに属する言語であったことは否めない。

そのころのプラハは、ボヘミア王国の首都であり、チェコの民族独立運動の機運がたかまるたびに、反ユダヤ主義的な傾向が深まっていった。

つまり「プラハ・ドイツ語」を使用するドイツ系ユダヤ人は、チェコ語という言語共同体から疎外され、同時にユダヤ人社会からも疎外されることで、みずから孤立の道を選んだといっていい。

こうした状況が人々をして、言語に対してきわだって意識的にさせたのか、「プラハ・ドイツ語」文化圏からは多数の詩人、作家、評論家などが出ている。なかでも最も有名であるのがフランツ・カフカであるだろう。

要するに「プラハ・ドイツ語」は、反ユダヤ主義の土壌であるのと同時に、選ばれたユダヤ人の栄光をも負っているわけで、そのアンビバレンツな歴史性は、ほかの言語圏に例を見ない。

繰り返しになるが、このとき〝戦争の子供たち〟は、この〝奇妙な獣〟がそのエクリチュール起源を「プラハ・ドイツ語」に負っていたということにもっと留意すべきであったのだ。

「プラハ・ドイツ語」が、反ユダヤ主義を育《はぐく》む格好の土壌であり、やがてはアウシュビッツにまで帰結することになる言語であることにもっと神経を払うべきであった。

その〝奇妙な獣〟は、「プラハ・ドイツ語」にエクリチュール起源を持っていることから、じつに反ユダヤ主義に始まりアウシュビッツの虐殺にいたるまでの巨大な「悪」を隠喩《いんゆ》することになったのだ。

これを、ほかの有象無象の「悪」と同列に扱うのは、ほとんど致命的といっていいまでの誤りだった。

〝戦争の子供たち〟はすぐにそのことに気がついた。そして残念ながら気がついたときにはすでに遅かったのだ。

その〝奇妙な獣〟はデカルト座標にロック・オンされたはずだった。ロック・オンされるや否や、松果腺が作動し、純粋対象《ノエマ》にまで濾過《ろか》されるはずだった。そのようにして「悪」はすみやかに浄化されるはずだったのだが。

このとき「空白号《エポケー》」艦内にアラームが鳴りわたったのだ。緊急を告げるレッド・アラームだった。

「緊急！　緊急！　照準が狂って的を外した！——」

〝戦争の子供たち〟は呆然《ぼうぜん》としたはずだった。呆然としたし後悔もしたろう。

この〝奇妙な獣〟は特別であって、安易にデカルト座標にロック・オンしようとしたのは、取り返しのつかない誤りだった。そのことはどんなに悔やんでも悔やみきれない。

この「悪」——反ユダヤ人主義からアウシュビッツにいたるまでの巨大な「悪」は、ほとんど宇宙そのものといっていいほど広大なヴァーチャル・ヴァータス・ネットから漏出し、遥か「時間」と「空間」を超えて、アンダーネット・ウエブにじわじわと拡がっていったのだった……

3

「プラハ・ドイツ語」にエクリチュール起源を持つ「悪」が二十世紀初頭のプラハに漏出されるのは当然のことだろう。反ユダヤ人主義に始まりアウシュビッツ虐殺にいたるまでの「悪」がここに具体的な形をともなって実現されることになったのだ。

「悪」は人類という種が吐き出す毒液であり、いわば汚染された廃液のようなものである。それは原則的に、すべての「時間」、あらゆる「空間」に漏出されることになるが、そこにはやはり、おのずから傾斜というものがある。それぞれの「悪」によって、流れていきやすい「時間」があり、「空間」があると考えればいいだろう。

〝奇妙な獣〟はその触手をありとあらゆる「時間」と「空間」に伸ばす。「悪」には繁殖したいという本能的な欲望がある。細菌が播種《はしゅ》するのに似て、ほとんど盲目的とまでいってもいいほどに貪欲なのだ。その「悪」の力で、すべて触れるものを汚染せずにはおかないのだ。「プラハ・ドイツ語」を起源に持つこの〝奇妙な獣〟が二十世紀初頭のプラハに触手を伸ばすのはいわば自然のことわりであるわけなのだろう。

〝奇妙な獣〟は、記号《エクリチュール》を起源としていて、発話《パロール》を起源にはしていない。パロールは、つねに「いま、ここ」という統制下にあり、それが過去、現在、未来へと一直線に繋がって、「歴史」という円環を成している。それに比して、エクリチュールは時制というものを持たず、過去はすべて「痕跡《トレース》」という形をとどめているにすぎない。これがつまり〝奇妙な獣〟がありとあらゆる「時間」と「空間」にその影響を及ぼすことができる理由なのだった……

一九一二年十一月、プラハ……

街を蛇行《だこう》しつらぬいてモルダウ川が流れている。その右手にヨーゼフ街がある。ユダヤ人の旧ゲットーであるが、それもチェコ人の住民が増えるにつれ、しだいにかつての雰囲気を失いつつあった。

が、それでも、その曲がりくねって錯綜した路地は、いまだに迷路めいた面影を残していて、どこかいかがわしささえ感じさせるようだった。

いまにも崩れ落ちそうなまでに老朽化した建物が亡霊のようにたたずんでいる。それらの建物の張り出しや、洞窟様のアーチが、細い道路をいたるところ、ふさいでいて、その奥に光の射さぬ中庭が横たわっているのをぼんやり窺《うかが》わせるのだ。

その路地を突っ切ると、そこは町外れのようになっている。一軒の家のそばに、見捨てられ、荒れはてた、小さな石切り場が横たわっていた。

夜。——あたり一面に月光が降りそそいでいる。

冷たい風が吹きすさぶ石切り場に人の姿はない。

おびただしい枯れ葉が舞う。

その枯れ葉の背後に人影がうごめいた。

フロックコートを着ていた。青白い顔をして肥《ふと》っていて、頭にぴったりとシルクハットをかぶっている。冷たい月光をあびながらじっと俯《うつむ》いていた。

やがてフロックコートを開いた。チョッキにしめたバンドには鞘《さや》がかかっていたが、そこから彼は長い薄い両刃の肉切り包丁を取り出し、これを高くかかげて、月の光で刃をしらべてみた。

どこかで、ギャー、という鳥の鳴き声に似た悲鳴が聞こえてきた。子供の声のようでもあり、若い女性の声のようでもあった。肉切り包丁が月の光にギラリとひらめいた。男は肉切り包丁を振りおろした。

悲鳴をあげてベッドからはね起きる。全身にグッショリ汗をかいていた。ガタガタと震えている。

枕元の時計を見る。午前二時、夜の遅い彼にとっては、寝入りばなといっていい時刻だった。

夜が遅いからといって朝もまた遅いというわけではない。明日もいつものように職場に出勤しなければならない。砂を嚙むように味気ない職場に。

そのことを考えれば夢を見て悲鳴をあげている余裕などないのだ。夢を見て？

——あれはほんとうに夢だったのか。

胸の底で呟《つぶや》いて、そう、いまのは夢だったのだ、とあらためて言い聞かせるのだが、自分でもそのことに納得したようではない。

夢と考えるには、あれはあまりに生々しすぎたのではないだろうか。すべてが、細部にわたるまで、あまりにリアルだった。

あの肉切り包丁にみなぎる緊迫感、月光の氷が砕けるような冷たさ……あれが夢であるはずがない。あんな夢があっていいはずがない。

昨日、ユダヤ人の「出血の儀式《カシュルート》」に関する記述を読んだ。生贄の動物の頸動脈を切って血を搾《しぼ》り取る儀式だ。それが、こともあろうに、二十世紀になって、ユダヤ教徒が「過越しの祭り」のパンをこねるときにキリスト教徒の血を混ぜるという言い伝えに変わってしまった。ユダヤ人は「儀式殺人」をするというのだ。

現に、ここ数年のあいだに、ハンガリーやロシアなどで「儀式殺人」の容疑でユダヤ人が逮捕されているほどなのである。

プラハではユダヤ人は憎まれている。ドイツ人も同じように憎まれている。要するに「プラハ・ドイツ語」をしゃべるユダヤ人は二重に憎まれるということだろう。自分も父親のように「使用言語」としてチェコ語を選ぶべきかもしれない。いまのように「プラハ・ドイツ語」を話しているかぎり、いつ「儀式殺人」の汚名をきせられて、犬のように惨殺《ざんさつ》されることにならないともかぎらない。

彼はベッドに上半身を起こしたまま、じっと暗い窓の外を見つめている。

いうまでもないがユダヤ人が「過越しの祭り」のパンにキリスト教徒の血を混ぜるなどということがあろうはずがない。誹謗《ひぼう》中傷にしてもあまりにナンセンスであるが、多分、ユダヤ人であるということは、そのナンセンスに耐えて生きてゆかねばならないということなのだろう。

が、この、いわば取るに足らないパン種が、いつしか大きく膨らんでいって、それにユダヤ人たちが容赦なく圧殺される日が来るのではないか。なにか「悪」が、取り返しのつかないほど巨大な「悪」が、ひしひしと自分たちユダヤ人に迫りつつあるようなのが感じられはしないか。

この「悪」がどこから来るのかはわからないが、自分が無残に切り刻まれる刃物の、その冷たい感触だけははっきりと感じとることができるのだ。

「犬のようだ」と彼は言い、恥辱だけが生き残ってゆくようだった。

……これまで、こんなに醜い空は見たことがない。まるでバラックの糞尿桶《ふんにようおけ》のようだ。暗く、遠く、臭い。汚れきっている。

その醜い空にめらめらと炎が燃えあがる。そして、一瞬、背景の雲を染めあげる。その雲も傷口にこびりつくカサブタのような醜さだ。焼却炉の煙突から断続的に炎が噴きあがっているのだ。

噴きあがった炎は夜空に舞って嬉《うれ》しそうに舌なめずりする。そして、うっとりとした、甘ったるい声で、美味《うま》い、美味い、と囁《ささや》きかけるのだ。おまえのパパは美味い、おまえのママは美味い……

少年は悲鳴をあげそうになる。その悲鳴はヒステリックにかすれ、どこか笑い声に似ている。もちろん実際には笑うどころではない。冗談ではない。それどころではない。後ずさり、いやいやをするように両手を顔のまえで振る。

雨が横なぐりに激しく叩《たた》きつけている。豪雨のドラムの響き。銀色の飛跡が暗闇を斜めに引っ搔《か》いては消える。そして、その彼方《かなた》に朦朧《もうろう》と白いものを浮かびあがらせる。

その白いもの、、はピラミッドのように積みあげられている。高さは優に大人の背丈ほどあるだろう。その一つ一つが、――ああ、何ということだ！　――髑髏《どくろ》なのだ。これはおびただしい髑髏のピラミッドではないか。雨に打たれ、その眼窩《がんか》のほらから朱色の涙を流し、剝《む》き出しの歯をカタカタと鳴らして笑う。

――おまえのパパは美味い。おまえのママは美味い……

「ああ、ああ、ああ」

少年は狂ったように顔のまえで両腕を振りつづける。泥をはねあげながら後ずさりをする。その表情はなかば弛緩《しかん》している。その目が虚《うつ》ろだ。その緩んだ唇はいまにも笑いだしそうではないか。

背後に固まっている子供たちが一斉に泣き出した。その泣き声に少年はわれに返る。もう一歩だった。もう一歩で少年は無残に発狂していたにちがいない。幼い男の子、女の子たちが一斉に泣き出した。そのことで、少年はかろうじて理性の淵にとどまることができたのだ。

――理性の淵に？　嘘《うそ》だ。この世界のどこに理性などというものがある。飢えと暴力とガス室のこの世界のどこに？

「……」

少年はぼんやりと髑髏のピラミッドを見つめた。

こんなものは嘘だ、こんなものが現実にあるはずがない、とそうも思う。願いを込めればこんなものは消えてしまうに決まっている。だって、そうだろ。こんなものが現実にあるはずがないじゃないか。こんなものは嘘なんだから……

が、どんなに願いをこめても、髑髏のピラミッドが消えることはない。消えるはずがない。これは嘘ではないのだから。すべて現実なのだから。現実はすでにしてそのままで悪夢と化している。何十、何百もの髑髏が無意味に無造作に積みあげられている。この悪夢だけはついに消え去ることがない。

「……」

少年は虚ろにその視線を髑髏のピラミッドから夜空に移動させる。少年をあざ笑うかのように煙突が音をたてて炎を噴きあげる。そして、そこに——

奇妙な獣《eigentümliches Tier》がいた。

4

……そいつはかろうじてその輪郭だけを夜空にとどめている。クラゲにもナマコにも似ているその姿が透明になり不透明になってその背景を明滅させている。

不思議なのはそいつの背景にあるのがたんに夜空だけではないことだ。いや、そこに夜空が透けて見えるのは当然だが、その空のパースペクティブがいびつに歪《ゆが》んでいるように見えるのはどうしてだろう。

　何といったらいいか。そう、排出口から排出される水の、その渦を上から覗き込んでいるかのように——とでもいえばいいだろうか。そこに、遥かに遥かに遠く、べつの世界が、多分、べつの時代が、ぼんやりと浮かんでいるかに見えるのである。

　そいつの体が明滅するにつれ、そのべつの世界、べつの時代が、まるでカレイドスコープを回転させるかのように目まぐるしく変化している……が、少年はそれにはただ虚ろな視線を向けているだけだ。自分が見ているものが何であるか、それがどんなに不可解な現象であるか、そのことをあらためて考えてみることもしない。

　当然だろう。いま少年は、そして子供たちは、飢えて、消耗し、絶望しきっている。どんなものも何の関心も呼び起こさない。世界はただいたずらに大きいだけの糞《くそ》ツボにすぎない。無残に無意味に死にかけている子供たちの関心を呼ぶのに値しない。ただツバを吐きかけてやればいい。

　この世界のすべてはあまりに冷酷で不条理でグロテスクだ。アウシュビッツの子供たちにはどんな希望もない。この残酷な世界の何に期待を寄せろというのか。期待を寄せるだけのどんな価値があるというのか。そんなものはない。

　しかし、にも拘《かか》わらず、少年はいま自分が見ているものに、ふしぎに気持ちが引き寄せられるようなのを感じていた。関心というよりむしろ嫌悪といったほうがいい。が、その嫌悪があまりに強過ぎて、磁石に吸いよせられる鉄片のように、一直線に視線が引きつけられてしまうのだ。

——あれはすべて「歴史」の断片なのではないか……

ふと、そんな妙な思いが頭をかすめるのを覚えた。

妙な思い、というのは、少年はまだ十四歳になったばかりで、これまでとりたてて「歴史」のことなど考えたことがないからだ。

それなのにどうして、いま、このときになって、「歴史」の断片などという妙なことを考えたりするのだろう。そもそも飢えて（犬のように）死んでいく子供にとって「歴史」の断片が何だというのか。何の意味もないことではないか。

そこにかいま見る「歴史」の断片は同時に「悪」の断片でもあるようだった。そこには様々な「悪」が渦を巻いていた、そのほとんどは少年の理解を絶して、あまりに複雑であり、錯綜して、矛盾だらけで、逆説に満ちすぎていた。ただ反ユダヤ人主義からアウシュビッツにいたるその「悪」だけは（少年にとってあまりに馴染《なじ》みの深いものであるだけに）、掌《てのひら》を指すように、その全貌がありありと見てとれるのだった。

が——

その、反ユダヤ人主義からアウシュビッツにいたる、少年にとって馴染みの深い「悪」は、そいつの体を透かして見えるには見えたが、そして、それはじつに鮮烈なイメージではあったのだが、それもほんの一瞬にとどまって、次の瞬間にはもうどこかに消えてしまった。というか、そいつの姿自体が、フッと消えてしまい、あとにはただ暗い夜空に激しい雨が霧のようにけぶっているだけなのだった。

男の子たちの、そして女の子たちの泣き声がにわかに高まった。これまで人類は、その愚かしい歴史のなかで、こんなふうにぎりぎり絶望の淵に追いつめられた子供たちの泣き声を何度耳にしなければならなかったことか。

「あいつらが来たよ。ああ、どうしよう。あいつらがやって来た！」

そのとき焼却炉の煙突がひときわ大きな火の玉を噴きあげる。その炎の燃えあがる音がまるで何かが笑う声のようだ。この子たちの両親を、兄弟《きょうだい》を、姉妹を、殺して焼いた焼却炉が、いままた、ちろちろと歓喜の舌なめずりをする。

この焼却炉は満腹するということを知らない。どんなに貪欲に獲物をあさってもついに満足するということがない。いままた、嬉しそうに笑い声をあげると、おお、兄弟たち、グラスを乾《ほ》せ、饗宴《きょうえん》だ、饗宴だ、とソプラノの歌声を高らかに張りあげるのだった。

焼却炉の煙突が噴きあげた炎に、一瞬、泥の荒野が鮮やかに切りとられ、そこに群がる兵士たちの姿を浮かびあがらせる。兵士たちは全員が武装している。ヘルメットにあかあかと炎が映え、その襟章の髑髏までもくっきりと見て取ることができる。兵士たちはおたけびをあげて走ってきた。

「……」

少年の胸を狂おしいまでの絶望感が締めつける。本気で収容所から逃げることができると考えていたわけではない。が、まさか、こんなに早く捕まることになるとは思ってもいなかった。もう少し、そう、もう少し遠くまで、子供たちを引き連れて逃げることができるだろう、とそう考えていた。

あまりに楽観的にすぎたろうか。そうかもしれない。が、この子たちは、身内をすべてガス室で殺され、焼却炉で焼かれている。どうして楽観的になっていけないわけがあるだろう。ほかにこの子たちにどんな生きるすべが残されているというのか。せめて楽観的になって、それがなぜいけないのか。

ふいに少年の胸を狂おしい思いが突きあげてきた。両手に幼い子供たちを抱いて、自分のもとに引き寄せると、「ぼくはもうあんなところには帰らない、あそこには絶対に戻らない」と大声で叫ぶ。その声はむしろ晴々としている。ここで死のう、とこれは胸の底で呟く。みんな一緒にここで死のう。幼い子供たちが一斉に少年に抱きついていった。

サブマシンガンのスタッカートを刻むような銃声が鳴り響いた。

奇妙な獣《eigentümliches Tier》が動いた。

その腹面に運動器官として数十列もの管足がある。この管足は襞《ひだ》を成していて、ありとあらゆる〝時間〟、〝空間〟にとっかかりを見出して、そこを足場にし、「歴史」を移動することができる。

〝時間〟にも、物理慣性が働くのは当然のことで、このときに生じる逆作用をデカルト座標にとらえれば、〝奇妙な獣〟の位置を正確に割り出すことができる。

ましてや、このとき、〝奇妙な獣〟は――ユダヤ人の「儀式殺人」の噂《うわさ》に端を発してついにはアウシュビッツにまでいたる――「悪」を播種しようとしていたのだから、その位置を固定《ロック・オン》するのは、けっして難しいことではないはずだったのだ。

〝奇妙な獣〟は対象に触手を伸ばす。触手の基部には、眼点、平衡器などがあって、それで対象の〝時空座標〟を正確にさだめることができる。さらに触手には多くの刺胞があり、そのなかから毒針が飛び出し、対象に「悪」を注入することになるのだ。

要するにこのときには、〝奇妙な獣〟は――ほとんどの動物が生殖時にはそうであるように――まったく無防備な状態になって、これ以上もないほど無力な存在と化す。このときこそが〝奇妙な獣〟をしとめる絶好の機会であったはずなのだが。

そのとき「空白号《エポケー》」の艦内通信に悲痛な声が響きわたった。「どうしたのよ。なぜ襲撃しないのよ。〝奇妙な獣〟が逃げちゃうわよ」

「いまは奇妙な獣のことはどうでもいい。子供を見殺しにはできない」応じる声もほとんど泣いているかのようだった。「子供を救え。子供を救え――」

激しい雨のなかに銃火がひらめいた。銃声が炸裂《さくれつ》した。交差する弾道が夜闇にオレンジ色の網の目をつむいだ。わずか数秒のうちにおびただしい弾丸が費やされた。子供たちがバタバタと死んでいった。兵士たちが笑い声をあげる。

が、その笑い声もすぐに悲鳴に変わる。どうしてだろう。兵士たちも次から次に倒れていった。泥のなかに血しぶきが散って、悲鳴がいつまでも余韻《よいん》を残した。

子供たちが血を流して死んでいた。兵士たちも血を流して死んでいた。

その双方の血が泥に溶けあったが、すぐに雨に流され、その赤い色もしだいに薄らいでいくようだった。

雨のなかに人影が二つ——

「〝奇妙な獣〟を逃がしてしまった。作戦の失敗ね。とうとう『悪』を排除することはできなかった——」

一人がそういい、もう一人が、

「子供たちを助けよう。だれか一人ぐらいは助かるかもしれない」

そういった。その声は放心し、無力感に沈んでいた。

〝彼は〟絶望していたが、その絶望はそのまま人類の絶望でもあるはずだった。

このとき逃がしてしまった奇妙な獣《eigentümliches Tier》はその後どうなったのだろうか。
アウシュビッツで頂点にいたる反ユダヤ人主義が、その後の歴史のなかで猖獗《しょうけつ》をきわめたのは、まぎれもない事実であって、そこに奇妙な獣の痕跡《トレース》を求めるのは当然であるだろう。が、トレースではなくて、〝奇妙な獣〟そのものがどうなったかというと、何かに変身して逃げのびたのではないか、と考えるべきであって、その痕跡もまったくないわけではないのだった……

深夜、彼は机のまえにすわり、じっとランプシェードを見つめていた。今夜も悪夢に悩まされ、はね起きることになったのだが、しかし、その悪夢の、生々しいといっていいほどのリアリティが忘れられずに、こうしてペンを取ることになったのだった。
その痩《や》せて、しかし、きわだって高い精神性をうかがわせる顔に、一種、恍惚《こうこつ》とした表情が浮かんできた。そしてペンを一気にノートに走らせる。

「変身」カフカ

グレーゴル・ザムザがある朝、不安な夢からめざめたとき、彼は、自分がベッドのなかで巨大な毒虫に変身しているのに気がついた。

冒険狂時代

雪山遭難保険

——ぼくの職業はスタント・マンでした。

テレビ映画のなかで、主人公になり代わって、ビルの壁にへばりついたり、自動車《くるま》から自動車に飛び移ったりするあれです。

危険は多くて、——しかし、むくわれない仕事というわけでもないんです。あなたが現在《いま》のテレビ界にうといという場合も考えて、じゃっかんの説明をしておきましょう。つまり、スタント・マンというのは充分にむくわれる仕事なんですよ。平たく言えば、収入《みいり》がいいということなんですな。

昔は、こうじゃなかった。

スタント・マンというのは、あくまでも主役の影的存在でしかなかったんですね。さんざん酷使され、しかもいい場面はすべて主役にさらわれ……その上、主役とは比較にならないほどギャラが少なかったというんだから、まあ、なにをかいわんやですな。

要するに、労働条件がなっていなかったの一事につきますね。

現代は、スタント・マンの全盛の時代です。

テレビ技術の長足の進歩が、スタント・マンの地位をここまで引き上げてくれたといえますね。三次元画像立体装置、感情移入装置……その他もろもろの電子装置《エレクトロニクス》が、スタント・マンを一躍時代の寵児《ちょうじ》に仕立て上げてくれたというわけですよ。

だって、そうじゃないですか。

あなただって、テレビ映画のヒーローさながらに、崖をよじ登ったり、ヘリコプターからぶらさがったりという体験を、生身で味わうことができるなら、スタント・マンに声援を送りたくなるでしょう。冒険こそ、なにものにも代え難《がた》い体験ですからね。

――というわけで、ぼくは毎日忙しくてならなかったものです。

テレビ局からテレビ局を、五分刻みに飛び回る毎日でした。売れっ子というのも、あれでなかなか辛いもんでしてね。

まあ、しかし不満はなかったですね。スタント・マンという仕事のおかげで、ゴージャスなマンションも購入することができましたしね。女房だって、モデル出身でしたよ――定期預金、郵便貯金、国債もタップリある。郊外には、別荘用の土地も手に入れようという勢いですよ。

まさしく、万万歳だ。

ええ……その筈《はず》だったんですがね。

――その日、ぼくは赤坂のテレビ局のなかにある喫茶室でコーヒーを飲んでいたんです。

ちょうど、『宇宙秘密捜査官』の録画どりの最中でね。ぼくは宇宙船から宇宙船に飛び移る宇宙海賊の役でした。なぜ飛び移るのかというと、宇宙怪獣に追っかけられたからで、なぜ追っかけられたかというと、これが宇宙美女を誘拐したからでしてね。とにかく、スタジオいっぱいに造られた宇宙船でのアクションは、このシリーズの最大の呼び物ですからね。ぼくもいささか緊張して、めいっぱい演じたというわけですよ。

自分で言うのもなんだけど、あれはオスカー賞ものの演技だったんじゃないかな。

その日、たまたまスケジュールに余裕があったのが災いしたんですよね。だって、いつものように忙しければ、ディレクターの山口《やまぐち》が喫茶室に入ってきたとき、仕事を口実にして、彼の話をきくのを断わることができたんですものね。

山口というのがまた、因業なディレクターでしてね。陰毛髭《いんもうひげ》なんか生やして、一見哲学者みたいな風貌だけど、これが凄《すご》いスタント・マン泣かせ。――一度なんか、ヘリコプターからぶら下げられて、火事のホテルに突っ込むという役をやらされましたよ。ええ……そのヘリコプターに乗っているのは、なぜかマウンテン・ゴリラだけという設定でしたからね。さすがのぼくも、あのときはやばいと思いましたな。

山口はそそくさとぼくの前に坐《すわ》ると、とつぜん本題に入りましたね。

「ヨオー、広海《ひろみ》ちゃんよ、あんた英雄になる気はねえか」

と、こうですからね。ぼくとしても、興味をそそられざるを得ないわけですよ。

「なんですか」

ぼくは斜に構えて訊《き》きましたね。

「やばい話ならお断わりですよ。こう見えても世帯持ちだ。以前みたいな、無茶な真似はできませんからね。いくら保険が入ったところで、女房もぼくの生命《いのち》には代え難いでしょうからね」

「そこだよ……」

「は……」

「その保険を使って、特番をひとつ作りたいんだがね」

「保険のＰＲでもするんですか」

「違うよ……」

山口はことさらに秘密めかして、ぼくに顔を寄せてきましたね。

厭《いや》な予感がしましたよ。正直。

「保険会社が契約を拒否したほどの大冒険……」

山口はいかにもうっとりと言いました。

「こいつだよ。こいつを、番組のキャッチフレーズに使おうと思って……」

「……」

ぼくはしばらく唖然《あぜん》として、それから慌てて言いましたよ。

「だって、不可能でしょう？　保険会社が契約を拒否するなんて、そんなことがありうる筈がないじゃないですか」

実際、そうなんですよ。

ご存知《ぞんじ》とは思いますが、話の都合ですから、ここでじゃっかん現代の保険会社の説明をさせて下さい——もともと日本人というのは、保険の好きな国民でしてね。まあ、国の福祉がなっていなかったということが主な原因なんでしょうけど……とにかく、一九六六年にはすでに、わが国の生命保険会社の保有契約高は、アメリカについで世界第二位となっていたんですからね。七三年には、国民所得との割合においては、そのアメリカすら抜いて、第一位になってしまったほどです。だけど、この時点では、国民一人当たりの平均保険額はまだ六位でしかなかったんです。

それが名実ともに保険大国となって、世界第一位に上りつめたのは……さあ、あれは何年だったでしょうかね。まだ幾分かは日本にも余力があり、しかし不景気の予感がひしひしと伝わってきつつある頃じゃなかったかしら。まあ、国も会社も当てにはならないと言うんで、国民が先を争って、大口保険に加入し始めたわけですよ。あっというまに、日本は保有契約高、一人当たりの平均保険額……すべての点にわたって、世界一位となってしまったんです。

一つには、保険業法が変わったことにも、その原因があったと分析されています。従来、認められていなかった生保と損保の兼営が、その年に許可されたというわけなんですわな。

生命保険会社、損害保険会社、それぞれ二十数社あったのが、やつぎばやに合併と吸収を繰り返し、しだいにただ二社の巨大保険会社に収斂《しゅうれん》していったんです。まあ、当時、外資系の保険会社が日本上陸を噂《うわさ》されていて、保険業界も必死だったんでしょうね。かなりの圧力が政府に加えられたらしいという話をきいたことがあります。まあ……そんなこんなで、日本を支配するような大資本の保険会社が誕生したわけですが、なにしろこの商売、顧客の数に限りがありますからね。保険市場を細分化して、会社の発展を望むしかなかったんでしょう。やたらに、保険の種類が増え始めたんですね。

生命保険、健康保険、老齢年金、自動車保険、障害年金、遺族年金、脱退手当金、厚生年金、児童手当……そのそれぞれが細分化され、特殊化され、やがては種類が二千を超える数になってしまったんです。

しかも、保険セールスマンは顧客心理学から、詭弁術《きべんじゅつ》まで叩《たた》き込まれて、特攻隊の覚悟で攻めてくるんですからね。こちらとしても、かなうもんじゃない。

落城につぐ、落城でしてね。いつの間にか、幼児から老人まで、一人の例外もなく、百以上の保険に入っている状態になってしまったわけです。なにしろ、猫が行方不明になると、飼い主にペット捜索支金が給与される有様ですからね。

保険会社が二社ということが、情況に拍車をかけたんでしょうね。企業は次から次に新企画をうちだすし、セールス・マンは新加入者を獲得すべく、しのぎを削りあう。そして、

——気がついてみると、日本国民は何をするのにも、保険の枷をはめられているということになっていたんです。われわれは孫悟空《そんごくう》で、保険会社は釈迦《しゃか》の掌《てのひら》というわけです。

山口の話を不可能と呼ぶ所以《ゆえん》です。保険に入らないことを指して、保険会社が契約拒否と表現するのは、明らかに誇大ＰＲですからね。第一、保険会社が黙っちゃいない。業界の名誉を著しく傷つけたというんで、訴えられるのが落ちじゃないですか。

いやしくも保険会社ともあろうもの、自ら欲して死を選ぶ行為が対象ででもない限り、契約を拒否する筈がないですからね。

だから、ぼくは言ってやりましたよ。

「不可能だ……」

ってね。

ところが、山口の奴《やつ》、非常に強情なんですわな。あくまでも、不可能じゃないと言い張るんですよ。

「だって、それじゃ誇大ＰＲになるじゃないですか」

「ならねえ……」

「なりますよ」

「なにも、嘘《うそ》をつくわけじゃねえんだ」

「だって、保険会社が契約拒否なんか……」

「させりゃいいだろう」

「……」

「保険会社がぶっとんじまうような、とてつもなく危いことをやらかしゃいいのさ」

山口はニヤリと笑って、背広の内ポケットから計画書を取り出しました。

「あんたがな」

今から思えば、あのとき席を立つべきでした。しかし、スタント・マンの意地と、保険会社が契約を拒否するほどの仕事なら、当然、それに伴う報酬も莫大《ばくだい》だろうという読みの双方が、ぼくをしてその場にとどまらせたのです。

莫迦《ばか》でした。

本当に、莫迦だったと思います。

しかし、いまさらぐちってみても始まりません。とにかく、話を先に進めることにしましょう。

――同じ日の午後、ぼくと山口は、K保険会社契約室のソファに、肩を並べて坐っていました。

契約マンが眼を白黒させて、計画書を凝視《みつ》めているのを、いささかの優越感とともに見物していたのです。

「本当に、これをおやりになるつもりですか」

　やがて、契約マンはいかにも情けなさそうな表情《かお》で尋ねてきました。

「もちろんです」

　山口が胸を張って答えます。実行するのは自分じゃないんだから、意気軒昂《けんこう》なのも当然のことでしょう。

「どうですか？　契約はしていただけるんでしょうな……」

「……」

　契約マンは長考の後、やおら顔を上げて言いました。

「とにかく、この書類は預からせていただきます。ご返事は後ほどということで……ご存知でしょうが、わが保険会社では口頭契約も重視いたします。要するに、たとえそれが事故の直前だったとしても、うちの社の人間がいったん契約すると口にした以上、お宅との間に契約が成立したということになるわけですな。もちろん、書類での契約が原則なんですが、お宅の場合、時間もないということではありますし……異例として、認められると思います。その場合、こちらの責任で契約が遅れたわけですから、たとえまだ払い込みが成されていなかったとしても、しかるべき金額をお渡しすることになると思います。その場合の支給金は常識程度ということで、こちらで決めさせていただきます。なにしろ、時間がありませんから……」

ぼくと山口は、K保険会社を出て、その足で盛り場へ祝い酒に赴《おもむ》きました。契約マンの様子から、まず契約拒否はかたいと踏んだからでした。

繰り返します。

ぼくは非常に莫迦でした。

――二週間後、ぼくは、山口の率いる撮影隊とともに、アルプス山系のとある山岳の……その斜面をなす雪肌に陣取っていました。

もちろん、例の〝保険会社も契約を拒否した〟大冒険を果たすためです。

女房には、済まないことをしたと思います。計画書を読んだとき、女房の顔色はサッと変わりましたね。とうてい、生きて帰れないと思ったんでしょうな。泣いて、ぼくを引き止めたもんです。

つくづく、可哀想《かわいそう》なことをしたと思いますよ。ぼくはほとんど蹴り倒すようにして、女房と別れたんですからね。

いや、実際、女房が心配するのも無理はなかったんですよ。なにしろ、これが無謀な計画でしてね。

まず、非常に急な斜面を、スキーで滑走降下するわけです。すると、まあ、崖から空中に飛び出しますわな。下方に突き出ている岩棚《テラス》までは、数百メートルの深さがあります。普通だったら、まず間違いなく即死ということになるでしょう。

そこで、パラシュートを使います。非常に狭い谷を、パラシュートを操作して、なんとか降りていくわけです。これだけでも充分に危険なのに、さらには途中でそのパラシュートを切り離さなければならないんです。

ええ……おっしゃるとおり、狂気の沙汰です。狂気の沙汰ですが、これは自殺ではなく、あくまでも冒険なんですから、生きながらえる方策は残してあるわけです。

つまりですね。岩棚《テラス》が雪の吹きだまりのようになっていて、高度とタイミングさえ誤らなければ、なんとか落下する人間を受けとめるに足るクッションの役を果たしてくれるわけなんです。もちろん、パラシュートを切り離すタイミングは、あらかじめ計算され、ぼくの頭に叩き込まれていました。

さて、――遠くに位置している撮影隊に、手を上げて合図すると、ぼくは思いきり雪を蹴りました。

壮快でしたよ。

今でも眼をつぶると、あのときの風切り音が耳に伝わってくるみたいです。

ええ……恐怖心はほとんどありませんでした。なにしろ、ぼくは腕っこきのスタント・マンでしたからね。危険はいわば人生におけるスパイスみたいなものでした。

そして、――ぼくは崖を飛び出し、パラシュートを開きました。眼下に口を開けている峡谷が、それこそ名誉と大金を蔵した宝箱のように見えたものでした。失敗の可能性など、まったく頭に思い浮かびませんでした。

繰り返すようですが、壮快の一言につきました。

いい、あの男が現われるまでは……

視界の上端に、なにかチラリと動くものが入りました。反射的に振り仰《あお》いだぼくの眼に、物凄《ものすご》い勢いで墜《お》ちてくる人間の姿が映ったじゃありませんか。

いやあ、あんなに驚いたことはありませんね。そんな莫迦な……というようなもんですよ。しかし、本当に驚いたのは、それから先のことでしてね。なんと、その男はぼくの傍《かたわ》らまで墜ちてくると、絶妙のタイミングでパラシュートを開いてみせたんです。

狭い谷を、二人の男が肩を並べて、パラシュートで降りていくなんて、今から考えても、あれは本当にあったことなのかしらと思いますよ。

その男は、黒板を胸の前にかざしていましてね。黒板には、はっきりとこう書かれてありましたよ。


――雪山遭難保険加入・ＯＫ！

ぼくにとって、その言葉がどれほど衝撃《ショック》だったか、ご推察いただけるものと思います。なにしろ、すべての努力が水泡に帰したんですからね。

まったく、眼の前が真っ暗になる思いでしたよ。

だからでしょうね。ぼくは、パラシュートを切り離すタイミングを誤ってしまったんです。

いえ、どうかご心配なく。結局は、岩棚《テラス》に落ちたんですから。

腰の骨を折りはしましたけど……

海洋遭難保険

——全治するのに、優に一月《ひとつき》はかかりましたよ。

外科手術のテクニックは進歩しているから、傷害保険の適用を申請すれば、もっと大きな病院に入ることができ、退院の時期もずーっと早まったんですがね。保険の世話になるのはなんとはなしに業腹で、愚かしくも自費で治療を受けたもんですからね。最新鋭の治療を受けることができずに、つい退院が遅れてしまったというわけですよ。

それでも、ようやく翌日が退院となったその日、——山口ディレクターが病室に現われたのです。悪びれないと言えば、あれほど悪びれない男も珍しいですな。もとはと言えば、ぼくの骨折も山口に原因している筈なのに、そんなことはおくびにも示さず、いけしゃあしゃあと花束なんか持ち込んでくるんですからね。

山口は、いつものようになかば躁病的《そうびょうてき》に喋《しゃべ》りまくりました。話題は次から次にと移り、とどまるところを知りません。唇の端に唾液の泡を浮かべる熱弁ぶりです。

もちろん、ぼくは頑《かたく》なに沈黙を保っていました。彼の鉄面皮ぶりが腹立たしかったこともありますが、それ以上にその饒舌《じょうぜつ》の裏に隠されている真意をうさんくさく思っていたからです。

山口は、有能なディレクターです。ディレクターという職業では、およそ有能であればあるほど、その男が非情であることを証明しているも同じです。人間という商品をいかに巧みに使いこなすかに、そのディレクターの手腕がかかっているからです。いちいち商品に情を寄せていては、商売そのものが成り立たなくなるでしょう。

「ところで――」

山口は、いかにもさりげなく本題に入りました。

「例のフィルム、オン・エアされないことになったぜ」

「そうですか……」

ぼくは、殼にとじこもるヤドカリのように、全身を縮ませ、緊張しました。

「そうなんだ……」

山口は情けなさそうに言いました。

「例の〝保険会社も契約を拒否した〟というキャッチフレーズを使えなくなっちまったから

な。パンチに欠けるってんでな。上層部が許可しなかったんだ……」

「……」

気の毒にも思いませんでした。身もフタもない言い方をさせて貰《もら》えば、俺《おれ》の知ったことかというところです。——保険会社云々《うんぬん》をキャッチフレーズに使えなかったのは、あくまでも山口の読みが甘かったからであり、ぼくにはいっさい責任がありません。実際、社内での立場がいささか悪くなるぐらい、ぼくの骨折に比べれば大したことではないと言うべきでしょう。

「確かに、K保険会社を少しなめすぎていたきらいはあるよ……」

山口は、殊勝げに頷《うなず》いて見せました。

「だが、アイディアそのものは悪くなかったと思っている。実現すれば、高視聴率間違いなしのアイディアだ。〝保険会社も契約を拒否した〟大冒険……なあ、痺《しび》れるじゃねえか。もう一度、トライする価値があるとは思わねえか」

「……」

ぼくは、かなり曖昧《あいまい》に頷きました。不吉な予感はますますつのるばかりでした。

「そこでだ……」

山口は、膝を乗り出しました。

「あんたに、もう一度この件に噛《か》んで貰いたいんだよ。あんただって、スタント・マンの意地ってものがあるだろう。なあ、このまま引っ込むのは口惜《くや》しくないか……」

ぼくは、別に口惜しいとは思わないと答えました。すると、山口はギャラがらみで攻勢してきました。要するに、ギャラを前回の倍額払おうというのです。どうやら、山口の方こそ意地になっているようでした。

正直、心を動かされました。前回のギャラが破格なのにさらにその倍……ぼくにとって、それはほとんど一年分の収入に相当する額でした。

「だけど……」

ぼくは、おずおずと言いました。

「保険会社がネックになるんじゃないか。その……〝保険会社も契約を断わった〟というキャッチフレーズを使うのは不可能なんじゃないかね。この前の様子じゃ、どんな冒険だって契約を断わりそうにないと思いますけどね……」

「そこだよ」

山口は、眸《め》をぎらつかせて言いました。

「K保険会社のライバル社S保険会社に知り合いの課長が居るんだが……そいつに訊いてみたら、どうやらこういうことだったらしい――K保険会社としては、会社の名誉から言っても〝保険会社が契約を断わった〟というキャッチフレーズを使わせるわけにはいかない。だが、みすみす損をするとわかっていて、正規の契約をとりむすぶわけにもいかない。だから、例の〝事前通告契約〟というやつを作偽的に使ったのではないか。つまり、契約書をとり交わさずに、直前に〝口頭契約〟すれば、むこうの規定による、ほんのお涙金を支給すればいいということらしいんだな。しかも、契約を拒否したことにはならないから、会社の名誉は守られる……」

「……」

ぼくは、黒板を抱え、パラシュートで降下してきた男の姿を思い浮かべました。なるほど、確かにあれはぎりぎり寸前の口頭契約と言えました。あれなら、事故を起こしたぼくが、たとえ申請したところで、支給される額はわずかなものだったでしょう。

「汚いや……」

ぼくは呻《うめ》きました。ようやく、腹の底から怒りが湧《わ》いてくるのを覚えました。

「そうだ――」

力を得、山口が頷きました。

「確かに汚い。だから、次にフィルムを撮るときには、なんとかS保険会社の契約マンとあんたとを会わせねえようにしなければならない。そうすれば〝保険会社も契約を拒否した〟というキャッチフレーズを使えるようになるからな……」

「だけど、実際問題として、そんなことが可能なんですか」

ぼくは首をかしげました。愚かにも、自分が山口の話にいつの間にか乗せられていることにも気がつかなかったのです。

「一つだけ、方法がある」

山口は奇妙な微笑を浮かべると、ゆっくり席を立ち、ドアまで歩いていきました。ドアを開け、廊下で待っていたらしい誰かを呼び、――そして、振り返ってこう言いました。

「キャッチフレーズを〝K保険会社も契約を拒否した〟という風に変えるんだ……」

部屋に入ってきたのは、三人のいずれも屈強な軀《からだ》つきをした男たちでした。その背広の襟には、S保険会社の銀章が鮮やかに浮かびあがっていました。

「俺は明日、新しい計画書を持って、K保険会社を訪れる……当然、K保険会社としても、この前と同じように即答をひかえるだろう。直前の〝口頭契約〟にした方が、奴らにとってはるかに得な筈だからな……」

山口は、なにかにとり憑《つ》かれたように一気に喋りまくりました。

「だが……今度はそうはいかない。おまえを、二四時間、このS保険会社の方たちが守ってくださることになっているんだ。絶対に、K保険会社の連中を身近に近づけないようにするんだ……どうだ？　こうすれば、K保険会社の契約マンも、あんたと〝口頭契約〟を結ぶのは不可能だろうが……つまり、〝K保険会社も契約を拒否した〟というキャッチフレーズを使うことができるわけだ」

「K保険会社の不名誉は、当S保険会社の名誉ということになるわけですからな」

男たちの一人が、落ち着き払って言いました。

「及ばずながら、力をかさしていただきますよ……」

今になって考えれば、ぼくはK保険会社ではなく、ディレクターの山口をこそ憎むべきだったかもしれません。だが、K保険会社に対する敵愾心《てきがいしん》がムラムラと起こってきて、ろくに新しい計画の内容も知らされないまま、こう答えてしまったのです。

「いいでしょう……」

ぼくは胸を張っていました。

「その話、乗りましょう」


——山口の考えだした新しい計画は、前回にも増して危険なものでした。

女房と一悶着《ひともんちゃく》あったのも、前回と同じでした。ただ、気のせいか、女房の制し方に、もう一つ熱意が足りないように思えました。前回に比すと、どことなくなげやりな口調が感じられたのです。

女房にしても、二度めともなると、あきらめが先に立つのかもしれません……

計画は、山口を中心にして、着々と進められていきました。

K保険会社はやはり契約書をとり交すことを渋り、山口を内心ほくそえませたものでした。

K保険会社にしてみれば、前回と同じく〝口頭契約〟で面子《メンツ》を保つつもりなのでしょうが、今度は肝心の契約相手たるぼくが、行方をくらましてしまうのです。K保険会社の狼狽《ろうばい》を考えると、ぼくは溜飲《りゅういん》の下がる思いがしました。

山口がK保険会社に赴き、契約を申しでてから、正確に二週間で新しい冒険が決行される運びとなっていました。その間を、ぼくはK保険会社の契約マンから身を隠していれば、番組は成功することになるのです。つまり、〝K保険会社も契約を拒否した〟ほどの大冒険というキャッチフレーズが使えるわけですね。

ええ……その間のぼくの用心ぶりといったら、涙ぐましいほどでしたよ。S保険会社が提供してくれたマンションの一室に閉じ込もり、一歩として外に出ようとしなかったのですからね。

まったく、大変なものでした。

計画を三日後にひかえた日の午後、——山口から電話がかかってきました。

「K保険会社の奴ら、慌てふためいているらしいぜ……」

山口の声は、いかにも心地よさげに興奮していました。

「あんたの居所を知らねえかと訊いてきやがったから、俺はマネージャーじゃねえって追い返してやったよ……契約マンを総動員して、あんたの行方を捜しているらしい。まったく、胸がスッとしたぜ……」

ぼくもまた、山口の言葉に胸が躍る思いがしました。K保険会社が、ぼくのために大騒ぎをしていると考えると、それだけで歌いだしたいような気持ちになったものです。

しかし、油断は大敵です。

保険会社の調査能力は、場合によってははるかに警察をしのぐとまで言われているのです。彼らがその持てる力のすべてを振り絞れば、ぼくの居所をつきとめるなど、さほど難しいこととは思えません。

ぼくは、新たに自重を胸に誓ったものでした。

そして、――ついに冒険の当日がやって来ました。


――マンションを出るのは、早朝ということになっていました。

ぼくはコーヒーを何杯もお代わりして、眠気を追い払うことに努めました。冒険に対する恐怖は、ふしぎなほどありませんでした。むしろ、ようやくK保険会社にしっぺ返しができるという嬉悦に、身をゾクゾクと震わせていたほどです。

準備を整え終った頃、ぼくと同行することになっているS保険会社の社員の許《もと》に、電話が架かってきました。

彼はしばらく相手の話をきいていましたが、やがて表情《かお》を強張らすと、無言のまま電話を切りました。

「どうしました？」

と、ぼくは尋ねました。彼の様子に、ただごとならぬを感じたからです。

「このマンションが、K保険会社の契約マンによって、ギッシリとり囲まれているそうです……」

彼は喉仏《のどぼとけ》をゴクリと上下させました。

「あなたが姿を現わしたら、さっそく口答契約をとり結ぶつもりでしょう」

それをきいたとき、ぼくがどんなに驚き、かつ口惜しい想《おも》いをしたかは、お察しいただけると思います。ここで、K保険会社の契約マンに捕まれば、すべてがご破算になるのですから。またしても、〝K保険会社も契約を拒否した〟というキャッチフレーズを使えなくなるのです。

「どうしましょう……」

ぼくは、かなりうろたえた声を出した筈でした。

彼はつかの間ためらっているようでしたが、やがて断乎《だんこ》とした声でこう言いました。

「後ろをお向きなさい」

「え……」

「いいから、後ろをお向きなさい」

「……」

彼の声音には、一刻の猶予も許さぬ切迫した響きが充《み》ちていました。ぼくは理由《わけ》もわからぬまま、彼の言葉に従いました。

彼が歩き寄ってくる靴音がきこえ、上膊部《じょうはくぶ》になにか鋭い痛みを覚えると、――もう次の瞬間には、ぼくの意識は暗く閉ざされていたのでした。

――気がついたときには、ぼくの軀は外房線の海上に在《あ》りました。八人用の大型クルーザーの甲板《デッキ》に寝かされていたのです。

「気がついたか……」

ぼくの視界を大きく占めて、山口がニヤニヤと笑っています。山口の背後には、例のS保険会社の社員も立っていました。

「どうしたんですか……」

ぼくは慌てて上体を起こし、ついで自分がウェット・スーツを着せられていることにも気がつきました。

「ちょっと乱暴だとは思ったんですがね」

と、S保険会社の社員が言いました。

「麻酔を射《う》たせて貰ったんですよ。契約時の最低条件として、契約者の意識だけははっきりとしていなければなりませんからね……さすがのK保険会社の契約マンたちも、あなたが気を失っているのを見て、右往左往しているようでしたよ……」

「そして、もうここは海のうえだ」

山口は両手をひろげて、海を示すそぶりをして見せました。

「〝口頭契約〟しようにも、奴らは近づくこともできねえさ……」

「……」

しばらくは、情況がよく頭に入ってこなかったようです。が、――しだいに彼らの言葉が、ぼくの頭の裡《なか》で消化されていき、ついに勝利を確信するに至ったのです。

勝ったと思いましたね。K保険会社との〝口頭契約〟をしないまま、ぼくは海に潜り、群らがる鮫《さめ》たちと格闘し、――そして、それを山口のスタッフが、カメラに収めることになるのです。〝K保険会社も契約を拒否した〟というキャッチフレーズを、とうとう使うことができるのです。

スタッフが生肉を海中に撒《ま》き、最近、ここに群れるようになった鮫を集めているのを見ても、ぼくはまったく恐怖を覚えませんでした。K保険会社を出し抜いた喜びに、ただもうワクワクとしていたのです。

ぼくは山口と軽口を叩きあいながら、そそくさと潜水用具《スキューバ・ギア》を着け始めました。

すると、――ふいに潜水服に身をかためたあの男が、ポッカリと舷側ちかくの海上に頭を浮かべたのです。そう……前回、パラシュートで降下してきたあの男ですよ。

男は両腕を伸ばし、頭上に黒板をかざして見せました。

——海洋遭難保険加入ＯＫ！

その文字がはっきりとぼくたちの眼に灼《や》きつけられたときには、もう男の頭は海中に没していました。

〝口頭契約〟が成立したわけです。

しばらく、ぼくたちは凝然と立ちつくしていました。

とつぜん、ぼくの脳裡《のうり》で何かが爆発する感覚がありました。もうちょっと砕けた言葉で言えば、まあ、発狂したも同然の状態に陥ったわけですね。

ぼくは制止しようとする腕を振りきって、大声で喚《わめ》きながら、海に飛び込みました。要するに、自棄《やけ》になったわけですな。そして、——ようやく集まり始めた鮫たちに向かって、一直線に泳いでいきました。


ええ……この右足が、そのときに負傷したものです。鮫に、咬《か》み切られてしまいましてね。

被保険者資格なし

――おや、もうこんな時間ですか。

あまりお引き止めしてもなんですから、話を少し急ぎましょうか。

まあ……そんなこんなで、〝K保険会社も契約を拒否した〟冒険ドキュメンタリーは、またしても没にされました。

二度の失敗で、山口は閑職に追いやられるし、かく言うぼくもスタント・マンを廃業するはめとなりました。いかに精巧な義足がつくられているとしても、片足じゃスタント・マンはつとまりませんからね。

不運は、それだけにとどまりませんでした。あまりの莫迦さ加減に愛想をつかして、女房が出ていってしまったのです。

離婚時の際に支給される〝離婚保険〟がおりたとき、ついにぼくは逆上にわれを忘れてしまいました。保険憎しの一念に凝り固まってしまったのです。

が、――概念にしか過ぎない保険を相手に、喧嘩《けんか》をするわけにはいきません。勢い、ぼくの憎悪はあの男……二度までも計画を挫折《ざせつ》に追い込んだあの男に集中されることになったのです。

あの男の名前を探り、その居所をつきとめるまでの経過は、この際、省かせていただきます。時間があまりないようですし、退屈させるだけだと思いますから。

——とにかく、ある夜、ぼくはその男の住むマンションの部屋の前で、奴の帰宅を待ち構えていました。

よそ目には、きっと狂人のように、なにか思いつめた様子に見えたでしょう。事実、そのときのぼくは、殺意と憎悪にただただ凝り固まっていたのですから。

だから、——あの男がエレベーターから足を踏み出し、廊下を歩いてくる姿を認めたとき、ぼくはもう前後のみさかいもなくむしゃぶりついていきました。

一瞬のうちに、男は事情を覚《さと》ったようでした。しかし、たとえあの男が空手の有段者であったとしても、そのときのぼくの猛進をくいとめるのは不可能だったでしょう。なにしろ、その意地において、隔絶の相違がありますからね。

ものの数分とたたないうちに、ぼくはその男を廊下にねじふせ、首をぐいぐいっと絞めつけていました。

「待ってくれ……」

男はかすれたような悲鳴をあげました。

もちろん、ぼくが待つ筈はありません。憎悪を両の手に凝縮させて、ただ男の首を絞めることにのみ専念していたのです。

「待ってくれ……」

男はさらにか細い声で言いました。

「俺が死ぬと家族が困る。俺は、保険に入っていないんだ……」

その言葉は、ぼくに電撃のような効果をもたらしました。現代人でありながら保険に入っていないとは、およそ信じ難い言葉だったからです。

「それは、本当か……」

男の首から指を離して、ぼくは訊きました。

「どうしたら、そんなことができるんだ？　教えてくれないか……」


——というわけで、ぼくは緊急契約マンになったんです。

緊急契約マンとは、あの男のように非常に危険な場所、危険な情況をものともせず、飛び込んでいき、保険契約をとり交わす、あるいは〝口頭契約〟を伝えることを仕事としている男たちの職名です。

なにしろその危険度においては、とうていスタント・マンごときの比ではないですからね。現代人には、なかば義務のようになっている生命保険にすら、加入する資格がないとされているんです。

ええ……ぼくは満足してますよ。ようやく、保険から自由になれたんですからね。

ね、お客さん……ここまで打ち明けて、お話ししたんです。現代では、保険を無視しようとすれば、どんな犠牲を払わなければならないかよくおわかりでしょう？

悪いことは申しません。ぼくのお勧めする保険に、黙ってお入りになった方がお得ですよ。

それともお客さんも、ぼくのように緊急契約マンになることを志願なさいますか？

メタロジカル・バーガー

1

いまのうちだよ。

いまならローカル・バーガーのダブル・サイズがお好きなソフトドリンクとフライド・ポテトのセットでなんと四二〇円だ。チーズ・バーガーのセットなら三六〇円、ふつうサイズのバーガー・セットで三二〇円。一応、九月、一〇月の限定サービス期間だけということになっているから、試すんなら急いだほうがいいと思うね。

ローカル・バーガーのチェーンは全国で八四二店舗、全世界でいえば、ウウ、なんでも二万店を越すんじゃないかな。なにしろ北京《ペキン》、モスクワにも支店があるぐらいだから、全世界を覆って、数えきれないほどの店舗があるんだよ。

この秋にはモンゴルの草原にも進出するらしい。駐車場のかわりに馬をつなぐ棒杭があったりしてさ。ドライブ・スルーはどうするんだか聞いてないけど。そういえば南極の支店の話はどうなったんだろう？　越冬隊の人たちがいつでもハンバーガーを楽しめるようにするという話だったんだけど。あそこにはペンギンなんかもいるしさ。

とにかく、変わらぬおいしさ、満足ボリウムのローカル・バーガーは「皆様に喜んでいただくために」着々と世界に支店の数を増やしているわけだ。

ところが——

満足ボリウムのほうはまあいい。どちらかというと、この「変わらぬおいしさ」というやつが問題だったんだよな。時間、ある？　まあ、話を聞いてくれよ。ローカル・バーガーのロイヤル・シェイクでもぱくつきながらさ。こいつ、案外いけるんだぜ。

　パーラ　パーラ　パーラララ　パーラ
　ララーラ　ラッラララッ

（バーガー、バーガー、ハンバーガァァ、ローカル・バーガー、ハンバァガー）、誰でもこのCMソングは聞いたことがあるんじゃないかな。なにしろ早朝から深夜まで一五秒スポットでのべつ流れているんだからね。いやでも耳の底にこびりついて残ってしまう。まあ、そうでなければ、CMソングとはいえないかもしれないけど。

それにしても、皆川《みながわ》のやつが、
「バーガー、バーガー、ハンバーガー」
そう口ずさんでいるのは気にさわる。

なにしろ、ぼくらの追跡しているのはローカル・バーガーの食材冷凍車で、そちらのほうも信号で停止するたびに、ララーラ、ラッラララッ、とCMソングを流しているんだからね。

CMソングをステレオで聞きながら、カーチェイスを演じるというのは、これでなかなか神経にさわるものなんだよ。第一、緊迫感がそがれてしまうしね。

そのときも食材冷凍車は交差点で信号待ちしていた。二台おいて後ろにぼくらのトヨタもとまっていた。いやでも冷凍車と皆川の二重奏を聞かされるわけだ。

「やめろよ」ぼくはとうとうたまりかねてそういったよ。いらだってハンドルを指で弾いていた。

「やめろって」皆川はキョトンとした顔でぼくを見た。「何を？」

「歌うのを」

「歌う？」

「ああ」

「だれが歌ってるというんだよ」

「おまえだよ」

「おれが何を歌ってるんだよ？　おれは歌ってなんかいないよ」

「歌ってるじゃないか」

「だから何を？」

「ローカル・バーガーのCMソングだよ」

「おれが？」

「おまえが」ぼくは髪を掻《か》きむしりそうになった。

「そうじゃないだろ」

「そうだよ」

「そうじゃないだろ」と皆川は繰り返し、「歌ってるのはおまえだろ」

今度はぼくがキョトンとする番だ。「おれが？」

「ああ」皆川はうなずいた。

「そんなことないだろ」

「ないことはない」

「おれが歌ってる？」

「ああ」

「おまえじゃなくて？」

「おれじゃなくて」

「そんなことないだろ」

「ないことはない」

「おれはそんな覚えないぜ」

「おれだって」皆川は不機嫌だった。「そんな覚えないよ」

誰がCMソングを口ずさんでいたのかわからなくなった。すこし頭がぼんやりした。ローカル・バーガーのCMソングはいつも誰かが歌っている。いつも誰かが歌い誰かが聞いている。ぼくはそのどちらの誰かだったのだろう？

しかし誰が歌っていたのか、それを確かめるよりさきに、信号が変わって、皆川がうながした。「行こう」

パーラ　パーラ　パーラララ

「……」

アクセルを踏み込んだ。トヨタは猛スピードで発進する。

ステアリングを左に切って、車線を変えると、一台、二台と先行車を追い抜き、交差点を突っ切った。冷凍車を追い抜きざま、けたたましくフォーンを鳴らした。ふたたび車線を変えると、冷凍車のまえに回り込んだ。そしてスピードを落とす。皆川がウインドウを下げて、冷凍車の運転手にとまるように手で合図した。

世田谷区の環状八号線だ。暴走族でもなければ、いや、暴走族でも真っ昼間にこんな乱暴な運転はしないだろう。

冷凍車が路肩に車体を寄せてとまった。ぼくも車をとめる。エンジンを切って、車をおりた。皆川と肩をならべ冷凍車に向かって歩いていった。

「何だ、おまえら」運転手がウインドウを開けてわめいた。

「なんで進路妨害なんかするんだよ。どういうつもりなんだ」

「悪かったな、緊急に確かめたいことがあったもんだから」皆川がなだめるようにそういい、背広からＩＤカードを取りだして、運転手に見せた。「おれたちはこういう者なんだけどな」

運転手はやや表情をあらためた。「セキュリティ……」

そう、ぼくたちはローカル・バーガー関東地区のセキュリティ要員だ。ローカル・バーガーの社員というわけではなく、ローカル・バーガーと契約している保安警備会社から出向し、何人かで関東地区二〇〇店舗のセキュリティを請け負っている。セキュリティ要員といえば、なにやらドラマチックに聞こえるが、現実には毎日、各店舗をパトロールし、セキュリティ・システムをチェックするだけのルーティン・ワークがほとんどだ。ドラマチックな要素など何もない。

そんなぼくたちが、アクション映画の登場人物よろしく、食材冷凍車を追っかけたのにはわけがある。

食材冷凍車は、セントラル・キッチンでつくられた冷凍食品を、毎日、各店舗に配達する。ローカル・バーガーで出されるメニューは、すべて、あらかじめセントラル・キッチンで準備され、その品質、量はもちろん、スープに入る肉の数まで、厳密にさだめられている。各店舗でやることは、それを電子レンジで温め、盛りつけをするだけだ。つまり「ローカル・

バーガーはいつも変わらぬクォリティとホスピタリティを心がけています」というわけだ。

　ぼくたちはこの日も、いつものように各店舗をパトロールしていた。保土ケ谷《ほどがや》支店に到着したのは、ちょうど食材冷凍車が店をあとにした直後のことだった。そして、スタッフからそのことを知らされ、あわてて冷凍車を追っかけてきたのだった。

　そのこと、というのがどんなことかは、これからおいおい説明していく。

「わかんねえな、セキュリティの人が何の用なんだろうな？　今日は押してるんだ。遅れぎみなんだけどな。こまるんだよな」運転手は不機嫌だった。

「悪いんだけどね、ちょっと冷凍車を見せて欲しいんだよ」と皆川。

「悪いんだけどさ」とこれはぼく。

「……」

　運転手は不承不承、冷凍車のドア・ロックを外した。

　ぼくたちは冷凍車の背後にまわった。冷凍車の扉をあけて、なかを覗《のぞ》き込んだ。ひんやりとした冷気が顔に触れる。冷凍された食材が整然と積みあげられていた。ハンバーガー、フライド・ポテト、ポタージュ・スープ、ミネストローネ・スープ、オニオン・リング、チキン・スティック、エトセトラ、エトセトラ……

　皆川がそのなかのひとつを取った。オニオン・リングのように見える。しかし、オニオン・リングではない。くねくねと曲がりくねった挽《ひ》き肉なのだ。それが型押しされて曲げられている。こんなメニューはない。これをどうやって調理していいものか見当もつかない。

「……」

ぼくと皆川は顔を見あわせた。

保土ケ谷支店に大量にこれが運び込まれたのだ。スタッフはこれを何に使ったらいいのかわからずにパニックにおちいっていた。ローカル・バーガーでは、マニュアルが完備されていて、どんな細かいことにも対応できるようになっている。これはいい換えれば、マニュアルに記されていないことには対応できないということでもある。

「こいつは何なんだよ」ぼくは車からおりてきた運転手に聞いた。「なんでこんなわけのわからないものを配達してるんだよ」

「何だ、わけのわからないもんて？」

「これだよ、これ」

「挽き肉じゃねえか。そいつのどこがわけがわからねえんだよ」

「こんなもの何に使うんだよ。ローカル・バーガーにこんなメニューはないぜ」

「そんなこと知るかよ」運転手はそっぽを向いた。「おれはただセントラル・キッチンで運び込まれたものを配達してるだけなんだからさ」

「こんなもの店に配達されたんじゃ困るんだよ」

「だから、そんなこと知るかよ。知らねえものは知らねえんだ」運転手はただそう繰り返すばかりだった。

2

つまり、これが騒動の始まりだった。

ローカル・バーガー・チェーンはセントラル・キッチンと各店舗とが、コンピュータ・オン・ラインで結ばれて、品質管理、在庫管理が徹底されている。いつどこでどんなものを食べても、完璧におなじ味、おなじ量のものが提供されるように、コンピュータ管理されているのだ。冷凍スープを電子レンジで戻す時間は何分何秒か、ピクルスの大きさはどれぐらいかまで、すべては厳密にマニュアル指定されている。(ローカル・バーガーはいつも変わらぬクォリティとホスピタリティを心がけています)というコンセプトはほとんど強迫観念にまでなっているのだ。

それが微妙に狂い始めた。冷凍車の配達する食材にばらつきが出はじめたし、在庫管理が狂って、ハンバーガーが品切れになるという事態まで起こった。原因はあらためて確かめるまでもない。セントラル・キッチンのコンピュータにハッカーが侵入したのだ。プログラムにウィルスを放って、ネットワークを汚染した。

もちろんコンピュータの専門家が、懸命にウィルスを駆逐し、デバッグに取りくんだが、しょせん、これはイタチごっこで、対処療法の域を出ず、トラブルの根本的な解決にはならない。

　周知のように日本ではハッカーに対する法的罰則が十分に機能していない。ローカル・バーガー・チェーンの損害は甚大《じんだい》なものだが、保険会社もその損害を補償してくれず、警察も犯人を捕らえてくれようとはしない。ぼくたちセキュリティ要員が独自に犯人を見つける努力を重ねるほかはなかった。

　ローカル・バーガー・チェーンのコンピュータ・ネットはクローズ・システムになっているから、外部の端末からこれに侵入することはできない。ネットにウィルスを送り込んでやるには、各店舗の端末からこれに侵入するほかはなく、ぼくらがやるべきことは、よりいっそうパトロールを強化し、その現場を押さえることだった。

　各店舗のコンピュータ端末に接近できるのは、内部の人間しかいないのだが、常時、数百名のアルバイトが働いているローカル・バーガー・チェーンで、その人間を特定するのは不可能だ。

　丹念に各店舗をパトロールし、偶然に現場を押さえ、不心得者を捕らえる幸運に期待するしかなかった。

「大変なんだぜ」とぼくはいった。

「そうなんだ」と麗子《れいこ》ちゃんが同情するようにうなずいた。

「大変なんだ」

「こんなに大変なんだから」ぼくはカウンターに体を乗りだした。「いいだろ？　今度デートしてくれよ。慰めてくれないか」

「そうね、考えておくわ」と麗子ちゃんはいった。

ローカル・バーガーの山手《やまて》支店だ。ちょうど昼食時で、パトロールを中断し、三〇分のランチタイムをとっている。いつも山手支店で昼食を取るのは、偶然ではなく、そうなるようにパトロールの時間配分をしているからだ。それというのも、山手支店では麗子ちゃんが働いているからで、ぼくはこの一月、なんとか彼女をデートに誘いだそうとあの手この手をつくしている。あともう一押しという感触なんだけどね。

「ほんとに大変なんだ」ぼくはそのもう一押しをこころみた。

「そうなんだ、大変なんだ」麗子ちゃんはそう繰り返すばかりだ。

古いコミックにベティさんというキャラクターがいるのを知ってるだろ？　麗子ちゃんは、目がくりくりしてて、ちょっと髪がカールしていて、そのベティさんにそっくりなんだ。ぼくはもう麗子ちゃんに夢中なのさ。

「あのさ、今度、ストーン・ローゼズが来日するんだけどさ。よかったら――」

そのとき携帯電話が鳴った。いいところなんだけどな。やむをえない。ぼくは携帯電話を取った。「はい」

「おれ」皆川だ。

「何だ、おまえか」返事をしながら麗子ちゃんがカウンターから離れていくのを目で追った。そのスウィングするヒップがとても魅力的だ。いきなり餌箱から骨を取りあげられたイヌのような心境だった。とてもとても残念だ。いきおい返事も不機嫌にならざるをえない。「何か用か？　おれ、いまメシ中なんだけどな」

「悪い悪い、いま、××支店から連絡が入ってな」

どこ支店だかよく聞きとれなかった。べつだん聞き返す気にもなれない。麗子ちゃんは楽しそうに笑い声をあげた。そのことが気になって皆川の話どころではなかったのだ。

「聞いてるか？」皆川がきいてきた。

「ああ、聞いてる」ぼくが答える。

「なんでもコンピュータに妙なレシピが入っているんだと。新人のアルバイトがラザニアを作るつもりで、そのレシピどおりに調理したら、とんでもないものができちまったというんだよ」

「またか」ぼくはため息をついた。「そんなこといわれてもコンピュータはおれたちの管轄じゃないぜ。本社の電算室の人間に連絡すればいいだろうよ」

「それはそうなんだけど、あのな」

「ああ」

「おれ、ちょっとヴィデオをチェックしてみようと思うんだよ」

「ヴィデオって、モニター・ヴィデオのことか」

「そうなんだけどさ」

繁華街にあるローカル・バーガーは深夜まで営業している店が多い。そんな店では保安のために店内監視カメラが設置されて居る。それをぼくたちはモニター・ヴィデオと呼んでいた。

もっとも監視カメラは基本的に客席をモニターするためのもので、調理室のほうはカバーされていない。よしんばコンピュータ端末に近づく不審な人間がいたとしても、それを撮ることはできない。それで、今回の事件解決には役だたないだろうと判断して、これまであためてヴィデオを見ることはしなかったのだ。

「それでとりあえず××支店に行ってみようと思うんだよ。モニター・ヴィデオを回収してみようと思うんだ。なにか役にたつかもしれないからな」

「なに支店だって？」

「おれ、これから××に行ってみようと思うんだ」

「……」また支店名を聞きのがした。聞きかえすのは面倒だ。気にしないことにした。ぼくは時間を確かめた。「それはどうかな？　そんな時間はないだろうよ。これからまだ一〇店舗は巡回しなければならない。パトロールのスケジュールを変更するわけにはいかないんじゃないか」

「それで悪いんだけどな、パトロールはおまえひとりでやってくんないか。できるだけ急いで行ってくるからよ。保土ケ谷支店で合流することにしたらどうだろう」

「保土ケ谷支店っていうと、大体三時ぐらいか。それで間にあいそうか」

「ああ、なんとかなるんじゃないかな。急いで行ってくるからよ」

「わかった」ぼくはうなずいた。「そういうことにしよう」

電話を切った。

——そろそろ出かけるか。

カウンターから立ちあがり、(虚《むな》しいデートの希望を抱いて) 麗子ちゃんの姿を探し、店内を見まわした。

キッチンにでも引っ込んだのか、麗子ちゃんの姿はどこにも見えなかった。

いや、麗子ちゃんはそこにいたのかもしれない。アルバイトの女の子たちは、みんな同じ制服を着ていて、そこから麗子ちゃんの姿を見わけることができなかったのだ。女の子たちの区別がつかなかった。

「……」

一瞬、めまいを覚えた。ゆらりと地面が揺れるような妙な感覚だった。

ローカル・バーガーは世界中どこの店に行ってもインテリアやカラーリングが統一されて

いる。採光窓の位置までそれこそ数センチの単位で細かく指定されている。無個性というより、そもそも個性を発揮すること自体が禁じられているのだ。そこで働いている人間はもちろん、客たちものっぺらぼうに個性をなくしている。みんな同じだ。

「……」

なにか急に頭のなかが空っぽになったように感じた。ぼくはぼんやりとレジで支払いを済ませ、ぼんやりと店を出た。そして、ぼんやりと車に向かいながら、こんなことを考えた。

——皆川はどこの支店に行ったんだろう。もっとはっきり聞いておいたほうがよかったんじゃないかな？

そのときにはそのことをそうと自覚していたわけではない。しかし、これはある種の予感だったのだろう。

ぼくは皆川がどこの支店に向かったのかもっと本気で聞いておくべきだった……後になって、ぼくはそのことを深刻に悔やむことになる。それというのも、その日をさかいにして皆川が永遠に姿を消してしまったからなのだが。

3

保土ケ谷店、本牧《ほんもく》店、山下《やました》店、元町《もとまち》店、大磯《おおいそ》店……ぼくはそれからひとりでパトロールをつづけている。相棒が消えても仕事はしなければならないのだ。

連日、パトロールをつづけ、そして皆川がいようといまいと仕事には何の影響もないことに気がついた。べつだん皆川が無能だったということではなく、消えたのがぼくであったとしても、やはり仕事には何のさしさわりもなかっただろう。

もっといえば、そもそもローカル・バーガーにはセキュリティという仕事そのものが必要ないのかもしれない。支店のスタッフたちは誰ひとりとしてパトロールが二人からひとりに減ったことなど気にかけもしなかったのだ。

ひとりの人間が消えて、そしてそのことが日常生活に何の影響もおよぼさない、というのはやはり恐ろしいことだ。

もともとファスト・フード・チェーンの基本的なコンセプトは、マニュアルを完備し、そこで働く人間の熟練を要求しないということだ。スタッフのほとんどはアルバイトが占めているから、そこで働く人間にプロフェッショナルな技術を要求していては、そもそも店の運営が成りたたないのだ。

どんな人間もマニュアルどおりに動けば、チーズ・バーガーができあがるし、ダブル・バーガーができあがる。フライド・ポテトを揚げるのにも、油の温度は何度にし、そこに何分何秒いれておけばいいか、細かくマニュアルに指定されている。客を迎えたとき、「いらっしゃいませ」と微笑《ほほえ》んで、どれだけの角度で頭を下げればいいか、いかにさりげなく

「お飲み物はいかがなさいますか」とドリンクを勧めるか、すべてはマニュアルに記載されている。

これを「人間不在」などというありきたりな疎外論で片づけてはいけないのであって、そもそもこの世にどうしてもその人間でなければならないことなどひとつもないのだ。誰がだれに入れ替わっても物事は何ひとつ変わらない。

いや、もっといえば〝私〟が私でなければならない必然性などひとつもない。〝私〟が私として生まれ、私を意識して生きつづけているのはまったくの偶然でしかない。〝私〟があなたであっても、彼であっても、彼女であっても、いや、よしんば人間でなかったとしても、そのことになんら論理的な矛盾はない。

考えてみれば、世に繁栄するファスト・フード・チェーンや、ファミリー・レストラン・チェーンは、すべてそのことを（つまり〝私〟が私でなければならない必然性など何もない、ということを、だ）、極限まで押しつめて、人間をマニュアルにコピーしたといえるのではないか。ローカル・バーガーで働いているのは、実際には、（あなたも楽しい仲間たちと一緒に働いてみませんか）という宣伝コピーに誘われたアルバイトたちではなく、コンピュータにインプットされたマニュアルなのではないだろうか。

いったんそのマニュアルが狂ってしまえばどうなるか？　じつは問題は、そのことでローカル・バーガーがどんな被害を受けるかということにではなく、そのことでもなんら被害を受けない、というところにあるのかもしれない。マニュアルは狂ったままにローカル・バーガー・チェーンを運営していくことだろう。

マニュアルは、ローカル・バーガーを運営する大基本であり、それをチェックするメタ・マニュアルなどどこにも存在しない。大基本のマニュアルが狂ってしまえば、そもそもローカル・バーガーの拠《よ》って立つ基盤が失われることになり、その正誤を指摘することなど誰にもできない。

たとえば、いま、ぼくは元町のローカル・バーガーで、ダンラーバーを食べ、スノウシェイカーを飲んでいるのだが、このダンラーバーがそもそも最初からメニューに載っていたものかどうか、それさえ疑おうと思えば疑えるのだ。

もちろん、あなたはダンラーバーを知っている。彼も彼女も知っている。どこのファスト・フードでも人気メニューだ。知らない人間はいない。

ダンラーバーは（あらためて説明するまでもないだろうが）ホワイト・ソースに小海老のみじん切りをまぶし、それにアボガド・ジャムを混ぜ、パセリを散らし、パテ状にこねあわせたものを、パンに挟んで食べる。どこのファスト・フード店にもある、いわば定番メニューだが、それも、もともとはそんなものはどこにもなく、ローカル・バーガーのマニュアルが狂って偶然に生みだされたものだと想像することは可能だろう。偶然に生みだされた食べ物を、ほかの店が摸《も》倣《ほう》し、いつのまにかダンラーバーというメニューが定着してしまった……

なにをバカなことを、とあなたは笑うかもしれない。ダンラーバーが存在しないなんてそんな世界があるはずはないではないか。しかし、少なくともファスト・フードに関していえば、ローカル・バーガーのマニュアルはこの世の規範そのものなのだ。その規範が狂ってしまえば、それまでこの世に存在しなかった食べ物を生むのも可能なら、その逆に、それまで存在していた食べ物を抹消してしまうのも可能なのではないか。

元町のローカル・バーガーを本牧のローカル・バーガーとそっくり入れ換えても、誰もそのことに気がつかないだろう。よしんば店舗の一軒や二軒、消えてしまっても、誰もそのことに気づきもしないのではないか。しょせんローカル・バーガーのアイデンティティとはその程度のものなのだ。

マニュアルがあるから、かろうじてローカル・バーガー・チェーンは存在しているのであり、そのマニュアルそのものが狂ってしまえば、どんなことが起きるか、誰にも予想がつかないことなのだ。

ぼくが柄にもなく、そんなことを考えるのは、

——皆川はどこに行ったのだろう？　××支店とはどこだったんだろう？

いつもそのことを気に病んでいるからかもしれない。ぼくは後悔しているのだ。どうして、あのときはっきり支店名を確かめておかなかったのか、自分のずぼらさが悔やまれてならな

い。しかし……

もしかしたら支店名をはっきり確かめたとしても結果は同じだったかもしれない。本牧支店であろうと、保土ケ谷支店であろうと、洋光台《ようこうだい》支店であろうと、それがローカル・バーガーであるかぎり、しょせんは同質同等の空間であり、つまるところ皆川は消えるべくして消えたのではないか。そんな気がしないでもない。

恐ろしいのは、そう、ほんとうに恐ろしいのは、ぼくの記憶から急速に皆川の姿が消えていこうとしていることだ。

皆川がどんな男で、どんな容姿をしていたか、日々、その記憶が薄らいでいく。いや、皆川に関する記憶が薄れつつあるのは、何もぼくにかぎったことではないらしく、ほかのスタッフもほとんど皆川のことなど思いだすこともないようなのだ。

もしかしたら皆川が失踪したということに気がついてもいないのではないか？　いや、失踪したことに気がついてはいても、消えたのが皆川なのか、それともぼくなのか、それさえ判然と意識していないのではないか？　そう思われるふしさえあるのだ。

ローカル・バーガーの支店はそれぞれ寸分の違いもない。そのメニューはもちろんのこと、内装もスタッフの笑顔も、コピーを重ねたようにそっくり同じなのだ。何度もいったように、本牧支店と元町支店とを入れ換えたところで、誰もそのことに気がつきもしないだろう。

人間もまたローカル・バーガー・チェーンのようにそれぞれが代替可能な存在なのではな

いか。人間性とか個性などという代物は、たんなる幻想にすぎないのではないか。ぼくが皆川であっても、また皆川がぼくであっても、誰もその違いをことさら意識したりはしないだろう。というより、そもそも最初から違いなどないのかもしれない。ぼくたちはセキュリティ要員という役割を与えられてはいるが、それ以上の個性など誰からも期待されてはいない。そんなものはあってはならないのだ。

皆川はどこの支店で消えても同じことだったし、消えたのが皆川でなく、ぼくであっても同じことなのだ。そうではないか。

そんなことはないと思いたかった。思いたかったが、そう思うことができずに、ぼくは悶々《もんもん》としていた。ぼくがついにその男の存在を突きとめたのは、なんとかその苦しみを解消したいという執念からにほかならない。

4

セントラル・キッチンのある本社だ。その地下の駐車場で、ぼくはその男と向かいあっていた。車に乗ろうとするところを呼びとめたのだ。男の名は稲葉《いなば》、本社電算室のプログラマーだった。

「考えてみれば簡単なことだ。どうしてこれまでこんな簡単なことに気がつかなかったんだろうな？　ネットワーク端末からウィルスを送り込んでやるには、支店のスタッフではなく、電算室の人間のほうがより都合がいいはずだ。まさか本社の人間がそんなことをするはずがないという思い込みがあって、それでこれまで、そんな簡単なことに気がつかなかった」

「どうして」と稲葉は尋ねた。「それがぼくだということに気がついたんだ？」

「ヴィデオさ」

「ヴィデオ？　いや、そんなはずはないんだが」稲葉は眉をひそめた。

「ところがそんなはずがあるんだよ。あんたは各支店のコンピュータの補修点検にまわっている。コンピュータはスタッフ・ルームにあって、あんたが何をしようと、それが店内監視ヴィデオに撮られる心配はない。だからそんな必要などないはずなのに、あんたは無意識のうちに、自分の姿がヴィデオに撮られるのを避けていた。店内の監視ヴィデオにあんたの姿が一度も映っていないんだよ。ふつうに行動していれば、そんなことはありえないはずじゃないか。心にやましいことがあるから、無意識のうちに、監視カメラに映されるのを避けてしまった。要するにあんたはやりすぎたんだよ」

「やましいこと？」稲葉の顔が歪《ゆが》んだ。「ぼくにはやましいことなんか何もない」

ぼくはせせら笑った。「ローカル・バーガーのマニュアルにコンピュータ・ウィルスを送り込んでやることがやましくないというのか」

「あんたは」稲葉がふいに妙なことを言いだした。「自分が生きているような気がしているのか」

「コンピューターのプログラムにウィルスを送り込んでやれば生きてる気がするとでもいうか」

「しないだろう。するはずがない」

「……」

「どうなんだ？　自分が生きているような気がしてるか」

「なんだって？」

「そんなことはいってない。これはそんな話じゃないんだ」

「そんなことより、どうしてあんたがあんなことをしたのかそのわけを聞きたい」

「あんたは〝可能世界〟という言葉を聞いたことがあるか」

「〝可能世界〟？　いや、そんな言葉は聞いたことがない」ぼくは面食らった。

「われわれが人間であるのはたんなる経験的で偶然的な事実にすぎない。〝私〟は必然の運命から人間として生まれついたわけではないのだ。ここにいる〝私〟が、稲葉という名前を持つ自分であらねばならない必然性などどこにもない。論理的にはべつの人間であってもよかったし、月桂樹《げっけいじゅ》やコウモリであってもよかった。もっといえば何物としても存在しなくてもよかったはずなのだ。あんたはそんなことは考えたこともないだろう」

「……」

ある。それも頻繁にある。

どうして保土ケ谷店が元町店であってはならないのか。どうして消えたのが皆川であってぼくではなかったのか。どうして「私」が、たまたまローカル・バーガーのセキュリティをつとめているこの私でなければならないのか？　ローカル・バーガーの支店はすべて同じであり、ぼくと皆川の個性にきわだった違いはない。どこにアイデンティティを求めるのか。そもそも何かをアイデンティファイすることなど可能なのか？　このところ、そんなことばかり考えている。

しかし、稲葉はぼくが黙りこくってしまったのを、突拍子《とっぴょうし》もない話を切り出されてあ然としたからだとそう思い込んだらしい。

痙攣《けいれん》するように短く笑うと、「つまり論理的な可能性に注目するかぎり、〝私〟が生きている現実世界はさまざまな可能世界のうちのひとつにすぎないというわけだ。これが現にあるような形で存在しなければならない必然性はどこにもない。論理的にはこうでない世界が無数に存在していい。これが分析哲学でいわれる可能世界という考え方なんだよ」

「……」

「ある事態が必然的だといえるのは、あらゆる可能世界をつらぬいて、その事態が成りたっている場合だけのことだ。おれが稲葉という名のコンピュータ・プログラマーであるのは、たまたまこの現実世界で偶然にそうだというだけのことで、どこにも必然的な要素などない。

まえにもいったように、おれがおれであり、あんたがあんたであるのは、経験的で偶然的な事実にすぎない。こいつはトランスワールド・アイデンティティとはいえないんだよ」

「だから」ぼくは歯を食いしばった。「何だというんだ？　その可能世界がどうしたというんだよ」

「あんたは自分が生きているような気がしないんじゃないか。いや、あんたにかぎらず、誰もが生きている気がしないまま、ぼんやりと生きている。たんなる可能世界での話じゃない。これはこの現実世界の内部での話なんだ。この現実世界でもあんたがあんたであっておれではない、という事実が揺らいでいるんじゃないか。あんたはおれであってもいいし、おれがあんたであってていけない理由も何もない。ローカル・バーガーの支店はどれもこれもみんな同じじゃないか。メニューも同じだ。スタッフの応対も同じだ。BGMも同じだ。ちくしょう！　みんな同じじゃねえか——」稲葉は両手を振りまわし狂おしく叫ぶのだった。「そこにあるのはマニュアルだけなんだ。すべてを同質同価なものにしようというのがマニュアルのコンセプトだろうよ。偶然にもせよ、この現実世界の内部では、おれがおれであり、あんたがあんたであるというアイデンティティがつらぬかれていたはずだ。これまでは。ローカル・バーガーはそいつまでぶち壊そうとしているんだ。まったく、こんなんじゃ生きてる気がしないよ」

「それで」ぼくは呆然《ぼうぜん》とつぶやいた。「あんたはコンピュータのマニュアルをウィルスで汚染させたというのか」

「わからないのか。もともと論理世界では〝私〟が私である必然性などどこにもない。それはかろうじてこの現実世界でだけ保たれているアイデンティティだったんだ。それさえローカル・バーガーは破壊しようとしているんだぞ。あんたもおれも彼も彼女もみんな同じにしようとしている。アイデンティティも個性もいらない。ただローカル・バーガーのジャンクフードさえ食べてくれればそれでいいんだ。あんたはそんなことを許しておけるのか！」

ぼくは首を振るしかなかった。「あんたは狂ってるよ、まともじゃない」

ふいに稲葉の顔色が変わった。目が吊《つ》りあがって蒼白《そうはく》になった。そして、いやだ、とそう叫んだのだ。「おれはもう二度と病院なんかには戻らないぞ！」

「待て」ぼくも叫んだ。

しかし遅かった。稲葉は身をひるがえし車のなかに飛び込んでいった。エンジンをかけると、タイヤの音を奏でて、急発進し、ぼくに突っ込んできた。稲葉はぼくを轢《ひ》き殺すつもりだったのだ。とっさにぼくが横っ飛びに飛ばなければ、現実にそうなっていたろう。車はぼくの体をかすめてそのままコンクリートの壁に激突した。フォーンの音が狂ったように鳴りつづけていた。

その音を聞きながら、ぼくはただ呆然と立ちすくんでいた。

稲葉は死んだ。即死だった。

とりあえず事件は解決したわけだが、ぼくは稲葉がやったことを、上司に報告しようとはしなかった。報告したところで、誰が喜ぶわけでもないし、いったん狂ったマニュアルをどう修正することもできない。

おそらくマニュアルはひっそりと暴走をつづけ、いずれはローカル・バーガーそのものを混乱のなかにおとしいれるにちがいない……うちあければ、ぼくのなかに、それを望む気持ちがあったことは否めない。ひそかなる願望というやつだ。

皆川はいまだに発見されない。というより皆川という男がいたことなど完全に忘れ去られてしまったようなのだ。もともとぼくたちはみんな消えたように生きている。実際に消えてしまったからといって、いまさら誰がそんなことを気にするものか。おそらく皆川はローカル・バーガーの支店に向かううちに自分のアイデンティティを喪失し、プツンと消えてしまったのだろう。要するに皆川はぼくであり、ぼくは皆川なのだ。ふたりのあいだには何の違いもない。

いずれ、ぼくも消えてしまう。そんな予感がする。

のっぺらぼうに同じローカル・バーガーの支店をパトロールしているうちに、自分がいまどこの支店に向かっているのか、それがわからなくなってしまう。アイデンティティなどあるはずがない。麗子ちゃんという可愛《かわい》い女の子がいたはずなのだが、さて、彼女がどこの店にいたのか、いくら考えてもぼくにはそれを思いだすことができないのだった。

フェイス・ゼロ

1

こんなことを言うと人から笑われそうだが、子供のころから暗いところが好きだった。それも暗ければ暗いほどいい。暗闇では、人の顔が見えないし、自分の顔も見えない。そのことに心安らぐ気がする。いまも明かりを消して、眠りに就くとき、このまま、この闇が墓の下の闇につながればいい、と思うことがある。なにも死にたいと願っているわけではない。そんなことではなしに、永遠に人の顔が見えず、自分の顔が見えないという情況に、憧《あこが》れめいた思いを捨てきれずにいるのだ。異常だろうか？　そうかもしれない。だが、その、自分は異常かもしれない、という自覚も含めて、歳《とし》をとるにつれ、ますます暗闇が好きになる。たぶんわたしは闇のなかに生まれて、――願わくば――闇のなかで死んでいくことになるのだろう。そのことを夢想せずにはいられない。そのときがいまから楽しみでならない。やっぱり異常だろうか。

2

闇……。

舞台の光量は落とされている。袖からの照明がわずかにともされているだけだ。が、客席はさらに暗い。まるで夜にひろがる海のように。満席とまではいかないが、それでも七分ほどは入っている観客が、息をひそめるようにして舞台を見つめている。「忠臣蔵《ちゅうしんぐら》」の大星由良助《おおぼしゆらのすけ》が――正確にはその人形がだが――、このとき静かに舞台に登場したのだった。

人形を遣《つか》っているのは主遣《おもづか》いの吉田左衛門《よしださえもん》だ。それ以外に二人。文楽の人形は三人で操る。主遣いを軸に、左手を遣う左遣い、それに足を遣う足遣いの三人だ。その三人の息がピタリと合わなければ人形に命を吹き込むことはできないのだという。もちろん観客のお目当ては、人間国宝であり、当代きっての名人上手をうたわれている吉田左衛門だけなのだろうが。

わたしには文楽のことはわからない。なにしろ文楽の舞台を見るのは今日が初めてなのだ。門外漢もいいところで、文楽について何か賢《さか》しらめいたことを言うのは、ひかえるべきだろう。何も言う資格はないし、言うつもりはない。

が、それでも、吉田左衛門という老人が――なにしろ八十三歳なのだ、老人としか言いようがない――並たいていの人形遣いでないことだけはわかる。人形は、吉田左衛門に操られ、たしかに命を吹き込まれ、舞台のうえで生々しく息づいているようなのだ。どうかすると、いま自分が見ているのが、人形であることを忘れてしまいそうなほどに生々しい。

わたしは――いや、わたしのみならず観客の全員が――息をひそめるようにして舞台の大星由良助を見つめている。彼が人形であることは、すでに誰の意識にもないだろう、と思う。人形ではない。かといって、もちろん人間でもない。それ以外の何かがそこで動いているという印象なのだ。これこそが芸の力だろうか。大星由良助は放心したように進み出てきて、その歩みを静かにとめる。すると、それまで、うるさいほどだった浄瑠璃《じょうるり》、三味線がぴたりと静まる。そのことにかすかに衝撃めいたものを覚えて、反射的に義太夫《ぎだゆう》語りと三味線弾きのほうに視線を向けずにはいられない。

太夫《たゆう》(義太夫語り)と三味線弾きは舞台の上手《かみて》にしつらえた小舞台に並んですわっている。舞台、と呼んだが、正確にはそれは、前面が空いた箱のようなもので、せいぜい二畳ぐらいの大きさしかない。最近、それを床《ゆか》と呼ぶのだと人から聞いたばかりなのだが、生まれて初めて文楽を観るまでは、それが回り舞台のように回転するのだということを知らなかった。

知らなかったのは、そればかりではない。太夫と三味線弾きは一幕ずっと演じつづけるのだとばかり思いこんでいたのだが、じつは何段にも分かれて(それを段と呼ぶのだということも教えられたばかりだ)、複数の人間が演じわけるのだということも知らなかった。一幕のうち、前半、導入部の軽い場(段)には未熟な太夫、三味線弾きが当たり、後半のクライマックスには——これを切り、または奥と呼ぶのだそうだ——力のある太夫、三味線弾きが当たる。幕の途中で、床がくるりと回転して、太夫、三味線弾きの二人がそっくり入れ替わってしまう。そのことさえも知らなかった。

要するに、わたしは文楽のことは何も知らずにいたのだった。これまで文楽とは縁がなかったし、興味もなかった。文楽にかかわる殺人事件を担当することがなかったら、おそらく一生、文楽を観る機会などなかったろうと思う。それが吉田左衛門が、新しい人形の首作《かしらづく》りを依頼したロボット学者が無惨に殺されたばかりに、場違いにも、こうして隼町《はやぶさちょう》の国立劇場に、文楽を観に来なければならないはめになったのだった。いや、わたしは熱心な調査員ではないし――そもそもわたしの所属している「特別科学調査班《ＳＳＳ》」はその調査員が職務熱心であることを求めてなどいないのだが、――たんなる殺人事件の調査であれば、こうして国立劇場までわざわざ足を運ぶことはなかったろう。

ＳＳＳの仕事は基本的に、各関係省庁との折衝に始まり、折衝に終わる、といっていい。その間、百科事典ほどの分量の関係書類が必要になるが、――それも、外部に出されるときには、ほとんどの項目が墨で塗りつぶされることになる――それは事務方の仕事で、捜査員はそこまではかかわらない。

もちろん、われわれにしても、ＳＳＳの所管すべきところの殺人事件が発生すれば、現場に赴《おもむ》くし、当然、そこに捜査権も発生するが、だからといって無条件に捜査にたずさわる、というわけではない。むしろ、われわれの捜査権は、所轄署、警視庁の捜査一課、場合によっては検察に圧力をかけ、捜査を中断させる、という点においてのみ、よく発揮されることが多い。捜査をしない、という意味においての捜査権といったほうが、わかりやすいかもしれない。

よく誤解されるのだが、特別科学調査班が創設されたそもそもの目的は、殺人事件を特別に科学的に調査することにあるのではない。そうではなしに、科学者の関係している殺人事件を特別に調査する、ということにある。この場合の「特別」は、特別に事件をもみ消すという意味あいだと考えたほうがいいかもしれない。要するに、戦略的に優秀な科学者は国家に必要であるから、万が一、科学者が容疑者である場合、法の権限のおよばないところに緊急避難させる、ということなのだ。優秀な科学者は国家的な財産である、という観点からの超法規的な措置というべきだろう。われわれの管轄省庁が法務省ではなしに、文部科学省たるゆえんだ。

この際、法治国家における正義とは何か、法の平等性とはいかにあるべきか、などという問題は忘れていただいたほうがいいだろう。わたしはそういうことを言いたいわけではない。

現場の警察・捜査関係者たちにしてみれば、われわれを蛇蝎《だかつ》視するのが当然で、特別科学調査班はSが一つ多いだけ、ナチの親衛隊《SS》よりも悪辣《あくらつ》で、始末が悪い、という言い方がよくされる。捜査関係者たちの気持ちは痛いほどにわかるが、彼らの気持ちがわかるからといって、わたしたちが自分の職務をおろそかにしていいということにはならない。われわれとしては自分の職務をまっとうするほかはない。

今回は、科学者が殺人事件にかかわっているといっても——殺された榊原《さかきばら》教授は日本有数のロボット学者として世界的に名が知られていた——、殺人事件の被害者であって、容疑者ではない。本来ならば、われわれ特別科学調査班が乗り出すべき事案ではない。

が、殺人事件の第一容疑者が、人間国宝の人形遣いということになると、そこに、いろいろと面倒なかかずりあいが生じて、特別科学調査班としても、ただ静観してばかりもいられなかった。われわれが担当する事案のなかには、各省庁との折衝や、ペーパーワークだけでは片づかないものもあるということだ。好むと好まざるとにかかわらず、直接、捜査に乗り出さなければならなかった。あげくのはてに、わざわざ国立劇場まで文楽の「仮名手本忠臣蔵《かなでほんちゅうしんぐら》」を見にこなければならなかったのもそのためなのだった。

本来、われわれは二人の調査員が一組で行動するのが就業規則になっているが、今回にかぎって、わたし一人、単独行動をとらざるをえなかった。それというのも、パートナーの榎《えのき》田敦子《だあつこ》が、不慮の事故に遇《あ》ったからで、その経過もおいおい説明していくことになろうかと思う。

さて、こんなところで、バックグラウンドを説明するのは十分だろう。特別科学調査班は総じて人から嫌われる組織だが、それはそこに在籍するわれわれにしてからが例外ではない。われわれも自分たちと、自分たちの職務を好きではない。腐ったチーズはどこにあろうが、誰が嗅《か》ごうが、臭うということだ。特別科学調査班はどんな場合も、誰にとっても好ましい存在ではない。だが、それはそれとして、わたしとしてはこのあたりで話を国立劇場の舞台に戻したいと思う。

「忠臣蔵」四段目、「判官切腹《はんがんせつぷく》」の段の最後にさしかかっている。大星由良助は塩谷《えんや》判官が切腹した九寸五分（短刀）を手に悲しみをこらえて復讐《ふくしゅう》を誓う。浄瑠璃が切々と由良助の心情を語る。

「根ざしはかくと知られけり」

太夫も、三味線弾きも、一瞬、演じるのをやめて、舞台にしんと静寂がきわだった。その静寂のなか、舞台がほとんど闇に閉ざされるなかに、大星由良助の姿だけが浮かびあがっている。いまのわたしの目には、人形を遣う吉田左衛門の姿はほとんど意識されていない。それが吉田左衛門の、名人の名人たるゆえんだろう。人形だけがそこにいる。わたしは由良助の人形を見つめている。そう、人形だけを凝視している。

主君の塩谷判官が切腹したあと、家中が離散し、大星由良助だけが門外に一人たたずんでいる。由良助がいま、ジッと見つめているのは、判官が切腹した短刀なのだ。

浄瑠璃は何も語らない。三味線はこそとも弦を鳴らさない。由良助の人形にしてからが、ジッと姿勢を凝固させたまま、身じろぎひとつしない。それでいて由良助の無念の気持ちが見る者にひしひしと感じられるのだ。これが人間国宝の芸の力だろうか。その沈黙のうちに、姿勢の凝固のうちに、由良助の主君の死を悼《いた》む慟哭《どうこく》の思いが狂おしいまでに伝わってくるのだ。

観客もまた固唾《かたず》をのむようにして、そんな由良助を見つめている。いやがうえにも緊張が高まる。由良助が沈黙と凝固のなかにあったのは、ほんの一瞬のことだが、そのあまりの緊張感のために、それが永劫《えいごう》の静寂のなかに時間がとどまっているかのように錯覚された。

榊原が殺された事案とも関係してくるために、わたしは事前に調べて知っているのだが、由良助には「孔明《こうめい》」と呼ばれる首《かしら》が使われるのだという。思慮の深い、腹の大きい、大人物を演じるときに遣われる首だ。大人物だからして、その表情は変わることがない。人形によっては、アオチと呼ばれる眉の動くものもあるのだが、「孔明」のそれは書き眉であって、ピクリとも動かない。

眉が動かず、表情も変わらないのに、由良助の胸にこみあげる万感たる思い、その切なさが、見る者の胸に痛いほどに伝わってくる。由良助が人形でしかないのを忘れてしまう。あらためて考えれば不思議だが、それは不思議と感じないまでに、いま、由良助はたしかにそこに生きている。何かが由良助の身内にみなぎって、それがあふれんばかりになっている。鉄線が虚空にピンと張りわたされ、それがかすかに震えているような、緊張感がみなぎった。

ふいに三味線が激しくかき鳴らされた。由良助の体が前のめりに傾いた。その表情が動いた。由良助の首《かしら》は書き眉の「孔明」だ。表情が動くはずはないのに、たしかに動いた。あっ、と観客が総立ちになったときには、大星由良助の体から――いや、由良助を遣っている吉田左衛門の体から真っ赤に鮮血がしぶいたのだ。舞台に驟雨《しゅうう》のように降りそそいだ。最前列の観客に、その血が降りかかり、悲鳴があいついで聞こえてきた。

何が起こったのかはわからない。わからないが、判官が切腹した短刀が、由良助の背後にいた吉田左衛門の胸に突き刺さったのだけはわかった。吉田左衛門の体がドウと前のめりに崩れた。

さらに客席から悲鳴が起こった。観客は総立ちになった。

わたしは舞台に向かって走りながら、もうすべてが手遅れであることを、後悔にも似た鈍い思いのなかで嚙《か》みしめていた。

総じて、わたしの仕事は失敗で終わることが多いが、今回もまた、その例外ではないようだった。

3

雨が降ると片頭痛がするのよ、とパートナーの榎田敦子は言う。「おかしいわね。わたしはサイボーグなのに。必要最低限の感覚しか残されてないのに。雨が降って、それで片頭痛を感じるほど敏感な感覚なんか、もうわたしには残されてないはずなのに」そうか、そうか、とわたしは言う。が、たいていの場合は彼女の言葉は聞き流すことにしている。真剣に聞いてやるだけの熱意がない。

まず第一に、自分はサイボーグだ、というその自己認識にしてからが正確ではない。たしかに彼女の体内には——大脳辺縁系にも——おびただしいナノ・マシンが埋め込まれている。そのために、彼女一人で、きわめて短時間に、現場の鑑識作業をすべて終えることができる。「単独現場調査官《LCSI》」とも呼ばれるゆえんだ。が、だからといって、自分をサイボーグと規定するのは、あまりに短絡にすぎる反応だと思う。遠慮なしに言わせてもらえば自意識過剰だ。あれこれナノ・マシンが注入されてはいても、身体そのものに改造がほどこされているわけではない。それをサイボーグというのは誇張であって、眼鏡《めがね》や補聴器、せいぜいが人工心臓の延長程度のものでしかないだろう。第二に、二十一世紀もすでに三〇年代にさしかかろうとしているのに、いまだに片頭痛の原因は究明されていない。であれば、サイボーグだから片頭痛を感じるはずがない、という論理そのものが成りたたない。最後に、そもそもわたしには彼女のグチを聞いてやらなければならない義理などない。わたしはあくまでも榎田敦子とは仕事のうえでのパートナーにすぎず、それ以上の関係は求めない。

　その日、事件現場に出動を要請され、二人、車で街に出たころから、雨が降りはじめ、しだいにその勢いを増した。フロントガラスが濡れ、ワイパーの往復に、信号の赤い灯《ひ》が滲《にじ》んだ。彼女はいつものように片頭痛——と自分ではそう思い込んでいる何か——に悩まされ、こめかみを指で揉《も》んでいた。チョークのように白い顔に信号の灯が点滅していた。その長い睫《まつげ》が繊細に美しい。そういえば彼女は何歳なのだろう？　三十代の前半か、それとももう後半にさしかかっているのか、パートナーを組んでもう二年になるのに、わたしはそんなことも知らずにいる。わたしにとって榎田敦子はいつまでたっても謎のままの存在なのだ。

「雨が降ると片頭痛がするのよ」と彼女は言った。「それなのに、あなたのような雨男とパートナーを組まされるなんて不運としか言いようがない」

「おれは雨男なんかじゃない。そもそも雨男という存在自体が非科学的だろう」

「非科学的だろうが何だろうが、あなたは雨男よ。あなたと一緒に仕事をすると、いつも雨が降る」

「勝手にしろ、何とでも好きに考えればいい」

「あなたはそんなふうに怒るのね。わかったわ。それじゃ、あなたは雨男じゃない」

「ああ、違う」

「雨男じゃないとしたら、あなたはいったい何者なのかしら？」

「いまさら何を言ってるんだ。おれはきみのパートナーじゃないか」

「そうね、たしかに、あなたとパートナーを組んでもう二年になる。それなのに、わたしにはあなたが何者なのかわからない。あなたに何の特殊能力があって、特別科学調査班《SSS》に参加しているのかがわからない。だってSSSのメンバーになるには必ず何かの特殊能力を持ってなければならないと聞いたわ。わたしはサイボーグで――」

「きみはサイボーグなんかじゃないよ」

「わたしはサイボーグで」と榎田敦子はしぶとく言った。「ほとんど自分一人で現場の鑑識・検死をすることができる。でも、わたしには、あなたの特殊能力が何だかわからない。何かあるはずなのに、それが何だかわからない」

「わかったよ。おれは雨男だ。おれが現場検証に出ると必ず雨になる。それがおれの特殊能力だ。それでいいだろう」

「話してくれないのね」榎田敦子はため息をついた。「二年もパートナーをつづけているというのに、あなたはわたしに何も話してくれる気がないんだわ」

本部を出てから麴町《こうじまち》の現場に到着するまでに三十分ほど要する。転送されてきた事件データを検証するのには十分な時間だ。事件を解決するのには足りないかもしれないが、事件を揉み消すべきかそれとも警察の捜査に委《ゆだ》ねたままにしておくべきかを判断するのには不足がない。データにはそれぞれ資料ファイルが添付されているから、それを片っ端から開いていった。

二年ほどまえ、人形遣いの吉田左衛門は、首都大学理工学部でロボット学の表情《エクスプレッション・》工学《エンジニアリング》を専攻する榊原孝《たかし》教授に、新しい文楽の首《かしら》の開発を依頼した。（ここで榊原孝をＧｏｏｇｌｅ検索）。榊原孝はまだ四十三歳の若さだが、表情工学の専門家で、とりわけ顔面に分布する三叉《さんさ》神経をナノ・チューブに置換する技術にかけては斯界《しかい》でも第一人者なのだという。吉田左衛門としては榊原に文楽人形の新しい首《かしら》の表情を開発してもらうことを希望したらしい。

榊原孝が東京・麹町の自宅マンションにおいて死体で発見されたのは今朝の九時過ぎのことだという。殺人の可能性がきわめて大きい。犯行推定時刻は昨夜の十一時から十一時二十分の間……。鋭利な刃物で胸を刺されているのが直接の死因と見なされる。これは死因とは関係ないが、どうしてか榊原孝の顔がズタズタに切り裂かれていた。顔の判別が難しいまでの損傷を受けている。あまりに突飛《とっぴ》な連想だが、捜査関係者はこれがほんとうに榊原当人であるかどうかを疑って、一応、科捜研にＤＮＡ鑑定を依頼したという（現場に向かう車中にて、榎田敦子が転送された榊原孝の写真と死体写真を瞬時に比較検査して当人にまちがいないことを鑑定した。彼女はサイボーグではないが、サイボーグに匹敵するだけの鑑識能力を備えている。これ以上の科捜研での鑑定は必要ないが、われわれは警察にそれをアドバイスする立場にはない。ついでにいえば、それだけの親切心も持ちあわせていない）。死体が別人である可能性はないが、そうであればなおさらのこと、どうして犯人が榊原孝の顔を傷つけたのかがわからない。

昨夜、十時ごろに、吉田左衛門が、左遣いの一柳啓介《いちりゅうけいすけ》、足遣いの本多宗則《ほんだむねのり》の二人をともなって、榊原教授のマンションを訪れた。二人は吉田左衛門の弟子筋に当たる。吉田左衛門の証言によれば、新しい首《かしら》の開発が遅々として進展しないために、激励と督促を兼ねて、榊原教授に会うことにしたのだという。左遣いと、足遣いの二人は、高齢の吉田左衛門のいわば介添えとして同行しただけであって、玄関先で辞した。そのあとは駐車場の車のなかで待った。主遣いだけが、榊原孝に迎えられ、そのまま部屋のなかに入っている。

　これも吉田左衛門の証言によれば、一時間ほど談笑したのちに、マンションを出た。吉田左衛門が二人の弟子をともなって、マンションを訪れたときもそうだが、部屋を辞するときの様子も、廊下に設置された防犯ヴィデオに録画されている。ヴィデオ映像は鮮明ではないが、それでも吉田左衛門が榊原孝と一緒に部屋を出てきたときの様子が、たしかに収録されている。部屋を辞するときには、榊原教授も一緒に玄関の外まで出てきて、二言、三言、何か言葉を交わしたのち、教授だけが部屋に戻っている。ドアが閉まったあと、吉田左衛門は一人で、廊下の端に設置されたエレベーターに向かっている。ヴィデオには吉田左衛門がエレベーターの函《はこ》に乗り込むところまでが収録されているのだ。

　この防犯カメラは、各部屋専用のものとして、一台ずつ通路に配設され、各戸でそれぞれ制御するようになっている。残念ながら、吉田左衛門が帰ったあと、榊原教授はすぐにヴィデオのスイッチを切ってしまったらしいのだ。省エネに努めたということだろうか。榊原教授の死亡推定時刻は十一時から十一時二十分……。当人がカメラのスイッチさえ切らなければ、そのあと榊原教授のマンションを訪れたであろう犯人の姿がヴィデオに収録されていたはずなのだが。

　犯行のあと、部屋には鍵《かぎ》がかかっていた。榊原教授のキー・ホルダーは、背広の内ポケットに入っていて、犯行後、使われた形跡はない。にもかかわらず、ドアには鍵がかかっていたということは、犯人は榊原教授宅の合鍵を持っていたということだろうか。よほど親しい知人か、もしかしたら恋人かもしれない。榊原教授は独身で、特定の異性がいたとしても不思議はない。

防犯カメラのヴィデオ映像、そのほかの鑑識結果、犯行現場の様子などのデータはすべて転送されてきた。

榎田敦子は、車中、それらを丹念に検証していたが、おかしいわ、とつぶやいて、「車をとめてくれないかしら」と言った。

わたしは言われるままに車を路肩に寄せてとめると、「どうしたんだ？　何か気になることでもあるのか」と尋ねた。「わかってるだろうが、おれたちの仕事は事件を解決することでもなければ、容疑者を割り出すことでもない。場合によっては、事件を解決しないことが、おれたちの仕事になることだってありうる。何が気になるのか知らないが、あまり勝手に暴走しないほうがいい」

「片頭痛がするのよ」と彼女は言った。「わたしはもう事件を解決しないことにウンザリしてるんだわ。だから片頭痛がするのよ。せめて一度ぐらい、きっちり事件を解決しないかぎり、この片頭痛は治りっこないわよ」これまで彼女から聞いたことがないような悩ましげな口調だった。もしかしたら片頭痛は罪悪感の代償なのかもしれない。「どうしても確かめたいことがあるの」

わたしは彼女を見た。彼女もわたしを見返した。五秒、十秒……。わたしたちは互いの目を見つめあった。榎田敦子とパートナーを組んで、おそらく初めて、わたしは彼女の顔立ちを美しいと感じた。最初に折れたのはわたしのほうだった。「わかった、好きにすればいい」彼女から視線をそらした。「ただ、できれば、あまり暴走しないでもらいたい。あとの処理が大変だからな。おれのできることにはかぎりがある」彼女は驚いたようにわたしを見つめた。フッ、と優しい視線になって言った。「ありがとう。あなたに迷惑をかけないって約束するわ」彼女は車の外に出て手を振った。わたしも手を振り返した。そのまま横断歩道を歩み去っていった。雨に消えた。

二時間後、榎田敦子は跨道橋から東名高速道路に飛び込んだ。彼女の心境に何が起こったのかわからない。彼女の身に何があったのかもわからない。高速バスに撥《は》ねられて全身打撲の重傷を負った。五メートルも吹っ飛んだらしい。飛びおりたバスの運転手があわてて彼女の体を抱き起こして「大丈夫か」と訊《き》いた。「片頭痛がひどいの」と彼女は答えた。いまのところ、わかってるのはそれだけだ。

4

榎田敦子は最寄りの緊急病院に搬送された。集中治療室に入った。生還できるかどうかわからない。上司に彼女の見舞いを申し出たが、いまはまだ面会を許される情況ではないという。病院の名さえ教えてくれなかった。榎田敦子のことはいいから、このまま榊原教授殺人事件の調査をつづけろと言う。めずらしいことだ。いつもは、警察に圧力をかけて捜査を中止させるのか、それとも捜査を続行させてもかまわないのか、その結論を早く出せ、と急かされることが多いのだが……。ロボット学は、日本が世界にさきがけて進行しているが、どういうものか期待されるほどには、そのマーケットが拡大していかない。もしかしたら特別《S》科学《S》調査《S》班の幹部たちは、日本の国家戦略にとって、ロボット学はさして重要ではない、と判断したのだろうか。あるいは科学者が容疑者ではなしに被害者であるために事件をもみ消す必要がないと判断されたのか。

その日の夕方、わたしは吉田左衛門に会った。文楽は大阪が本拠である。老いた人形遣いの自宅も大阪にあるが、来週から国立劇場で公演が始まるために――『仮名手本忠臣蔵』――いまは東京でホテル住まいをしているのだという。人間国宝だというのに、ホテルのラウンジでコーヒーを飲んでいても、周囲の誰もあらためて老人の存在に気がつく者はいない。それだけ左衛門の容姿に特徴がないということだろうし、もしかしたら文楽という芸能が地味ということかもしれない。名門の歌舞伎俳優ならともかく、文楽の人形遣いには人はほとんど関心を寄せようとはしない。吉田左衛門の、チェックの背広に開襟シャツ、ベレー帽という姿は、それなりにおしゃれで、彼の渋い風貌によく似あっていたのだが……

もっとも、広いラウンジに客の姿がまばらだったせいもあるかもしれない。ようやく雨が上がって、ガラス壁に夕日がきれいに映えていた。ビル街の彼方《かなた》に遠く、かすかに富士山が浮かんでいた。夕日と富士を背にし、左衛門は美味《うま》そうにコーヒーをすすりながら、意外なまでに饒舌《じょうぜつ》に話をしてくれた。

「ふつう、『判官切腹』での由良助には、書き眉の首《かしら》が使われますねん。由良助いうんは、喜怒哀楽を表に出さんと腹で芝居をする役やから、目を剝《む》いたり、眉を動かしたりしては、芝居が台なしになりますんや。だから、わたしは、由良助には書き眉の首《かしら》を遣います。表情を変えんとその腹の底をお客はんに感じさせる――これが由良助の芝居や、わたしら、そう思うてます。けれども名人とうたわれた初代の吉田栄三《よしだえいざ》ちうお人はアオチを使いはった。ご存知でしょうが、アオチいうんは、眉を動かすことのできる首《かしら》のことです。さすが名人といわれたお人だけのことはある。たいした度胸や。由良助が一人で門の外に出て、主君の仇討《あだう》ちを決心するときに、アオチを引かせ（眉を動かし）たそうですわ。並の人形遣いにそんな真似できますかいな。わたしは臆病で、この歳になるまで、書き眉の人形しかよう遣わんかった。

けれども、わたしも八十を過ぎましてな、すこし冒険をしてみたくなりましたんや。さあ、何というたらええか、無表情の表情ちうか、そないな芝居がでけへんものかと思うようになった。それで榊原先生に新しい首《かしら》をお願いしましたんです。先生はロボット学の表情の専門家だちうことをお聞きしましてな。表情工学《エクスプレッション・エンジニアリング》いいましたかいな。人形が見え透いた芝居をするのはおもしろうない。無表情でいて、それでいて腹の底で大芝居をしてくれるような、そないな表情の首《かしら》をどうにか作れへんものかと。ほんで、そのことが見てるお客はんにきちんとわからんとおもろうない。

これ、無理なお願いですわな。そうですのや。はなから、無理なお願いだちうことは、ようわかってます。そこをたっての願いでしてな。それはまあ、最初のうちこそ、先生も困った顔をしておいでやったが、何ぞの話の拍子に、そうか、人形の顔を『フェイス・ゼロ』にすればいいのか、とそうおっしゃいましてな。なんや、急に乗り気になってくれたわけでして——」

「フェイス・ゼロ……」

「へえ、何でも、先生のご専門の、ロボット学のほうに、そないな用語があるんだそうですわ。人間はどないに無表情になっても、人はそこに何らかの表情を読みとるんだそうです。無表情の下に隠された思いを読み取ってしまう。秘めたる悲しみ、ひそかな恋慕、積もり積もった恨み……。よう考えてみれば、能面なんかがそうですわな。表情を殺しに殺して、それを一種、抽象的な表情にまで昇華してしまう。人は能面の無表情から千差万別の感情を読み取ってしまうものや。先生のお話によれば、人間ちうのは、なあんもないとこに、何ぞを読みとらんといられへん。そうした生き物やそうです。先生にいわせれば、それがむしろロボットの表情を考えるさいのネックになっとるんだそうな。ありもせんのにあるように錯覚させてしまう表情……。それがロボットの表情を逆に不自然なものにしとるんやないか。人がそこからなあんも読みとることがでけへん、ゼロの表情。何とかして、そないな表情をデザインでけへんものか。それができてこそ表情工学を飛躍的に進歩させることができるんやないかと……」

「なるほど、それがフェイス・ゼロですか」必ずしも納得したわけではないが、納得したようにうなずいた。——すでに端末に音声入力して、「フェイス・ゼロ」のＧｏｏｇｌｅ検索を終えていた。あまり聞き慣れない言葉だが、表情工学のほうでは、それなりに重要な概念のようだ。それが開発されれば一種のブレーク・スルーになるのではないか、と期待されてもいるらしい。それで榊原教授は吉田左衛門の依頼に応じる気になったのか。

左衛門が話をつづける。すでに彼が背にしていた夕日は沈みかかっていて、その姿が影のように暗くけぶるようになっていた。

「あれやこれやで、榊原先生、なんや、えらい乗り気になってくれはりましてな。まあ、これなら何とかなるやろ、と安心して大阪に帰ったんやけどアンタ、ほんで半年たっても、一年たっても音沙汰がない。とうとう二年が過ぎてしまいましたんや。それでシビレを切らして、先生のお宅まで催促にうかがいました。それがまさか、こないなことになろうとは、思いもよらんことやった……」

「榊原教授のお宅には文楽の人形が一体置かれてあったと聞きました。それも大星由良助の首《かしら》――『孔明』というんですか。殺された榊原先生の死体の横にそれと並ぶように置かれてあったということです。その人形は吉田先生が、榊原先生にお渡しになられたものですか」

「へえ、何ぞの参考になるか思いましてな。あちらにもある、こちらにもある、ちうものではおまへんやろから、まあ、それも警察にお願いして、わたしのほうで引き取らせてもらいましたけど」

「どうもいろいろとお聞きしまして……。ありがとうございました。ご迷惑をおかけしました」

「なんの、迷惑なことなんかありまっかいな。こちらこそ、お役にも立ちませんで」

「いえいえ、とんでもありません。おかげで、いろいろと参考になりました。お疲れになりませんでしたか。お体のほうは大丈夫なんですか」

「はい、おおきに。何というても歳にはかないしまへん。いつも左遣いの一柳と、足遣いの本多の二人に介添えしてもろうて、どうにかこうにか歩ける始末でしてな。いまも二人、下のロビーで待っとるはずです。歳をとるいうんは、ほんま情けないこってすわ。これがな、ふしぎに、人形を遣う段になると、しゃんとしますんや。やっぱり、常日頃の鍛錬がものをいいますのやろな」

「なるほど、それで、榊原教授のお宅をお出になられるときに、介添えのお二人を必要となさらなかったわけですか。あのときは左手で人形を遣っていらしたから、先生はしゃんとなさってた——」とわたしは言った。けっして興奮してはいなかった、静かに言った、と自分ではそう思いたい。「あのとき先生と一緒にドアの外に出てきたのは榊原教授ではなかった。人形です。先生が左手を遣って人形に榊原教授を演じさせたんじゃないんですか。人形に榊原教授の服を着せた。防犯カメラは右側にあったから、先生はご自分の体で、なかば人形を隠すことができた。先生ほどの芸があれば、人形に榊原教授を演じさせるなどたやすいことだったはずです。人形は人間ほどの大きさはないが、それは先生の芸の力でなんとでもなる。最後に、開いたドアのなかに人形を押し込んだ。わたしはヴィデオで拝見しましたが、人形は倒れ込んだようには見えなかった。なかで榊原教授が人形を受け取ったように見えた。ドアを閉めたあとで、なかから鍵をかけなければならないから、当然、榊原教授は先生を逃がす手助けをしたはずですよね。先生がお帰りになるのに、榊原教授がお見送りし、そのあとでドアに鍵をかければ、当然、先生は容疑圏外に出るはずですからね」

一瞬、間があり、左衛門は落ち着いて、冷めたコーヒーを飲んで、「わたしの芸もまだまだやな。素人はんに見破られるようじゃ大したことはない」苦笑するようにつぶやいた。その顔はすでに完全に逆光に塗りつぶされていて、どんな表情をしているのか見てとることはできなかった。

「わたしの相棒は、きわめて短時間に、一人きりですべての鑑識をやってのけるだけの能力を持っています。どんなに先生の芸が完璧でも、彼女の鑑識をごまかすことはできません」

「なるほど」左衛門は、一度、うなずいて、「はい、そうです。わたしが榊原先生の胸を刺しました。まさか、そのあとでお亡くなりになるとは思わなんだけど、結果的に、人殺しになり下がうてしまいました。すまんこってす。榊原先生は、そんなわたしのことを、『こんなことで人間国宝の名に傷をつけるわけにはいかない』とおっしゃってくだはって、アンタさんが言われるような方法で逃がしてくださりました。いまさら、こんなこと言うたところで、信じてもらえるとは思いまへんけど、今回の公演が終わったら自首するつもりでおました。榊原先生が首《かしら》を作ってくださったおかげで――ああ、こうなってしもうたら、もう、その首《かしら》は遣うつもりはありませんけどな――、わたし、今回の大星由良助に新しい工夫ができたんです。それを何としても試してみんことには服役できしまへんのや。こんなこと言うたところで信じてもらいませんやろけどな」

わたしはうなずき、信じます、と言って、「ただ、わからないのは、どうして榊原教授が、先生がお帰りになられたあとで、ご自分の顔をズタズタにしなければならなかったか、というそのことです。それに、どうして先生が、榊原教授を刺さなければならなかったのか、その動機がわかりません」

「動機ですか。動機は……」

人間国宝の吉田左衛門は言葉を捜《さが》すように窓に顔を向けた。その横顔を夕日が輝線で縁どって、何ともいえず、崇高で、深い精神性が浮き彫りにされた。わたしは自分が刺されながら、それでも左衛門を助けようとした榊原教授の気持ちがわかるように感じた。たしかに吉田左衛門は人を殺したかもしれないが、それでもわたしは——わたしも——この老人を心から尊敬せずにはいられない。

そのとき足遣いの本多がロビーからラウンジに駆けあがってきた。息を切らしていた。三十代の、いつもは落ち着いた人物だが、このときは見苦しいまでに動転しきっていた。

「先生、大変です。いま国立劇場のほうから連絡がありまして、一柳さんが楽屋で首を吊《つ》らはって、自殺なさったそうです。それで、その、死になはるまえに、何ですか、榊原先生がお作りになった首《かしら》を……」

「切り刻んだか。そうやろ、ズタズタに切り刻んだんやろ」左衛門の声は落ち着いていた。

「へえ……」本多はキョトンとして、「先生、何で、それがわかりはりますの？」

わたしもそれを聞いてわかったことがあったように感じた。どうして吉田左衛門が榊原教授の胸を刺したのか、榊原教授がどうして自分の顔をズタズタに切り裂かなければならなかったのか、おぼろげながら、それがわかったような気がしたのだ。

5

高い窓の外から、何人かの女性の笑いさざめく声が聞こえてきた。声の調子から想像するに、いずれもそんなに若くはないようだが、それだけに観劇の、つかのま日常から離れた、浮きたつような、ワクワクと華《はな》やいだ気分が確実に伝わってきた。わたしも彼女たちのように、そんなふうに何の屈託もなしに笑うことができたらどんなにいいだろう、と思う。もう何年も、いや、何十年も、もしかしたら生まれてこのかた一度だって、そんなふうに笑ったことはなかったのではないか。彼女たちの声は、窓の外を遠ざかっていって、やがて何も聞こえないようになり、半地下の楽屋にしんと静寂だけがみなぎった。

その静寂のなか、衣装を剝《は》がれ、木の肩板に、竹の腰輪の前後を木綿の布でつないだだけの胴の空虚な人形と、その人形よりもさらに空虚な一柳の死体が仲よく並んで横たわっている。こちらのほうだったら、わたしにもよくわかる。わたしも空虚なことでは人形にも死体にもひけをとらない。一柳の死体の首には縊死《いし》のあとがくっきりと残され、人形の顔は刃物のあともあらわに切り裂かれていた……。すでに警察には連絡したということだが、ふしぎに所轄の刑事はまだ顔を見せていなかった。

ふいに、その静寂を破って、うめくような男の声が聞こえてきた。わたしには一柳さんの気持ちがようわかります、とその声が言う。本多の声だった。

「一柳さんは左遣いですわ。それだけにあのヴィデオを見て、吉田先生が人形を左手で遣っているこことに、すぐ気づきはったんやと思います。それは、まあ、足遣いのわたしが見てもすぐにわかったんですから、当然といえば当然ですわなぁ。警察の目はごまかせても、人形遣いの目は、ようごまかせません。それでも、さすがに人間国宝の吉田左衛門や、見事な左遣いでおましたなあ。あれ、一世一代の芸やおまへんか。ほんま、惚《ほ》れぼれするわ。人形遣いは、足遣いが何年、左遣いが何年、修行に修行を重ねて、ようやっと一人前の主遣いになれる。そやから、吉田先生が、左遣いが巧みでも、何のふしぎもない。けれども一柳さんは、あのヴィデオを見て、自分と、先生とのあまりの芸の差に、愕然《がくぜん》としはったんやないですか。これまでは芸に差があっても、先生は主遣いで、自分は左遣い、もともとが違うものや、という腹がありましたやろけど……。先生が同じ左遣いをなさるのを見て、ああ、これはあかん、とても追いつけへん、そう絶望しなはったんやないでしょうか。どんなに修行を重ねても、うちら、しょせんは凡人でおますさかいな、何がどうあっても天才の吉田左衛門にはよう追いつかん」

本多は、一柳ではなしに、自分のことを言っているかのようだった。左遣いの一柳が、主遣いの左衛門の芸を見て、その力のあまりの差に絶望したというなら、足遣いの本多はどうしたらいいのか。

「それで首くくった、てか。アホぬかせ。わたしの芸がナンボのもんじゃ。そんなもん、何が恐ろしいことあるもんか」ふいに激したように左衛門が本多の言葉をさえぎって、「おのれらのようなボンクラには、わたしがどうして榊原先生の胸を刺さんならなんだか、生涯、わからへんわい。榊原さんはな、とうとうフェイス・ゼロを完成しなはったんや。何で、わたしはあないなもん、作ってくれいうて依頼してしもうたんやろ。人間国宝やら、名人やら言われて、テングになってたんや。自分の芸に到達できんもんは何もないって慢心しとったんに相違ないわ。ほんまモンのアホや。ほんとの無表情いうんはな、それはもう恐ろしいもんやで、ほんまにゼロや、無や、何もない。わたしはな、何の因果か、それをこの目で見てしもうたんや。何の表情もない、一切の感情を殺した、無の顔、ゼロの顔や。あれを大星由良助の首《かしら》に遣《つこ》う思たら、恐ろしゅうて、恐ろしゅて、震えてどもならん。そんなことできるかいな。あの人形をどう遣《つこ》うてみても、文楽にはようならん。あんな恐ろしい顔がこの世にあるんかいな。あれに比べたら、能面などかわいいもんや。あれを見てしもうたら、能面のこと無表情いうんは、いかにも白々しいわい。ほんとの無表情いうんはあんなものやない。わたしの芸が通用せん、いや、どんな芸かて通用せん、おのれ、わたしに何の恨みがあるんや、ようもこんなもん作りよったな、気がついたら、わたしは榊原さんをこの手にかけとった」

最後は放心したような口調になった。自分の右手を呆然と見つめている。これから大星由良助を演じる右手を、榊原を刃物で刺した右手を。そして、なおも放心したような声で、こう言葉をつづけた。

「榊原さん自身も恐ろしいものを作ってしまった、と後悔しなはったんやないかいな。それでわたしを逃がしてくだはったんやろ。どんな表情からも完全に隔絶されたゼロの顔いうもんが、どんなに非人間的で恐ろしいか、どんなに凄《すさ》まじいもんか、それは言葉にもでけん、絵にも書けん、人間が目にしてはならんものなんやろ。わたしはそれを見てしもうた。見てしもうたんや。あれに比べたら、わたしの芸など子供の遊びやないか。わたしの芸などに打ちのめされて首くくるような弱虫、しょせんは負け犬や。そんなもん、何こころざしたかて、成就するかい」

「先生、それはあんまりや。一柳さんはここにおいでやおまへんか。先生の芸を心の底から尊敬して死にはったんや。それを、弱虫だの、負け犬だの、ようもそんなこと口にできたもんや。先生、謝ってくれませんか。どうか一柳さんに謝ってください」

一瞬、左衛門の顔を悲哀の色がよぎったが、すぐにそれを振り払うように、激しく首を振って、

「もうすぐ出番や。こうしてはおられん。誰ぞ、一柳のかわりに左遣いを捜さなならん。本多、おまえも早《はよ》うに支度せえ。わたしは負けん。負けるかいな。フェイス・ゼロを見て、思いついたことがあるんや。由良助の芝居に工夫がある。フェイス・ゼロなんかに負けてたま

るか。わたしはわたしの芸の力であの化け物を払いのけてやるんや」

なかば叫ぶようにそう言うと足音も荒く楽屋から出ていった。出ていくときに、暖簾《のれん》が音をたてて落ちたところを見ると、さすがの左衛門がかなり興奮していたにちがいない。

「先生……」本多は呆然とその場に立ちつくした。自分ではそうと気づかずに泣きじゃくっていた。

そんな本多をわたしは見た。じっと見つめつづけた。そして、おれにはわかる、と言ってやった。たぶん、フェイス・ゼロがどんなものだかわかる、と……。「フェイス・ゼロには表情がない。フェイス・ゼロを見る者は、その無表情の顔に、誰かの顔を重ねあわせずにはいられないのだろう。人間は完全に表情のない顔には耐えられない。それで誰かの顔をそこに見るように錯覚してしまう。榊原教授は自分の顔をフェイス・ゼロのうえに重ねて見たのにちがいない。それで榊原が何をどう考えたのかはわからない。ただ、自分の死体が発見されたときに、そこに自分と似た顔の人形が残されていてはいけない、とそう思ったのではないか。榊原は、自分が作り出してしまったフェイス・ゼロを憎みながらも、愛していたのだと思う。フェイス・ゼロはまったくの無表情であるべきものだ。それが自分の顔に似ているなどということは、そのままフェイス・ゼロを否定することではないか。そんなことはあってはならない。フェイス・ゼロは誰にも似てはならない。死ぬまぎわ、榊原はかなりの錯乱状態にあったのにちがいない。榊原には自分の顔と似たフェイス・ゼロを壊すことがどうしてもできなかった。それでフェイス・ゼロに似た自分の顔を壊すことにしたんじゃないだろうか」わたしはそう話しながら、終始、本多の顔から視線を離さなかった。本多の顔を見つめつづけていた。そして最後にこう言ってやった。「一柳さんはどうしてフェイス・ゼロの顔を傷つけたのか？　一柳さんはフェイス・ゼロの顔に誰の顔を見たのか。あんただったら、それがわかるはずだ。それなのに、その人は、一柳さんのことを弱虫と言い、負け犬と言った。それでいいのか。あんたにはそれが許せるのか」

　わたしはいつ本多が楽屋を出ていったのか、よく覚えていない。本多は、そのあと舞台のうえで吉田左衛門を殺害し、わたしはたしかにそれを自分の目で見たのだが、それさえはっきりとは覚えていないのだ。

6

　闇……。

　すでに深夜だ。国立劇場の照明があらかた消された。どこもかしこも暗い。ましてや、ここ、半地下の楽屋は真っ暗だ。それこそ一センチ先、自分の鼻先さえも見ることができない。それでいいのだ。そうであればこそ満足なのだ。わたしはもう永遠に自分の顔など見たくはない。見ずに済ませられるものなら、このまま死ぬまで、この闇のなかにいたいものだと願っている。しかし、高窓を通じて、雨の降り出す音が聞こえてきた。それと同時に、わたしを雨男と言った女のヒールの音が近づいてきた。きみのほうこそ、とわたしは胸のなかでパートナーに言う。雨女じゃないのか。

いつのまにか榎田敦子が闇のなかに立っていた。闇のなかに嗅ぎなれた彼女の体臭がした。無事だったのか、ほんとうによかった、とわたしは心の底からそう思った。

「何を見てるの。こんな闇のなかで」と榎田敦子が訊いてきた。

「フェイス・ゼロの人形を見てる。フェイス・ゼロを見てるとしだいに誰かの顔に似てくるように錯覚される、って聞いた。だから、おれの顔に似てくるんじゃないかって、それを待ってるんだ」

「だって、こんな闇のなかで人形の顔なんか見えるはずが……」と彼女は言いかけ、すぐに納得したように含み笑いをした。「そうか。あなたに似てるんだとしたら、顔が見えなくていいのか。あなたがどんな特殊能力を持っているのか聞いたわ。あなたは人の表情をまったく読むことができないんだってね。人の感情をまるで読むことができない。人はたがいに感情をやりとりしながら生きている。それなのに、あなたは相手の感情をまったく読もうとしない。だから、あなたに長時間、見つめられている人間はいつしか精神のバランスを崩してしまう。無意識のうちに、何とかあなたに自分の感情を読みとってもらおう、と思うようになってしまう。それで、いつのまにか、あなたにコントロールされるようになってしまう。わたしがそうだったように。本多という人がそうだったように。でも、わからないな。どうして、あなたは、わたしに高速道路に飛び込ませたの？　どうして本多に吉田左衛門を殺させたの？」

「きみは、二年間、パートナーとして一緒にいるのに、おれがきみのことをまったく理解していない、という意味のことを言った。いずれ、おれが人の表情をまったく読み取ることができない、ということに気づくだろう、と思った。そうなれば、きみはおれのことを化け物あつかいするだろう。吉田左衛門のことは妬《ねた》ましかった。左衛門は芸の力でフェイス・ゼロと戦うつもりでいた。おれにはとてもできないことだ。なぜなら、おれにとっては、すべての人間がフェイス・ゼロなのだから……ところで、きみはトラックに撥ね飛ばされたんじゃなかったのか」

「あなたはとうとう最後まで信用しなかったけど、わたしはサイボーグなのよ。まえにも大変な事故にあってね。わたしの骨格は特殊合金でできてるの」かすかに拳銃のハンマーを起こす音がした。わたしを逮捕するつもりなのか、それとも殺すつもりなのか、どちらなのかわからないし、どちらでもかまわない。いま、わたしがこのまま聞いていたいと思っているのは雨の音なのだ。ただ、それだけだった。

ふと、太夫と三味線弾きのことを思い出した。後半にいたると、前半の太夫、三味線弾きは、床が回転し、消えることになる。ちょうどわたしのように……

「雨が降ってる」

「だから、何だというの」

「もしかしたら、おれが雨男なんじゃなしに、きみが雨女なんじゃないか」

「そんなの、どっちでもいいじゃない」と彼女は言った。「わたし、片頭痛がひどいんだからさ」

火星のコッペリア

「ぼっちゃまはご存知《ぞんじ》なかったのですか？　悪い男でございますよ。子供たちがベッドにいきたがらないとやってきて、お目めにどっさり砂を投げこむのですよ。すると目玉が血まみれになってとび出しますね。砂男は目玉を袋に投げこみまして半分欠けたお月さまにもち帰り、自分の子供に食べさせるのでございますよ。——後略——」

ホフマン作『砂男』　池内紀訳

1

火星から地球に帰還しての最大の楽しみは『24』の「シーズン12」と「シーズン13」のDVDを連続して見ることだ、といったら、人は何だ、と思うだろう。こいつは、まがりなりにもNASAで宇宙飛行士の訓練を受けて火星まで行った男じゃないか、それが何て夢のないことをいうんだろう、と呆《あき》れられるかもしれない。怒られるかもしれない。

そのことをオリンピアにいったら怒りはしなかったけど呆れられた。

「へー、そうなんだ、そんなに『24』っておもしろいんだ。わたし見たことないから、よくわからない」

「おもしろいというか――まあ、設定なんか無茶苦茶なんだけどね。何だか知らないけど、つづけて見ずにはいられないいんだよ。馬鹿ばかしいんだけどね」

設定なんか無茶苦茶なんだけどね――と保留したうえで、おもしろい、ということにした。帰還してから何とかしてオリンピアとつきあいたいと思っている。手放しで誉《ほ》めて、あとで彼女が『24』を見たときに、何、これ、これのどこがおもしろいわけ、と馬鹿にされる危険は避けたかった。つきあううえでテレビドラマとか映画の趣味ってけっこう大事だと思う。

『24』ではさ、ドラマのうえで進行する一時間がそのまま現実の一時間に重なっているんだよ。画面なんか平気で揺れるしさ。現実にそこで起こっている事件にリアルタイムで視聴者が参加しているような作り方になっているんだよ」

「でも、それっておかしいよね。そんなはずないよね」

「どうして？」

「だってコマーシャルが入るはずでしょ。絶対に。一時間のドラマったって実際には五十分ないはずだよ。それなのに視聴者がそれをリアルタイムに一時間と感じるなんてありえないと思う。どっかにトリックがあるんじゃないかしら」

「ああ、そうだね。それはそうだ」ぼくは大急ぎでうなずいた。「やっぱり、きみは頭がいいよ」

オリンピアは頭がいいし、なにより魅力的だ。彼女がメンバーの一員に加わっていなければ、今回のミッションはよほど堪えがたいものになっていたにちがいない。

なにしろミッションに拘束される期間が半端じゃなしに長い。二〇一四年の一月一七日に地球を出発した。そして二〇一六年の七月二四日に地球に帰還する予定になっている。総日数じつに九一九日におよぶミッションなのだった。

それというのも今回のミッションには、往復ともに最も燃料消費が少なくて済むホーマン軌道を通ったからで、往路に要した日程八ヵ月、帰路に要する十ヵ月はともかくとして、火星に四百日近くも滞在しなければならなかったのがつらかった。それはもうほとんど絶望的なまでの時間の浪費といってもいい。

絶望的なまでの時間の浪費？　それこそ天文学的な資金を投入して実行されたミッションに対して当の探査隊員が何て不謹慎なことをいうんだと叱られるかもしれない。

たしかに不謹慎のそしりはまぬがれないかもしれないけれど、——いくらぼくが地質学者にしても——実際の話、メリディアニ平原で四百日近くも地質調査をしていればいいかげん飽きあきしてしまう。

メリディアニ平原は極端に地平線が近く見えるうえに、赤鉄鉱を大量に含んでいるために、すべてが赤っぽい空にぼんやり溶け込んでしまう。なにが単調といってこれほど単調な風景はないだろう。

そんなところに何と四百日近くもいなければばならなかった。

ぼく自身の任務は「火星の地表における水の痕跡の調査」なんだけど、すでに最初の二週間で向こう十年間の研究に十分なだけのデータの採取は終わってしまった。あとは惰性《だせい》、といえば聞こえは悪いかもしれないけれど、要するにラボにこもってのデータの整理が主な仕事だった。退屈するのが当然だろう。

それでもまだしもオリンピアがいたときには何とか日々をしのぐことができた。どんなに退屈であろうと、ときに退屈がこうじて鬱《うつ》にみまわれることがあろうと、彼女がそこにいてくれるというそのことだけで、どうにかそれをやり過ごすことができた。それなのに彼女は死んでしまった。

——オリンピア、どうしてきみは死んでしまったんだろう。きみが恋しいよ。とてもとても恋しい。

2

愛なんて結局は脳内の化学反応の変化にすぎないんだわ、とオリンピアはいった。

だけど、それ以外に、わたしたちに何があるの、わたしたちには何もない。

そんなことはないさ。

そう答えようとして振り返ったぼくの目にオリンピアが全身から波うつように放電するのが見えた。

彼女は悲鳴をあげたろうか。あげたかもしれないけどよく覚えていない。覚えていないことに感謝している。最後に聞いた彼女の声が悲鳴ではあまりにオリンピアがかわいそうすぎるように思う。

オリンピアはその直前に助けを求めるように腕をさしのべた。反射的に指をつかんだのだがそのときにはすでに遅かった。全身を青みがかった紫色の閃光《せんこう》に覆われた。

ぼくは必死にヘルメットのなかの彼女の顔を覗《のぞ》き込んだのだがバイザーが閃光に包まれているためにその表情をよく見てとることができなかった。

そんなことはないさ、とぼくはいいたかった。

非科学的かもしれないけど、ぼくはこんなにきみを愛しているのに、これがたんなる脳内の化学反応の変化にすぎないだなんて、そんなの実感として信じられないよ。

それは初めての告白になるはずだった。だけど、もう永遠にそれをいう機会は与えられないし、彼女が最後にどんな表情をしていたのかを知ることも永遠にない。

オリンピア、きみが恋しいよ、とてもとても恋しい。

3

彼女が亡くなってからというもの、それまでまがりなりにも維持されてきた探査隊の連帯感、士気のようなものが微妙に衰えてきたように思う。なにか指の間から砂がこぼれ落ちるようにたがいの結束感が希薄なものになりつつあるようだった。

あらためて断るまでもないだろうが、限られた空間のなかで、つねに同じメンバーと起居をともにし、苛酷《かこく》なミッションをこなさなければならない宇宙飛行士たちにとって、安定したメンタリティを維持するのは何より大切なことなのだ。

ましてや今回の火星探査ミッションは帰路まで含めるとじつに二年半も同じメンバーと鼻つきあわさなければならない。一にも二にも、いかに各人が安定したメンタリティを維持しつづけ、相互に良好な協調性を保つかに、ミッションの成功がかかっているといっても過言ではない。

これまで隊長のコッポラ、通信士の劉《リュウ》、医師のオリンピア、それに地質学者のぼく——四人のメンバーの相性は抜群で、ときにたがいに倦怠感《けんたいかん》を覚えることはあっても、それがいさかいにまで発展することは一度としてなかった。

宇宙飛行士の訓練でぼくより優秀な成績をあげた人間は幾らもいる。地質学者としてぼくより優秀な人材も幾らもいるだろう。

それなのにぼくがメンバーに選ばれた理由はただ一つ、ぼくが感情移入の能力に優れているからだ。もちろん自分ではよくわからないことだけど、ぼくは他の誰にも増して人の感情を読み取る能力に優れているのだという。そのシンパシーの能力に優れていることは長期間におよぶ火星探査のミッションには何にも増して替えがたいものだと判断されたらしい。

ぼくにかぎらず、メンタル能力が優れているのは、大なり小なり、四人のメンバーに共通したことであるはずだった。

ところがそれが——オリンピアが亡くなってからというもの、それぞれの性格のネガティブな部分が微妙にきわだってきたかのようで（ある者は攻撃的になり、ある者はふさぎこむようになって）、何かというとぎくしゃくするようになった。

こうなってみると、それまでオリンピアの存在が、メンバーのあいだである種の緩衝材のように働いていたのはまぎれもない事実として認めるほかない。

それが女性一般に特有の資質なのか、それとも彼女個人の美質なのかは何ともいえないのだが……オリンピアには自然に人の対立をやわらげる能力があったらしい。それが突然、消失してしまった。

われわれの対立はしだいにのっぴきならないものになっていって、いつしかぼく一人に対して、コッポラと劉の二人が結束しあうという関係がはっきり固定化されるようになった。

もっともコッポラがぼくに対する敵意をわりと剝《む》き出しにしていたのに対し、穏やかな劉はそれとはなしに距離を置くという程度にとどまってはいたのだが。

その微妙な対立は帰還の途につくまでつづいて、しかし、最終的な破綻《はたん》にまで至らずに、どうにか地球まで持ちこたえそうに思えたのだが――どうやら、それはぼくの観測が甘すぎたようだ。

もしかしたら、ぼくが人の気持ちを読み取る能力に優れていることが、かえって不幸を招くことになったのかもしれない。ああまではっきりとコッポラがぼくを憎んでいる、それも心の底から憎悪しきっていることに気がついてしまったのでは、もうそれまでのように彼を隊長として信頼することなどできようはずがなかった。

地球に帰還するには十ヵ月にもおよぶ無為な時間を過ごさなければならない。その期間、われわれがやるべきことは何もない。ただ、ぼんやりと時間をやり過ごすしかないわけなのだが、そのために時間感覚が失われ、自分が何をやっていたのか思い出せないことがよくある。そのうえ微小重力下にあっては、血圧が下がるために、めまいをしたり、目がかすんだり、軽い失神におちいりがちなのだ。一種の見当識《けんとうしき》喪失の感覚に似ているといっていいかもしれない。

そのときがそうだった。

――あ……

ふいに意識が鮮明に冴《さ》えわたった。パチパチと目を瞬《またた》かせた。

それまで自分が何をしていたのかよく覚えていない。何をしていたのか、それとも何もしていなかったのか――気がついたときには宇宙服の格納ポッドのなかに一人いた。

たぶん、ぼくは隊長に船外活動を命ぜられたのだと思う。船外の防御シールドが故障がちだったから、その修理でも命ぜられたのかもしれない。

もちろん船外活動をするのにスペース・スーツが必要なことはいうまでもない。だからこそ、そのときスペース・スーツの点検に当たっていたのだろうが、じつに思いがけないものを目にすることになった。

それは――砂。そう、砂なのだった。

スペース・スーツの本体部分は硬い殻のようになっているうえに、全体に発泡断熱材がコーティングされているから、まちがえても何かがまぎれ込むようなことはない。けれども腹とか肩とかはアルマジロの甲皮のようなジョイントになっていて、装着するまえにより入念な点検を必要とする。接合部分にトラブルが生じやすいのは何もスペース・スーツに限られたことではないだろう。

その腰のジョイント部分に砂がこびりついていた。

――どうしてこんなものがこびりついているのだろう？

ふとそのことが気になってジョイントの圧電線維を解除した。

するとジョイントから砂がこぼれ落ちたのだった。

サラサラ、サラサラ……と音をたてて砂は落ちつづけた。まるで時を刻《きざ》むのを忘れてしまった砂時計でもあるかのように。

4

スペース・スーツを着て動きまわると静電気が生じる。その結果、砂や塵《ちり》が付着しやすくなる。

これを放置しておくと大変なことになってしまう。いずれはスーツそのものを損なうことになるだろうし、ついには加熱を引き起こし、それを着用している人間の命を危険にさらすことにもなりかねない。

だから火星で戸外で作業したあとには必ず丹念にスペース・スーツを点検することになっていた。自分だけで点検するのではなしに、メンバーのチェックを受けることを義務づけられてもいた。

地球に帰還することになって、スペース・スーツが格納ポッドに収納されるときには、より入念にチェックされたことはいうまでもないだろう。スーツに砂の一粒も付着していなかったことはぼく自身がこの目で確認している。クリーニングされたばかりのようにまっさらに清潔だった。

そして、これもまたいうまでもないことだろうが、宇宙船には砂なんかない。宇宙船には子供もいなければ子供が遊ぶ砂場もないのだ。それなのにどうして、そしてどこから、これほどまでに大量の砂が出現したのだろうか。どのようにしてスペース・スーツに付着したのか。

——誰かが人為的にやったとしか思えない。

考えるまでもないことだった。それ以外に結論はありえない。

そしてその結論からは必然的に犯人が導き出されることになる。これが人為的になされたものであるなら、そもそもこの宇宙船にはぼく以外には二人しか人間がいないのだから、犯人が誰なのか誤解の余地など生じようがない。

船長のコッポラか、通信士の劉……あるいは二人が共謀してのことという可能性も否定できない。

もちろん砂がまぎれ込んでいるスペース・スーツで船外活動などしようものならどんな支障が出るかわかったものではない。場合によっては命を落とすことにもなりかねない。つまり、これはたんに悪意の有無などという程度にとどまることではない。そこにははっきりと殺意が感じられるのだった。

——だけどコッポラや劉にどうしてぼくを殺す必要があるのだろう。

ぼくは彼らのことを思わないわけにはいかなかった。コッポラとはつい数時間まえに話をしたばかりだった。

「防御シールドの調子がおかしい」とコッポラはそういったのだ。「磁場の配備を調整したほうがいいだろう。そのためには一度、連続磁場も、低周波電磁場も切らなければならないだろうと思う」

「防御シールドを切る？」

「ああ、そのあいだ『コフィン』に避難すればいいだけのことだ。シールドは可能なかぎりすみやかに再起動させる」

地球の大気や磁場の保護のない宇宙では人間はもろに放射線に曝《さら》されることになる。それを完全に防ぐためには厚さ九十センチの鉛ですべて宇宙船を覆わなければならない。重さが数千トンになってしまう。そんな宇宙船はありえない。不可能だ。

次善の策として磁場で防御シールドを配備する。百パーセント完全に放射線をブロックすることはできないが、それでも何とか放射線を低い量に抑えることはできる。それで人体への影響を完全に防ぐことができるかどうかはまだわからない。

「コフィン」は文字どおり鉛張りの棺《ひつぎ》のようなものと思えばいい。防御シールドが何らかの事故で作動しなくなったときに一時的に「コフィン」に避難する。そのためにクルーの数だけ「コフィン」は用意されている――お話にならないぐらい単純にして原始的な方法だが、実際の話、それ以外に放射線を避ける方法はない。

「問題はないさ」コッポラはうなずいた。「なにも問題はない」

そのときのコッポラの目つきが忘れられない。なにか大型ネコ科の猛獣が獲物を狙うときのようにふしぎに吸引力のある光を帯びていた。以前からそう思っていたのだが、コッポラにはどこかロシアの怪僧ラスプーチンを連想させるようなところがある。知らずしらずのうちに人を催眠術にかけようとするようなところがあった。

ぼくは自分を人の気持ちを読むシンパシーの能力に優れているといった。ぼくのその能力をもってしても、そのときのコッポラが何を考えているのか十分に読み取ることはできなかった。

憎しみだろうか。ぼくに対する滾《たぎ》るような憎悪……ぼくはコッポラの目を見返して何とかして彼の真意を読み取ろうとした。

そのときのことだ。

またあれが起こったのだ。一瞬の失神がぼくを襲った。

宇宙飛行士の訓練は十分に受けていて、微小重力に対し、それなりの耐性はできているはずなのに、地球への帰路についてからのぼくはおかしい。

もちろん極端に血圧が下がっていることが第一の理由なのだろうが、非常にしばしば意識が飛んでしまうのだ。ほんの短い時間のことであるし、微小重力のため倒れて怪我《けが》をする心配はないのだが、そうではあってもこれが愉快な体験であるはずがない。

あまり認めたくはないことだが、たぶんオリンピアを失ったために、ぼくのなかで何かが決定的に壊れてしまったのではないかと思う。オリンピアのいないこの現実を否定したい、拒絶したいという思いが、つねに無意識のうちに働いているのではないか。そうとでも考えなければこの頻繁な失神は説明がつかない。

このときも一瞬、フッと意識が遠のいたように感じて……何か絶望的なまでに遠くに遠くに飛び去ったかのように感じて……それがブーメランのように遥《はる》か彼方《かなた》で弧をえがいたかのように感じて……

意識が戻ってきたときにはぼくはオリンピアのまえにいた。死んだはずのオリンピアのまえに――

きみは死んだはずじゃなかったのか、とぼくは訊《き》いた。

そうじゃないのよ、と彼女はいった。そういうことじゃないのよ。

「そういうことじゃないって……どういうことだろう」

ぼくは呆然《ぼうぜん》とし、そしてすぐに呆然とする必要などないことに気がついた。

もちろん、そこにいるのは人間のオリンピアではなかった。ジェミノイドのオリンピアなのだった。

ジェミノイドという名称はあまり一般的ではないかもしれない。むしろアンドロイドとかアクトロイドと呼んだほうがわかりやすいだろうか。要するに対話式のヒューマノイド型ロボットなのだ。

ジェミノイドのＡＩは人間との会話を――原始的なレベルではあるけれど――摸倣《もほう》するだけではなしに、そのセンサーを使って相手とアイコンタクトをとりつつ、状況に応じて表情や、姿勢、声の抑揚までも微妙に変えることができる。

ジェミノイドのロボットとしての最大の特徴は人間によく似ているということだろう。それも非常によく似ている。シリコンに染料を混ぜたその肌は色、質感ともに本物とほとんど区別がつかない。睫《まつげ》毛までもが一本一本丹念に埋め込まれている。

表情ばかりではない。五十以上の可動部アクチュエーターから構成されたその体もかなりの可塑性《かそせい》にとんでいる。外部コンピュータに取り込まれた本物の人間の容貌、スタイルを瞬時のうちにモデリングすることができるのだ。どんな人間にでも変更自在だ。

実際の人間と双方向的にリンクして作動する。テレプレゼンスとテレロボティクスの高度な統合といってもいいかもしれない。モーションキャプチャーインターフェイスで制御することで、ジェミノイドはリンクされた人間のしぐさ、表情などを的確にロボットのうえに再生することができる。

将来的には、クルーそっくりのロボットが遠隔操作され、月や、火星のうえを動きまわりながら――スペース・スーツなしで！　――地球の視聴者に実況するなどということが計画されているらしい。今回、ジェミノイドが搭載されたのは、そのときのためのいわば準備のようなものだったろう。

事故のあと、それどころではなかったために、そのことをすっかり忘れていたのだが、ジェミノイドにはオリンピアが双方向リンクされていたのだった。

その後、ことさらに接続を断ったという話も聞かないから、ジェミノイドがオリンピアの容貌そのままを保っているのは、べつだん驚くほどのことではないかもしれない。

だけど、死んだはずのオリンピアがどうしてジェミノイドを遠隔操作できるのか、そのことだけはふしぎでならない。どうして、こんなふうに微妙に表情を変え、人間のようなしぐさをまじえながら、的確に人と言葉を交わすことができるのだろう。変だ。

たしかにオリンピアは死んだ。死んでメリディアニ平原に埋葬されているはずなのに……

5

火星ではときに惑星全体を覆ってしまうほどの大規模な砂嵐が起こる。

砂嵐のなかでの雷の危険性が論議されたことはあるが、たぶん激しい嵐のなかでは、雷を誘発するまえに静電気が中和されてしまうはずだから、そんな心配は不要だろう、という結論に達した。

そのなかを人間が動きまわることで雷が誘発されるかもしれないという可能性まで論じられることはついになかったのだ。

戸外で作業しているときにオリンピアのうえに雷が落ちた。

そのとき、ぼくも彼女と一緒に作業をしていた。——だから彼女の最後の言葉を聞いた人間はぼくということになる。

「愛なんて結局は脳内の化学反応の変化にすぎないんだわ。だけど、それ以外に、わたしたちに何があるの、わたしたちには何もない……」

そんなことはないさ、と答えようとして振り返ったぼくの目に、オリンピアの体が落雷のために青い閃光に包まれるのが見えたのだった。

微妙なタイミングで、どちらが後先になるのか、それをはっきりいうことはできないのだが、オリンピアはその直前に助けを求めて腕をさしのべたように思う。

ぼくはとっさにその指をつかんだのだが、それが何になるだろう。そのときには彼女は全身を青みがかった紫色の閃光に覆われたのだった。

たしかにオリンピアは死んだ。死んでメリディアニ平原に埋められているはずなのだ……それなのにどうしてこんなふうにジェミノイドをリアルタイムで遠隔操作などできるのだろう。

たしかにスペース・スーツにはウエアブル・コンピュータが内蔵されている。それがジェミノイドを遠隔操作するための外部コンピュータに代替されるなどということが可能だろうか。そんなことがありうるのか。

——どうして？　どうして？

ぼくはそのことを尋ねずにはいられなかった。

——わたしが埋葬されたときに着けていたスペース・スーツはかなりの電荷を帯びたままだった。静電気を帯びていた。それに埋葬されるときの摩擦《まさつ》で生じた静電気が加わって、わたしは埋められながら頻繁に雷を誘発するようになってしまった。落雷が起きるたびにわたしの脳は一時的に活性化される。わたしの脳の神経繊維にイオンが生じ、そのイオンの流れが電気信号になって、脳を励起《れいき》する。わたしは死んだあともこうしてまどろむように生きている……

これには微妙に違和感を持たざるをえなかった。この論理はちょっとおかしいのではないか。

死んだ脳——火星の地面は非常に乾燥しているために死体の腐敗が極端に遅いということなのだが——の神経繊維にイオンの流れが生じたからといって、それでその脳の持ち主に意識があるということになるだろうか。

これは古くから論争されてきた「コンピュータが意識を持ちうるか否か」という命題と同じものだといっていい。死んだオリンピアは「チューリング・テスト」にパスすることができるか。

が、そのときのぼくには、ジェミノイドに再生されたオリンピアが本物であるかどうか、などということはほとんど気にならなかった。

それ以前に、そこにオリンピアが再生されているということ自体に有頂天になって、何はともあれ彼女に話しかけずにはいられなかったのだ。

あのときの話のつづきをしよう、とぼくはいった。

「あのときの？」彼女は首を傾《かし》げた。「わたしたちは何の話をしてたんだっけ」

「愛の話さ。ぼくたちは愛の話をしてた」

「よく覚えてないな、そうだったっけ」

「そうさ、そうなんだよ」

「わたしは愛について何ていったの？　あなたは何ていったの？」

「きみは愛なんてたんなる脳内の化学反応の変化にすぎないといった。そんなことはないとぼくはいった。ぼくがこんなにもきみを愛しているその愛が、たんなる脳内の化学反応の変化にすぎないだなんて、そんなの実感として信じられないといった――」

「実感として？」

「そうだよ、実感だ、直感、あるいは洞察力といってもいいかもしれない。人間にはそれがある」

「コンピュータにはないというの？」

「ないと思う」

「思う？」

「いや、ない。断言してもいい」

「それがたとえスーパーコンピュータでも？」

「ああ」とぼくはうなずいて、「記憶容量がどんなに膨大なものになろうと、どんなに演算処理速度が増そうと、デジタル・コンピュータが洞察力や直感を持つことは絶対にない。したがって意識を持つことになる可能性もない」

「どうしてそんなふうに言い切ることができるのかしら」

「有名な数理物理学者にロジャー・ペンローズという人がいる。知ってるかい」

「聞いたことあるような気がする」

「天才といわれている人だよ。ペンローズはその著書のなかで『デジタル・コンピュータが人間と同じような知性と自我を持つことは絶対にない』と主張している。彼は『第一不完全性定理』という定理をもってして、その主張の根拠にしてるんだ」

「『第一不完全性定理』……」

「コンピュータでプログラムを走らせる。そのプログラム自体はいわば『コンピュータ内の数学』に当たる。一方で『そのプログラムが出力する解答は正しいのか』を解析するための

『コンピュータ外の数学』がある。『コンピュータ外の数学』というのが舌足らずに思えるんだったら何なら『メタ数学』といってもいい」

「今度はメタ数学か。どんどん話がややこしくなってしまうのね」

「ゲーデルの『第一不完全性定理』というのは『自然数論には（体系内には）証明も否定の証明も存在しない（体系内の）定理が存在する』というものなんだ。ペンローズにいわせれば、これこそがコンピュータが知性と自我を持つことができない根拠なのだという。コンピュータは自分の内部だけでは自分のなかにある定理が正しいかどうか判断できない。ところが人間は直感と洞察力をもってしてその定理が真理であることを判断できる。ペンローズにいわせればデジタル・コンピュータと人間との決定的な違いはまさにその点にあるのだという。その点こそが、どうして人間は知性を持ち自我を持っているのに、コンピュータはそうでないのか、という分岐点をなしているのだ、というのが彼の主張なんだよ」

6

オリンピアは沈黙した。ぼくの言葉を何とか理解しようと頭のなかで反芻《はんすう》しているのかもしれない。

もっともジェミノイドが人間と対話しているかのように思えるのは、あくまでも形式的で擬似的なものであって、すべては音声認識ソフトとモーションキャプチャーインターフェイスのコンビネーションにすぎないのかもしれない。

　そうであれば、オリンピアが沈黙したのも、ぼくの言葉を理解しようと努めているかのように振るまうことで、より対話らしく見せかけるためのプログラムの結果と考えるべきなのかもしれないが。

「べつにコンピュータでなくてもいい。ここに脳と同じようなケミカル・マシンがあるとしよう。その素子《そし》に人間と同じようなイオンの流れが生じたと仮定しよう。けれども、だからといって、そこに人間と同じような知性と自我が宿ったと見なしてもいいものだろうか。たしかに脳と同じような化学反応の変化はあったかもしれないけど、そこには人間の意識に付随する直感とか洞察力などといったものが致命的なまでに欠けている。そのケミカル・マシンは自分の愛が真実の愛であるかどうか最後まで判断できない」

「それはたしかに人間は自分の愛が真実の愛だと直感することはできるかもしれない。でも、それが必ずしも正しい直感だったとは限らないのじゃないかしら」

「その直感が正しかったかどうかはまたべつの話になる。その愛が真実だと直感できるそのことこそが大切なんだろうと思う。コンピュータであろうと、いま話したようなケミカル・マシンであろうと、それを人間のように直感することは絶対にできないはずなんだからね」

　きみはどうだろう？　ぼくはそう彼女に尋ねたかった。きみは——ぼくがいま、きみに対してそう感じているように——きみの愛は真実の愛だと直感することができるだろうか。

火星ですでに死んでいるはずの脳の神経繊維にイオンが流れるために、擬似的に自我を持っているところのきみは、宇宙船内のロボットに自分自身をテレイグジスタンスさせ、そのことでジェミノイドをテレロボティクスしているきみでもある……

この何重にも自我や知性を持つことから疎外されているきみはそれでも自分の愛が真実のものだと直感することができるだろうか。

オリンピア、きみは……

7

ぼくは言葉をつづけた。

「そのことは逆にいえば、ぼくがきみを愛しているというこの実感こそは絶対に脳内の化学反応に還元されえないものだ、ということを意味しているのではないだろうか。ペンローズの説が正しいなら、どんなにスーパーなコンピュータであっても、それが愛を感じるなどということはありえないよ。『2001年宇宙の旅』のHALだろうと『スタートレック　ネクスト・ゼネレーション』のデータであろうと、彼らがチューリング・テストにパスすることはないと思うよ。だから……」

「だから？」

ジェミノイドのオリンピアは小首を傾げるようにしてぼくを見た。

その表情！　それを見たときに、ぼくのなかにきざした、ほとんど生々しいまでの違和感をどう説明したらいいだろう。ぼくとジェミノイドの間にピシッと音をたてて鋭い亀裂が生じたように感じた。ぼくは絶句せざるをえなかった。

もしかしたら、これこそが「不気味の谷」なのかもしれない。ぼくはそう思った。「不気味の谷」は一九七〇年に日本のロボット工学者が提唱した説だった。

ロボットの外観や動作を人間に近づけていくと、ある時点で、それまでの共感や好感が突然、強い嫌悪感に変わってしまうのだという。それをそのロボット工学者は「不気味の谷」と呼んだのだった。

そのときにぼくがジェミノイドのオリンピアに感じた強烈な違和感こそがこの「不気味の谷」だったのだろうか。

それはぼくには何ともわからない。何ともいえない。ただ、これは違う、絶対に違う、という激しい違和感にみまわれて、ぼくがそれ以上、言葉をつづけることができなくなったのは事実だった。

そのときのことだ。

「おまえたちはそこで何をしてるんだ」いきなり入り口のほうからコッポラの声が聞こえて

きたのだった。「それはロボットなんだぞ。どうしてロボットを人間か何かのようにして話してるんだ」

コッポラが入り口に立ちはだかっていた。よほど怒っているのだろうか。顔が真っ赤に染まっている。ぼくたちを険しい視線でじっと見つめていた。

「……」

このとき、ぼくはどうしてコッポラがぼくを目のかたきにしているのか、そのわけを理解できたように思う。それも深々と刃物でえぐられたようにひりひりと痛いまでに——コッポラの目に浮かんでいた嫉妬《しっと》の色はあまりにあからさまにすぎて、どうにも見あやまりようがないものだった。

コッポラは明らかにオリンピアを独占したがっていた。それを妨げるものはたとえ探査隊のメンバーであろうと容赦しない、という激情につき動かされているようだ。

何ということだろう。このときぼくは明確にコッポラが異常者であることに気がついたのだった。

コッポラは、すでに死んでいるオリンピアと双方向的にリンクされているにすぎない——つまり本物のオリンピアとは似て非なる存在であるところの——ジェミノイドに本気で恋をしているのだ。

本気で恋をしているばかりか、こともあろうにぼくに対して、激しい嫉妬の念を覚えているようなのだった。

8

このままでは防御シールドはしだいに暴走していって、ついには宇宙船を覆うことができなくなってしまう。

そうなれば大量の放射線がわれわれを襲うことになるだろう。放射線はたんに人体を損なうばかりではなしに、何年、何十年後には、二十種類以上の癌を発症させることになるし、精子や遺伝子を損傷することになる。

それを防ぐために宇宙船は防御シールドで保護されているのだが、その磁場に狂いが生じた。磁場の狂いを修正するには、防御シールドを調整したうえで、それを一時的に停止させて、そのうえで再起動しなければならない。

防御シールドを制御するには船外に出なければならない。火星での船外活動には火星EVAスーツを着るが、宇宙空間でのEVAにはハードタイプのスペース・スーツを着用する。ハードタイプのスペース・スーツはそれ自体が一隻の宇宙船のように高価だ。二着しか装備されていない。

防御シールドの制御には劉が当たることになった。劉は温厚でもの静かだ。緻密《ちみつ》で忍耐を要する船外活動に当たるのにはふさわしい男だった。

ハードタイプのスペース・スーツを着ると巨大なカメのようになってしまう。微小重力下でのことだから、重くて歩きにくいということはないが、狭い船内を進んでエア・ハッチに向かうのは非常に取りまわしがむずかしい。劉はヘルメットをあちこち隔壁にぶつけながらヨタヨタと進んでいった。

われわれは船外監視ポッドで各モニターを見て劉のバックアップに当たることになった。コッポラがコンソールにすわっているのは当然だが、ジェミノイドのオリンピアまでモニターのまえにすわっているのには奇異な印象を受けざるをえなかった。

ジェミノイドは双方向システムのロボットでしかない。それも生きている人間が遠隔操作をしているかぎりは有用だが、一方の極に死んだ人間が接続されているのでは、あまりものの役には立ちそうにない。

どうしてジェミノイドのオリンピアがコンソールにすわっているのか理解できなかった。だが、すでに劉がエア・ハッチに入っている姿がモニターに映し出されているのだ。ハッチが開けられれば、そこにはもう宇宙空間がひろがっている。いまさらオリンピアがどうしてコンソールにすわっているのかを問いただす余裕などあろうはずがなかった。

防御シールドの停止、調整、再起動のプロセスは以下のとおりである。

劉が船外に出て防御シールドを解除する……劉はそのまま船外にとどまる……われわれは

船外監視ポッドで防御シールドが完全に解除されるのを確認したのちに「コフィン」に避難する……それを待って劉が防御シールドの磁場の調整にとりかかる……劉は調整を終えたのちに防御シールドを再起動させる……われわれがその間、ずっと「コフィン」に入ったままなのはいうまでもない。

　エアロック内の空気が抜けた。

　劉がキーパッドをたたいた。

　ハッチがゆっくりと開きはじめる。

　そのとき、それを見つめているぼくの頭のなかにあの音がよみがえったように感じられたのだ。

　あの、サラサラ、サラサラ、という砂の落ちる音が——

　最初はかすかな音だったそれが徐々に頭のなかに高まっていった。

　サラサラ、サラサラ……サラサラ、サラサラ……サラサラ、サラサラ……

　なにか予感のようなものが働いたのだろうか。そうかもしれない。ふいにのっぴきならない緊迫感のようなものが頭にみなぎるのを覚えた。

　いいい、いますぐだ、いいい、いますぐに何かがかかか、始まってしまう、ななな、なにか取り返しのつかないことが……ぼくは大声で叫び出しそうになった。いや、実際に叫んだかもしれない。たぶん、自分でも意味のとれない何かを大声で叫んでいた。

だが、そのときにはすでに遅かった。何もかもが致命的なまでに遅かった。

もしかしたら劉のスペース・スーツのなかに砂でも入り込んでいたのだろうか。それが静電気を引き起こしたのだろうか。だけど——宇宙船のどこに砂なんかがあるというのだろう。そんなことはありえない、と思う一方で、そうとでも考えなければ説明がつかない、とも思う。

劉が、その必要もないのに——おそらく無意識のうちにだろう——ハッチのハンドルに手を触れた。

静電気が起こった。火花が生じた。閃光がひらめいた。

劉の頭がガクンとのけぞった。微小重力のもとで体が——目に見えない誰かが両手ですくいあげたかのように——静かに浮いた。振り子のように足を振り上げた。

スペース・スーツは頑丈にできているが、その一方でデリケートな電子機器も多数蔵している。そうした電子機器は静電気の火花にもたやすく壊れてしまう。何が壊れたのかはわからない。たぶん生命維持装置に類するものが破壊されたのではないだろうか。そうでなければ、そうまでたやすく劉が死んでしまうことはなかったろう。

どうしてか劉が頭をのけぞらせたときにすでに彼が死んでいることが直感された。

劉は仰向《あおむ》けに浮いて死んでいた。そのまま進水式の船のようにおごそかに静かにハッチを抜けて宇宙に出ていった。

だが、そのときにはすでにぼくは格納ポッドに向かっていた。

ハードタイプのスペース・スーツはもう一着残っている。劉が死んだいま、防御シールドを停止させ、調整し、再起動させることができる人間はぼくしかいない。急がなければならなかった。

ハードタイプのスペース・スーツを起動させた。まるで繭《まゆ》が開くように真ん中から割れて両側に開いた。そのなかに背中から入ろうとした。できない、できなかった。

——どうしてできないのだろう。

ぼくは動転した。

ハードタイプのスペース・スーツは内側が圧電繊維で覆われている。電気信号によってどんな人間の体にもフィットするように設計されている。スペース・スーツのなかに体をおさめることさえできればそれですべてが稼働されるはずだった。ぴったりと装着されるはずだった。

ところが、それができなかった。そもそも体がスペース・スーツのなかにおさまらないのだ。そんなはずはなかった。二着のスペース・スーツは四人のクルーの汎用型になっていて、誰がそのなかに入っても、ぴったり装着できるようになっているはずなのだ。それなのにぼくの体が大きすぎてスペース・スーツのなかにおさまらない。それはどうしてか？

振り返ってあらためてスペース・スーツを見た。ヘルメットの黒いバイザーにぼくの姿が映っていた。ジェミノイドのぼくの姿が——

9

そうなのだった。

砂嵐のなか、落雷にみまわれて死んでしまったのは、オリンピアではなしに、ぼくなのだった。

死んで、メリディアニ平原に埋葬され、砂の摩擦で静電気が発するたびに、神経繊維に電気が生じて、脳が励起化されるのは、彼女ではなしに、ぼくなのだった。

いまにして思えば、どうしてしばしば失神してしまうのかも、どうしてつねに砂の音が聞こえるのかも理解できる。それらはすべてぼくが埋葬されているからに他ならなかった。

ぼくがオリンピアに「不気味の谷」を覚えたのも、彼女がロボットで、ぼくが人間だからではない。その逆に、ぼくがロボットで、彼女が人間だからなのだった。

ロボットが人間がロボットに似すぎているために「不気味の谷」を感じるなどということがあるのだろうか。ロボットは人間の何に対して違和感を覚えるのだろうか。

ぼくが自分がジェミノイドであるという事実に打ちのめされて呆然としたのはほんのつかのまのことだった。

そのとき船内にアラームが鳴りはじめたのだった。まるで狂ったように船内いっぱいに鳴り響いている。

ついに防御シールドが暴走しはじめたのだ。磁気が錯乱し、いま宇宙船は大量の放射線にさらされている。放射線の荒れ狂う海のなかを進んでいる。

もちろん人間はけっこうしぶとい。

多少、放射線にさらされたところで、それが短時間であれば、さほど問題にはならないのだが、まずいことに、この場合は、宇宙船内の生命維持システムに相当の影響を及ぼしたようだ。

アラームが鳴り響いているのが船内環境がかなり深刻な状況におちいっていることをヒステリックに告げていた。

オリンピアも、コッポラも「コフィン」のなかに危険を避けているはずだ。いまの彼らにできることは何もない。

ぼくはジェミノイドだ。スペース・スーツなしでも船外に出て作業をすることができる。放射線にさらされればコンピュータに故障が生じるかもしれないが、それはやむをえないことだろう。

そう思い、そしてそのあとに考えたことは自分でもあ然とするものだった。

――ぼくが犠牲になっても、それでもオリンピアを助けることができれば、それで十分じゃないか。

ぼくは何を考えているのだろう。ロボットには直感もなければ洞察力もない。直感や洞察力のないロボットにどうやって自分の愛を信じることができるだろう。どうやって自分の愛を真実の愛だと確信して、そのうえで自己犠牲にたつことができるのか？

――直感や洞察力のないロボットにはしょせん自我も知性も持つことができないはずなのだ……

それがぼくの持説だったはずではないか。そんなぼくがどうしてオリンピアを救うために船外に向かおうとしているのか。大量の放射線にさらされることになるのを承知のうえで――ぼくはアラームが鳴り響く船内をエアロックに向かいながら、しきりにロボットであるというのはどういうことか、とそのことを考えつづけていた。もしかしたらロボットでも知性と自我を持つことができるのではないだろうか。

人間はどれだけロボットなのだろう。ロボットはどれだけ人間なのだろう。

10

ぼくは地球に帰還してオリンピアとつきあうことを夢に見ていた。本当にそうできればいいな、と願っていた。

もし、つきあうことができれば、二人でどちらかの部屋のカウチにすわって『24』を見ることにしよう、そして彼女が「コマーシャルが入るはずなのにドラマの一時間を現実の一時間と重ねあわせて感じるのはおかしい」という疑問を口にしたらこういってやろうと思う。

「人間の脳は人間の現実を補填《ほてん》し、ロボットのコンピュータはロボットの現実を補填し、それぞれの現実のつじつまを合わせているんだ。『24』にしてもきっとそれと同じことなんじゃないのかな――」と。

愛している、オリンピア。

魔神ガロン

神に見捨てられた夜

原作　手塚治虫（「魔神ガロン」より）

もし、ガロンをいいことに使えば、われわれは仲よく地球人とおつきあいしますが……しかし、もし悪いことに使えば……覚悟されたい。そのときはわれわれは地球人を悪い生物と思って攻撃しますぞ……いいですか博士お忘れなく。

『魔神ガロン』より

でも、後でテレビで見て、あれはファウルや思いました。レフトのポールを巻いて入ったというけど、球が落ちたところはファウルですわ。当時、後楽園球場の照明は暗かったし、ポールも低かったし、あのホームランはジャッジ・ミスや、思うんですわ。けど、打たれた時は何も思わんかった。いずれにしても際どい打球だし、その時、ファウルだと確信しても、抗議せんかったと思うな。

陛下が見ておられたから。

（阪神　村山実《むらやまみのる》投手　一九五九年六月の天覧試合に関して）

＊備考（一九五九年「冒険王」七月号より『魔神ガロン』連載開始）

＊

……目が覚めて中指の先が光っているのに気がついた。

といっても電灯のように光っているわけではない。冷光、とでも言えばいいのだろうか。あるいは蛍光と呼ぶべきか。ホタルのそれのように青白い弱々しい光が中指の先にかすかに明滅しているのだ。

すでに消灯の九時は過ぎている。そのために病室の灯《ひ》は消え、夜間灯の明かりだけがぼんやりと青白い。その夜間灯の光が中指の先に映えているのではないかとも思うがそうではないらしい。

中指を目のまえにかざせば、その指紋が内側から照射されているのは明らかなのだ。指紋の溝をその深部まではっきり見てとることができる。むしろ溝の深部のほうがより明るいと言っていいほどである。この一事をもってしても中指がその内側から光っているのは明らかではないか。といっても、まさか人の指の先に発光器があるわけはなく、これをどう説明したらいいのか自分でもわからない。

小指は一週間ほどまえに、薬指は三日ほどまえに光り始めた。これに中指が加わってすでに右手の三本の指が光っていることになる。――その青白い光は本を読むには乏《とぼ》しすぎるが、かろうじて自分の顔を鏡に映せる程度の明るさはある。

こころみに枕元に置いてある手鏡を取って、それに三本の指をかざし、顔を映してみる。自分の顔のあまりの老衰ぶりに愕然《がくぜん》とせざるをえない。頬《ほお》がげっそりと窶《やつ》れ、目が落ちくぼんで、その目は著しく生気を欠いている。人は四十歳そこそこでこれほど衰えてしまうものなのか。

いまとなっては遥《はる》かに遠い思い出になってしまったが、自分は十二歳になるまでほとんど成長しなかった。そのように記憶している。精神的なことを言っているのではない。なにかホルモンの分泌に障害でもあったのか、肉体的にも未成熟なまま、いつまでも幼児体型にとどまっていたのだという。

とはいっても、じつは亡父や兄の話を総合してそう言っているだけのことであって、自分ではそのあたりのことはよく記憶していないのだが……

皮肉な話というほかはない。それがいつしか人並みに成長するようになって、いや、人並みどころか、気がついたときには、人に倍する、老化の急速な進行に悩まされているのだから。

——おれは癌なのだ。

ふいにその思いに胸を揺さぶられる。悲哀というより、もうすこし生々しい思い。衝撃と言ったほうがいいか。

まるで鋭利なナイフを目のまえに突きつけられたかのようだ。喉がヒリヒリと渇いて痛い。

そんなバカな！　このおれにかぎってそんなことがあってたまるものか……

が、それがどんなに受けいれ難《がた》いことであっても、事実は事実であって、超音波診断装置《エコー》の写真に歴然として写っているその黒い翳《かげ》だけはどうにも否定しようがない。

もっとも、いまのところ自分一人、そうではないか、と疑っているのみで、べつだん、たしかに癌だという診断を受けたわけではない。

「わたしは癌なんじゃないですか」

「そんなことはないですよ。ただの良性の潰瘍《かいよう》にすぎません」

「正直に話してください」

「正直にお話ししています」

医師も看護師も潰瘍があると言うのみで、どんなに水を向けても、それが癌であることを認めようとはしない。

それは兄のケン一にしても同じことで、ときおり思い出したように見舞いには来るが、

「顔色がいいじゃないか」

「なにか食べたいものはないか。何でも好きなものを食べていいんだってさ」

「順調によくなってると聞いたぜ」

などと当たりさわりのないことを言うばかりで、まともにこちらの顔を見ようともしない。

その表情には困惑の色が濃い、検査の結果について尋ねても、うやむやのうちに返事をはぐらかされてしまう。

要するに、誰もほんとうのことは言ってくれない。

もっとも、なにも医者や兄の言葉に頼らずとも、こうして自分の顔を鏡で見て、胃のしこりに指で触れれば、いま自分がどんな状態にあるのか、そのことは火を見るより明らかであって、

——おれはもうすぐ死ぬのだ。

いやでもそう思わざるをえない。そのことを覚悟せざるをえない。

なにより、この、あまりに急速な老衰ぶりが、自分が死期を間近に刻んでいることを実感させる。不思議に怖いとは思わないが、なにか焦燥《しょうそう》めいた思いに背中を押されているようなのは否めない。こうしてはいられない、自分はこんなことはしていられない、という思いが(臆病な小鳥のように)しきりに胸の底で羽ばたいているのだ。

しかし——

こうしてはいられないのだ、として、それではどうすればいいというのか。こんなことをしていられない。たしかに。だが何をどうすればいいというのだろう。

小指、薬指、中指……三本の指が光り出したのが、自分が死ぬまえに何をなすべきなのか、そのことをほのかに示唆しているようにも感じられる。さらに人さし指、親指が加わって、

ついには五本すべての指が光り出したそのときにこそ自分は死を迎えるのにちがいない。

自分はそう思い、そのことに何の疑いも持っていなかったのだが……

ある日、病室で、看護師に何の気なしに、

「死ぬときにはみんな指の先が光るものなのですか」

とそう尋ねたのだが、彼女はそれにはただ、けげんそうな表情をするのみだった。質問の意味さえ捉えかねているようなのに気がついて（しかも、どうやら彼女には指の先が光っているそのこと自体、見えていないようなのである）、自分がいかに異常な状態にあるかを知った。

もちろん、いかに死期が迫っているからといって、人間の指の先が光ったりするはずがない。指の先が光っていて、自分以外の人間にはそれが見えず、しかも、そのことをさして不思議にも感じていないのだとしたら……

それはすなわち自分が人間ではないということを意味しているのではないだろうか。人間ではないとして何なのか。宇宙人、だろうか。

――宇宙人。

あまりに非現実的なことであり、自分でもその突飛《とっぴ》さにいささかたじろぐのであるが――そんなときにかぎって不思議にピックという言葉が思い出されるのである。

ピック？　……どうもそれは人の名であるらしいのだ。しかも自分の名であるらしい。しかし、そんなことがあるだろうか（なにしろ自分にはケン二というれっきとした名があるのだから）。その記憶の混乱には戸惑うほかはない。

日本人にピックなどという名があるものかどうか。一人の人間がケン二であって同時にピックであるとはどういうことなのか。しかも、その正体が宇宙人だというのだから、その荒唐無稽《こうとうむけい》さもここにきわまったというべきだろう。

が、荒唐無稽であろうがなかろうが、これらはいずれも天啓とも言うべきことのようである。やがてはすべてが明らかにされるときがくる、という確信めいたものがあるのはどうしてか。その確信のあまりの揺るぎのなさは、ときにそれが強靱《きょうじん》な希望のようでもあって、唯一の生きるよすがのようにも感じられるほどなのだが。

とまれ、日を追うにしたがい、自分が癌であることの絶望感はいや増しに増して、それと反比例するかのように、いずれ天啓は実現されるはずである、いや、実現されなければならない、という思いはつのるばかりであって――

思えば、その夜、中指の先が仄《ほの》かに光り始めたのは、その天啓が現実のものになる、という前兆であったのかもしれない。そして、そのあかしは、具体的には、思いもかけない人物の姿をとって、自分のまえに現われたのだった……

＊＊

ふと気がつくとベッドの横に一人の老人がうずくまっていたのだ。正確には、車椅子《くるまいす》にすわっていたのだが、その痩《や》せて小柄な体はすっぽり車椅子におさまって、いかにも、うずくまっているという印象が強い。ぼんやりと生気のない視線を向けていた。

この老人とはこれまで一度も病院で会ったことはないように思う。が、この際、これまで会ったことがあるか否かはどうでもいい。その虚《うつ》ろに空白な表情を見れば、その老人が痴呆《ちほう》をわずらっているのは明らかだった。そのことは確かめるまでもない。

多分、痴呆にともなう徘徊癖《はいかいへき》があるのだろう。車椅子に乗って病院内を徘徊する。いまが消灯後だということも意識していないのではないか……

自分はため息をついた。ナースを呼ぶためにボタンを押そうとした。

が、そのときのことだ。老人が自分の手首をやにわに摑《つか》んだのだった。しょせん痴呆症の老人の力である。あっけにとられはしたが、痛いというほどのことはない。

いや、あっけにとられたといえば、むしろ、老人がまじまじと指の先を見つめている、その痴呆症らしからぬ視線の強靱さに驚かされ、

「お爺《じい》さん、あんた、ぼくの指の先が光っているのが見えるのか」

まさか、そんなはずはないと思いながらもそう尋ねずにはいられなかった。

老人はそれにには返事をしようとはしなかった。指の先から視線を離し、その奇妙に動物めいて底光りする目で見つめると、

「それで、結局、おれが勝ったのか、おまえが勝ったのか。おまえの人生は善だったのか悪だったのか。いい人間として生きたのか、邪悪な人間として生きたのか」

「え……」

「人類はいい種《スピーシス》として生きたのか、悪い種《スピーシス》として生きたのか」

「え、え……」

「教えてくれ。ガロンはどうすればいい。人類を救済すべきなのか滅ぼすべきなのか。どうすべきなのか。どうすればいいのか」

痴呆症の老人とは思えない非常にしっかりとした声だった。が、その声にはなにか熱にうかされたような響きがあって、正常な人間とは微妙にチューニングが狂っているようにも感じられた。

「……」

あらためて老人の顔を見つめた。

なにか記憶の底にかすかに呼応するものがあるようだ。その老いてやつれた顔に二重写しのようになって若かったころの容貌が浮きあがってくるのが感じられた。その顔には見覚え

がある。

　昔、はるかな昔、自分がまだ子供だったころに、この人物とは何度か顔をあわせたことがある。それも、どちらかというと、あまり好ましからざる出会いだったような気がする。たしか、この人物の名は……

「タランテラ……」

　呆然《ぼうぜん》と呟《つぶや》いた。

　忘れていた思い出が、どうしてあれほどのことを忘れることができたのか、という驚きの念とともに、ありありと脳裏に蘇《よみがえ》ってくるのを覚えた。――タランテラはいつも部下たちとともに黒い飛行艇に乗って出現した。ガロンを奪うために（ガロン？　何のことだろう）あれこれと悪事を画策して何人もの人間を殺した……忘れるはずのないことではないか。

「始まったぞ、ついに始まった――」と老人は謎めいた口調でそう言う。

「なにが始まったというんだ」

「なにが……」老人は妙な笑い方をして「そのことは談話室に行って自分の目でじかに確かめてくるがいい」

＊＊＊

……九時の消灯が過ぎても談話室の明かりはともっている。青ざめた蛍光灯の明かり。むろん軽症の患者にかぎってのことであるが、眠れない人間、まだ寝たくない人間は、十時までは談話室にいてもいいことになっている。

が、談話室はどこかよそよそしい雰囲気があって、あまり長時間、患者がとどまりたいような場所ではない。灰皿もなければ、飲み物の自動販売機さえない。テレビはあるにはあるのだが、アンテナ端子の接触でも悪いのか、あまり映りがよくない。

談話室には、一人、パジャマの老人が所在なげにすわっている。ぼんやりと窓の外を眺めていた。窓の外には見るべきものなど何もないというのに。ただ一面に闇がひろがっているだけだというのに。

誰も見ていないテレビが虚《むな》しく映像を写し出している……

奇妙な映像だった。入院してからというもの、すっかり世間の動きに興味を失ってしまい、もう何日も新聞も読まず、ニュースも見ていない。したがって、そこに写し出されているのが、ニュース映像であるのか、それともパニック映画の映像でもあるのか、見当もつかない。無音であることがなおさらその映像の非現実感をきわだたせていた。

どこかの超高層ビルなのだ。その超高層ビルの壁面が砲火を放つように太い火柱を噴いた。その噴きあがる炎を追うようにもくもくと煙りがたちのぼる。空に無数に舞うのはガラスの破片だろうか。何人か人の姿が小石のように墜《お》ちていくのが見える。

時間にして一分たらずの映像だ。それがエンドレスのビデオのように何度も何度もくりかえし放映されている。その意味のない（としか思えないのだが）リフレインはそれを見る者を奇妙に脱力させる。その砂を嚙《か》むのにも似た味気なさは無味乾燥というのも愚かしい。

何なのだろう、この映像は？　現実感を欠いているにもかかわらず、なにかサブリミナル映像ででもあるかのように、胸の底に濃いしこりのようなものを残す。それを見ているうちに、しだいに無力感とも徒労感ともつかないものにみまわれる。胸の底になにか焦燥感にも似た思いがつのるのだ。これは何なのか。

「…………」

ふと、そのビルがただ爆発している、というだけではないらしいことに気がついた。カメラから見て、ビルの反対側に当たるために、映像に写し出されてはいないのだが、どうやら何かがそのビルの（カメラから見て）背面に激突しているようなのだ。それが爆発を誘発しているらしい。

が、いったい何が激突すれば、こうまで巨大な高層ビルを、かくも完璧に破壊することができるというのか。現代建築の粋を凝らした超高層ビルが小枝のように脆《もろ》くも折れてしまっている。まるでメガトン級の核ミサイルでも命中したかのようではないか。

これはいったい何なのだろう。何が堅牢《けんろう》な超高層ビルをこれほどまでに徹底して破壊したというのか。

自分でも説明のつかないことであるが、そのとき前後に何の脈絡もなしに、

——魔神ガロンが……

その言葉が蘇ったのだ。

そして、それと同時に、あのタランテラという老人が口にした、

「ガロンはどうすればいい、人類を救済すべきなのか滅ぼすべきなのか」

という奇妙な——いや、奇妙、というより、いっそナンセンスな、と言ったほうがいい問いかけが、頭のなかをかすめる。

魔神ガロン……どこかコミックめいて子供っぽい響きがある。まともに取りあげる気にもなれない。にもかかわらず、不思議にリアルな感覚を刺激するものがあるのはどうしてか。そのリアルさが、どこか一点、あのピックという名の響きに、通底するものを感じさせるのはどうしてなのだろう。

——ガロンに、ピック……

そのとき、談話室の老人が、つと立ちあがると、テーブルのうえに置いてあるリモコンを取って、

「いつもいつも同じビデオばかりでいいかげん飽きたよ」

そう呟いて、チャンネルを変えた。

そして、その変わった映像に、またしても自分は啓示の一端をかいま見ることになるのだった……

＊＊＊＊

画面が一変して暗くなった。どこか広い場所らしい。広くて人が大勢いるらしいのに照明がともっていない。

画面のそこかしこ、たてつづけに閃光《せんこう》が走るのは、カメラのフラッシュが焚《た》かれているからのようである。

画面の中央に白いスポットライトが射してそこに人影が浮かんだ。野球のユニフォームを着ていた。

明るく、甲高《かんだか》い声が聞こえてきた。その声を聞いただけでそれが誰だかわかった。日本人でこの声を知らない人間はいないのではないか。巨人軍の長嶋《ながしま》監督だ。

――しかし、我がチームはこれから若い指揮者のもとに二一世紀に向けて邁進《まいしん》するチームであります。原《はら》新監督のもとに、スタッフのみなさん、選手諸君、そしてそれを支えてくださる多くのファンの皆さま方の支援をさらに頂戴《ちょうだい》し……

要するに、今季かぎりで、長嶋茂雄《しげお》が巨人軍の監督を退任するということらしい。どうも、そういうことのようだ。

それでこれが球場らしいということがわかった。どこの球場だろうか。後楽園だろうか、神宮だろうか。

自分は野球の熱心なファンではないし、ここ何日かテレビのニュースも見なければ新聞も読んでいない。言ってみれば病院の世捨て人で、長嶋が巨人軍の監督を退任するということ自体、知らなかった。したがって、これが実況中継であるのか、それとも録画映像であるのかもわからないのだが……

画面が切り替わってモノクロの見るからに古い映像に変わった。野球場だ。

若々しい、異常なまでに若々しい長嶋茂雄が、バッターボックスに立っている。バットを振り切ると鋭い打球が飛んだ。わあっ、という喚声《かんせい》がとどろいた。

そこに、あの古いニュース映画に独得の、やや甲高い、金属的な声のナレーターがかぶさって聞こえてきた。

——昭和三四年六月二五日、後楽園球場に、天皇皇后両陛下をお迎えして、伝統の巨人・阪神戦、天覧試合が行われました。最終回同点、4対4、ピッチャー村山、迎えるバッターは長嶋茂雄、カウント・2—2から振り切った打球は見事にサヨナラ・ホームランとなって……

自分は胸の底で、昭和三四年六月二五日、と呟いている。たしか、その同じ日に、ガロンは後楽園球場に墜落したはずではなかったか。このニュース映画と同じように、そのときのアナウンサーの絶叫する声が、いまも頭のなかに残っている。

——なんでしょう、ボールのゆく手に大きな火の玉がグングン近づきます……あっ、どうやらグラウンドに落ちるものと思われます……お客さんは大騒ぎ……あぶない、あぶない！

おりしもダイヤモンドを回ろうとしていた長嶋茂雄は、グラウンドの（おそらくは）コーチに、長嶋、逃げろ、と制止されているはずである。そのあと長嶋はどこをどう逃げたのか、ガロンは巨大な火の塊を放って、後楽園球場に墜落している。その火の塊の鮮やかな真紅の色さえありありと脳裏に刻み込まれていまも消えようとしないほどなのだ。しかし……

すこし考えてみれば、これはおかしい、矛盾している、ということがわかるはずである。どこかに、記憶の欺瞞《ぎまん》、といって悪ければ、記憶の混乱があるのではないか。

なぜならガロンが天覧試合の最中に、後楽園のグラウンドに墜ちるのと時を前後し、ピックもS県の無一文村に火の玉となって墜ちているからである。そのとき赤ん坊だったピックが、ガロンが後楽園球場に墜ちた光景を覚えているはずがない。

要するに、ここには記憶の補塡《ほてん》というか、記憶の補償というか、そういう作用が働いているのだろう。後《あと》になって、誰かに教えられたことが、そのまま、あたかも自分の体験したことでもあるかのように、記憶に植え込まれているらしい。

──誰が教えてくれた記憶なのか。

そのことを疑問に思わざるをえない。魔神ガロンが後楽園球場に墜落してきたときの情景など、どこの誰が教えてくれたというのだろう。

成長してのち子供のころの記憶が自分でも不思議なほどきれいに消えてしまっている。なにか自分は異常な──それもきわめて異常な──体験をしたはずだ、という漠とした思いはあるのだが、それが何であったのか、そんなに思考を凝らしても思い出すことができない。あまりに異常すぎる体験であったために、精神の正常を保つために、消去されてしまったのかもしれない。

だとしたら、魔神ガロンが後楽園球場に墜ちてきたときの情景にかぎって、かくも鮮明に覚えているということは、自分はそれを教えてくれた人間をよほど信頼していたのにちがいない。それは誰だったろう。

が、どんなに記憶を振り絞っても、それが誰だったのか、どうしてもそれを思い出すことができないのだった。

そうこうしているうちに長嶋茂雄の退任セレモニーは終わりに近づいたようである。

──ファンのみなさま方、我が巨人軍を愛していただき、さらに球界の繁栄、発展のためにご支援をいただければ幸いでございます。観客席の皆さん、全国のプロ野球ファンの皆さん、本当にありがとうございました。

長嶋茂雄はどこまでいってもスターの一語に尽きる存在のようだ。そう甲高い声を張りあげると、観客たちの圧倒的な熱狂が、わあああ、といううねりになって、津波のように押し寄せてきた。

それを見ながら、長嶋はどうして魔神ガロンが後楽園に墜ちてきたときのことを覚えていないのだろう、ふとそのことを疑問に感じた。自分とは違い、長嶋はまがりなりにも大人だったはずではないか。

あれほどまでに異常な事件だ。覚えていれば、当然、退任セレモニーの際にそのことについても一言あってしかるべきではないか。それを一言も口にしないというのは要するに長嶋は魔神ガロンのことを何も覚えていないということだろう。

それを言うなら、球場の観衆にしたところで、いや、日本人全体が、あの事件のことをかいもく覚えていないようではないか。それはどうしてか。そんなことがあっていいものだろうか……

そのとき談話室の老人がまたリモコンを手に取ると、独《ひと》り言とも、人に話しかけるともつかず、

「天覧試合のとき、おれもゲームを観《み》てたんだけどね。なんか長嶋のあのホームランの打球が途中でフッと消えてしまったように見えたよ。ピッチャーの村山もあれは絶対にファウルだったとそう言ってるし……何だか天覧試合が幾つもあるようじゃないか。妙な具合だよ」

そう言い、チャンネルを変えた。

また、あの超高層ビルが爆破される映像が、あいかわらず音声を消されたまま、画面に戻ってきた。火柱が噴きあがり、煙りがたちのぼって、おびただしいガラスの破片が空に舞う。……なにか夢のようだ。これほどの悪夢はないはずなのに、どこか懐かしさに似たものさえ覚えるのはどうしてなのか。

「天覧試合が幾つもある……」自分は口のなかでそう呟いた。

長嶋がサヨナラ・ホームランを打った天覧試合、ファウルを打った天覧試合、そして魔神ガロンが火の玉となって球場に墜ちてきて中断されてしまった天覧試合……

——そうか、と胸のなかでひとりごちたが、実際にはそれで何がわかったわけでもなく、釈然としない思いは、あいかわらず残されたままであったのだが。

超高層ビルが無惨に破壊される、ガロンが咆哮《ほうこう》している……

気がついてみると人さし指の先もほのかに光っていた。これで四本。多分、五本の指がすべて光りだしたときに自分の命も尽きることになるのだろう。それと同時に、

——人類は救済すべきなのか滅ぼすべきなのか……

おのずとその答えも明らかになるはずである。

＊＊＊＊＊

車椅子のあの老人はタランテラのなれの果てだ。そのことに間違いはない。

タランテラは凶悪なギャングでガロンを狙いつづけた。最期《さいご》は、地下道のガス爆発に巻き込まれて死んだはずだが、遺体は黒焦げになって、その容姿をよく確認することはできなかったという。あれだけの悪党だ。そういう情況を見込んで、あるいは身代わりを用意していたのかもしれない。

タランテラは執拗《しつよう》にピックを狙い、ガロンを追いつづけた……だからこそ自分もおぼろげながらあの悪党のことを覚えているのだろう。

その悪党のタランテラが言う。

——それで、結局、おれが勝ったのか、おまえが勝ったのか。おまえの人生は善だったのか悪だったのか。いい人間として生きたのか、邪悪な人間として生きたのか……

人類はいい種《スピーシス》として生きたのか、悪い種《スピーシス》として生きたのか……

ガロンはどうすればいい、人類を救済すべきなのか滅ぼすべきなのか。どうすべきなのか。どうすればいいのか……

いま思えば、タランテラが〝悪という概念〟を代表していたのは間違いないとして、そこには、もう一人、〝善〟を代表する人間がいたような気がする。多分、その〝善〟を代表する人間が、自分に、後楽園球場に魔神ガロンが墜ちてきたときにどんな情景であったのか、そのことを子細に教えてくれたのだろう。

そして、その二人が、ガロンとピックをめぐって、善と悪とのハルマゲドン的な闘争を展開したのではなかったか。

問題は――

その結果、〝善〟が勝利したのか、〝悪〟が勝利したのか、ピックたる自分にも、悪党タランテラにもわからない、というそのことだった。いや、わからないのはそればかりではない。そもそも、そのハルマゲドンが善悪どちらかの勝利で終わったのか、それともまだ続いているのか、それさえ判然とはしないのである。

自分のような症状の人間がそんなことをしてはならないのはわかっている。が、すべきでなかろうがどうだろうが、人にはそうせずにいられないことがある。

闇にまぎれてこっそりと病院を抜け出した。そして後楽園球場に向かう。

――自分がいい人間として生きたのかそうでなかったのか、人類はいい種《スピーシス》として生きたのかそうでないのか、人類は救済されるべきなのかそうでないのか。

多分、一九五九年六月二五日に行われた天覧試合が、すべて歴史の分岐点になっているのではないか、という気がする。あのときに歴史は幾つにも分岐されたのではなかったか。

天覧試合は、魔神ガロンの墜落で中断されたのか、それとも長嶋のサヨナラ・ホームランで終わったのか、あるいはそれはファウルにすぎなかったのか……

自分は何としてもそれを知りたかったし、あえて言えば知る権利があると思う。

たしか後楽園球場に行くのには地下鉄「水道橋」駅で降りるのが都合がよかったはずである。

自分は地下鉄に向かった。

夜の十時を過ぎているというのに、途中、電化製品の量販店がまだ営業していて、その店先にならんだテレビが、すべて同じニュースの画面を写していた。

信じられないようなニュースだ。自衛隊のイージス艦がインド洋において米第七艦隊の航空母艦一隻、艦艇数隻と作戦行動を共同して行っているのだという。自衛隊が海外で軍事活動を行うはずがない。日米共通の敵として想定可能なのは……ガロンをおいて他にはいないだろう。自分が――ピックが目覚めたのと時を同じくし、ガロンもまた目覚めて、いま、はるかインド洋から日本を目指しているのではないか。

が、解《げ》せないのは、というか、さらに信じられないのは、これほどの大ニュースであるにもかかわらず、道ゆく人たちが誰ひとりとして、足をとめ、テレビのニュースに見入ろうとしないことである。

長い入院生活を強いられ、世の動きと隔絶されて生きるうちに、世の中のほうで何かが決定的に変わってしまったようだ。それともこれもまたガロンのせいでもあるのだろうか。

が、いまはそんなことは気にしていられない。急がなければならない。

すでに右手の四本の指が光っている。あと親指が光りだせば、それでもう自分の命は尽きるのだ。それまでに後楽園球場に到着しなければならない。あまりに時間がなさすぎる……

地下鉄の入り口に入ってその階段を下りていった。電車の轟音《ごうおん》とそれにともなう強風が吹きあげてきた。

号外の紙くずが舞っている。米軍キャンプが厳戒態勢を取っているという記事が大見出しで載っている。

——魔神ガロンだ……

とそう思う。

ついにガロンが蘇ったのに違いない。そうでなければ在日米軍がこれほどまでに厳戒態勢を取ることはないだろう。あの超高層ビルが火柱を噴きあげる魔術めいた映像が脳裏をよぎる。あんなことができるのは魔神ガロンを措《お》いて他にはいない。

「…………」

その階段がふと後楽園球場の段々になった観客席を連想させる。フラッシュバックのように頭の底のほうに記憶がうねった。これまで忘れていたが、しかし忘れていいような記憶ではない。

あれはいつのことだったか。腿《もも》の付け根の動脈から造影剤を導入して血管造影法の検査をしたときのことだ。何しろ動脈に穴を開けるのだ。検査のあとは、重い砂袋を二個、右足に乗せられ、仰臥《ぎょうが》の姿勢で、一昼夜の絶対安静を強いられることになる。

手術の麻酔が残っているし、仰臥の姿勢のまま動きを封じられているのは、肉体的にも精神的にもけっして楽なことではない。そのために幻覚にかられる人間が少なくないという。自分もそのうちの一人だった……

あのときに自分が見た幻覚はどんなものだったか。どうしてこれまで、それを忘れることができたのか、いまとなっては、むしろそのことのほうが不思議に思われる。いまはこんなにも鮮やかにその幻覚のことを思い返すことができるというのに。

＊＊＊＊＊

……天覧試合の貴賓席に両陛下のお姿があらせられる。陛下はときおりオペラグラスをお取りになり、グラウンドの様子を興味深げにご覧になられる。

そのオペラグラスのレンズのさき、ダイヤモンドの中央に、その巨軀《きょく》を立ちはだからせているのは、魔神ガロンなのだ。後楽園球場に〝神〟と〝魔神〟が数十メートルの距離をおいて対峙《たいじ》している。

ガロンはその全身から放電を発してその輪郭を青白い光輝で縁どっている。なにか大出力のダイナモが高速回転するのを見るかのようだ。見るみるパワーが蓄積されていくのが如実に感じられる。

そのパワーが極限に達したとき、ふいに両手を振りあげると、空を仰いで、

ガローン

と凄《すさ》まじい咆哮を発する。そして地響きをあげながら天覧席に向かう。

陛下はそのことにすこしもお動じになられるご様子はない。オペラグラスからお目をお離しになられると、微笑しつつ、傍らの侍従長に、二言、三言、なにかお話しになられる……

これが血管造影法の検査を受けたあと、その麻酔の後遺症にたゆたいながら自分が見た幻覚のすべてであるのだが。

＊＊＊＊＊＊

――それにしても……

と思う。

いつから地下鉄の階段はこんなに深くなってしまったのだろう。まるで底なし井戸のようではないか。下りても下りてもついに底に達しない。

しかも照明が十分でないために暗い。この暗い階段にあっては指先の明かりだけが頼りだ。薄闇のなかに指先の明かりが、四つ、ホタルのように青白い光の尾を曳《ひ》いている。

自分でもそうと意識せずに、つい、その光を目で追ってしまう。そして、あらためて思う。――親指の先に光がともり、これが五本になったとき、多分、自分は死ぬことになるのだろう。

いつしか病人のように喘《あえ》いでいた。いや、病人のように、ではない。体内に悪性の腫瘍を飼い、手術を待つばかりの自分は、病人そのものであり、体力が恐ろしいほどに損なわれていた。

喘いで、目が眩《くら》んでいるのに、階段はどこまでもつづいている。不条理ではないか。あまりの疲労に、その眩んだ目が、さらに視野狭窄《きょうさく》を起こし、全体にスッとしぼむように翳ってしまう。まるで黒い鳥が地におりたって、その翼をたたんだかのようである。ただもう暗い。

そして、多分、その暗さこそが、魔神ガロンの問いかけ（おまえは正しく生きているか。人間は正しく生きているか。人類という種に生き残る価値はあるか……）を忘れて、無為に生きてきた自分自身への戒めであり、罰でもあるのだろうが……

そして魔神ガロンはそのことに怒り、絶望して、おそらく人類という種を滅ぼすべく、その天秤《てんびん》を傾けたのにちがいない。多分、われわれ人類は償うべくもなく失敗し、その愚かさはすでに取り返しがつかないまでに失点を重ねていることなのだろう。

……気を失っていたらしい。いや、気を失うというより、あらゆる脳の動きが一瞬のうちに中断したかのように、意識がブラックアウトしてしまった。そのあとはもう何も覚えていない。

「…………」

どれぐらいの時間、気を失っていたのかわからない。気がついたときには誰かに背負われて体が揺れていた。

異臭がツンと鼻をついた。背負っているのはホームレスではないか……反射的にそう思った。

それにもかかわらず、その大きな背中、温《ぬく》もりに、なにか生々しい記憶があるような気がするのはどうしてだろう？　自分がまだ幼いピックだったころに、やはりこうして、この人に背負われたことがあったような覚えがあるのはなぜなのか。

この人は強い人だ。自分は子供のころ誰か強い人と知り合いだったのではないだろうか。

——東大の敷島《しきしま》さんだ。

ふいにその名を思い出した。

敷島さんにはずいぶん危ないところを助けられた。タランテラが〝悪〟を代表していたのであれば、敷島さんは〝善〟を代表していたのではなかったか。多分、後楽園球場にガロンが墜落したときの状況を教えてくれたのは敷島さんだったのだろう。

ホームレスが腰をかがめて言う。「ここが後楽園球場だ。約束のカネは貰《もら》うよ」

「…………」

両足が地面につくのを覚えた。すこしふらついたが、何とか自分の足で立つことができた。気がついたときにはもうホームレスは立ち去っていた。慌てて、敷島さん、と名前を呼んだが、振り返ろうともしなかった。

彼がほんとうに敷島さんであれば大の恩人ではないか。多分、追いかけてでも呼びとめるべきだったろう。

が、そうしなかった。そうしなかったのは現に自分が目にしているものが信じられずに呆然としていたからである。呆然とせざるをえなかった。

「これが後楽園球場……」

それは自分の記憶にある後楽園球場とは似ても似つかぬものだった。いつからこんなふうに変わってしまったのか。記憶に残っている後楽園球場はこんなふうにドームになど被《おお》われていなかった。これでは球場というより一個の卵のようではないか。

地上からの照明にイルミネートされて陰影をきわだたせていることがなおさらドームを卵に似せているのかもしれない。

——卵《エッグ》に……

ピック……ふいにそれが火打ち石のように頭のなかに火花を発した。

エッグとピックの語感が似ていることを否定できる人間はいないだろう。これはまったくの偶然なのだろうか。いや、そんな偶然はありえない。ピックはエッグに似て何かを生み出すその暗喩《メタファー》ではなかったか。何を生むというのだろう。多分、〝善〟を——

おそらく、これこそが啓示の実現だったのかもしれない。そのときのことだ。ふいに後楽園球場のドームを鳥が羽ばたくように怪物めいて巨大な影がサッと過ぎるのが見えた。それと同時に轟音《ごうおん》がドームをどよもした。影はすぐに消え、轟音も遠ざかった。

あるいは厚木《あつぎ》に向かう米軍機だったかもしれない。そのことは否定しえない。が、それが魔神ガロンだったかもしれない、という可能性も誰にも否定できないのではないか。魔神ガロンはまだ人類の愚かさと、悲惨、その残酷さを完全に見かぎったわけではないのではないか。

魔神ガロンはいまも、一九五九年六月二五日、幻の天覧試合において、その咆哮を放っているのではないか……

ふと、まだ終わりではないのかもしれないとそう思った。

……後楽園球場でおこなわれた天覧試合に魔神ガロンが墜落してすべてが始まった。

その後楽園球場が、こうして一個の卵と化しているからには、それは、また新たなガロンが誕生する、ということを意味しているのではないか。

まだ人類はすべて完全に失敗したわけではない。まだ、かろうじてやりなおすことができるのではないか……

今度こそ、ガロンを正しく使いこなすことができれば、そうであればきっと――

「…………」

広場の一角にベンチがあった。

そこに腰をおろしてそのときが来るのを待つことにした。そのとき、というのがいつであるのか、そのときに何が起こるのか、それはわからなかったが、いずれ何かが起きるはずだという確信めいたものがあった。もうここまできたらその確信が揺らぐことは絶対にない。

ふと気がついてみると、五本め、親指の先がすでに光っているではないか。これで右手の五本の指がすべて光っていることになる、それなのにまだ自分は死にそうにない。多分、両手の指がすべて光るまで死なないということなのだろう。

――それまで待つことにしよう。

何を？　おそらく、新たなガロンが後楽園球場に現れるその日を――

あとがき

私は自分でも呆《あき》れてしまうほど忘れっぽい人間である。何もかも忘れてしまう。子供時代の思い出などほとんど皆無に近いといっていい。過去がないから、現在もない。おそらく未来もないのだろう。ただ一生をぼんやりと生きて、ぼんやりと死んでしまうのにちがいない。もしかしたら死んだことさえ自分では気づかないままでいるかもしれない、と思うことさえある。

そんな私であるから、自分がそれを書いたことさえ忘れてしまうような作品があったとしてもふしぎはない。これまでも過去に書いて、そして忘れてしまった作品を、いわば発掘してもらい、短編集に収録してもらった経験はある。が、それでも、それをゲラで読めば、細部こそ忘れてしまっているものの、ああ、たしかにこれは自分の書いたものだ、と腑《ふ》に落ちるものがあった。そう、そう、おれはこんなことを書いたっけ、と納得させられもした。

しかし、今回にかぎっていえば、ゲラを読んでも、ついに最後まで、自分がそれを執筆したのだ、と思い出せない作品が何本かあった。さすがにこれにはわれながら呆然《ぼうぜん》とさせられた。というか正直、ゲンナリさせられた。要するに、もともと記憶力が悪いところにもってきて、そこにさらに加齢が重なったために、より記憶力が減衰することになった——そういうことなのだろう。そうか、人はこんなふうに老いていくのだな、といやでもそのことを思い知らされる気がした。

しかし、誰が書いたものともしれない短編群を読み進めるうちに、自分のなかでしだいに何かが削られ、こそぎ落とされていくのを実感させられもした。こそぎ落とされたのはたぶん、自分はまがりなりにも作家なのだ、という自意識のようなものであったのにちがいない。

まがりなりにも何も、こんなふうに書いたものをそっくり忘れてしまうような人間が、「作家」などというたいそうな代物であるはずがない、という奇妙に倒錯した——しかしどこかあっけらかんと心楽しい——思いがわき起こってきた。

もともと私は、たんに自分は作家のふりをしているにすぎない、という思いが強い。いわば作家もどきの偽物なのだ、という自覚がある。作家というのは、何といえばいいか、もうすこし違うものだろう、という気がしてならない。私のような、こんな作家がいていいはずがない、という自省の念が強いのである。

なにも新人賞をもらってデビューしたわけではないし、才能を見込まれて抜擢《ばってき》されたわけでもない。若いころの私の身にそんな華々しいことは何一つ起こらなかった。

たんに偶然と幸運が重なり、ヒョンなことから商業誌にデビューすることができ、その後、べつだんどこから期待されたわけでもなければ、とりたてて注文があったわけでもないのに——ほかに何もやれること、やりたいことがなかったから——漫然と小説を書きつづけ、うかうか、この歳《とし》になっただけのことだ、とそう考えている。それ以上でもなければ、それ以下でもない。

べつに自虐しているわけでもなければ、韜晦《とうかい》しているわけでもなしに、たんに事実としてそうなのだ、という思いが強い。私に自分に対する幻想はいっさいない。作家としての自惚《うぬぼ》れなどとうに捨て去った。

そして短編の場合、長編よりもよりいっそう鮮明に、そんな私の作家としての資質が刻み込まれることになるようだ。ここには私の作家としての未熟さ、欠点、ふがいなさ、そして――仮にそんなものがあるとすれば、だが――長所があますことなく書き残されている。

もし可能であれば、読者の皆様にはそれらをいっさいがっさい、まるまる、すべてを呑《の》み込んで、楽しんでいただければ、と願っている。いや、祈っている。――小説には、未熟ゆえにおもしろい、ふがいないゆえに打ち込める、欠点があるゆえに楽しめる、ということもあるだろうからだ。そのことに期待したい、と思う。

個々の作品については、なにしろ完全にその存在を忘れているものさえあるのだから、私に何か言うべき資格などあろうはずがない。ただ、うなだれ、無言のうちに、作品を差し出すだけのことだ。それ以上、私にできることは何もない。

けれども、「一匹の奇妙な獣《ein eigentümliches Tier》」という作品についてだけは、一言、お断りしておいたほうがいいかもしれない。どうして、こんな妙な作品を書いたのか？　それはたぶん、「現代思想」の、何が書かれているのか正確に読み取ることができないのにふしぎに魅力がある、おもしろい、というあの感覚をＳＦに適用できないか、という動機から執筆したのにちがいない。もともと、何が書かれているのかわからないのにむしょうにおもしろい、というのはＳＦの独壇場でもあったはずで、あのカッコよさ、エッジ感をもう一度取り戻してみたい、という野望もあった。

そのこころみは見事に失敗したようで、何年ぶり、あるいは何十年ぶりに読み返して、そのあまりのわからなさに頭を抱えた。そうした作品を成功に導くには、当時の、私の思考の浅さ、いたらなさが、致命的な障壁になったようで、要するに私の力不足が無残に露呈した、といわざるをえない。この作品だけはこの短編集から除外したほうがいいのではないか、とまで考えたが、しかし結局は残すことにした。

たしかに「一匹の奇妙な獣《ein eigentümliches Tier》」は失敗作であろうが、ここで私がこころみようとしたその着眼に誤りはなかった、と思うからだ。いつの日か、もう一度、その試みにチャレンジし、今度こそは一定以上の成果を得て書き終えたい、という願いがある。そのためにも、ここに「一匹の奇妙な獣《ein eigentümliches Tier》」を残し、将来への布石にしたい、と思う。七十歳の私にどれほどの将来が残されているのか、それははなはだ疑問ではあるのだが。

山田正紀

編者解説

日下《くさか》 三蔵《さんぞう》

本書には、山田正紀《やまだまさき》の単行本未収録作品十三篇を収めた。竹書房文庫の《日本SF傑作シリーズ》としては、草上仁《くさかみじん》『キスギショウジ氏の生活と意見』に続く文庫オリジナル作品集である。

未収録作品が二〇〇篇近くあった草上さんほどではないにせよ、山田さんにも本になっていない作品が非常に多く、既刊の復刊や再編集よりも、未刊行作品をまとめる方が先決だろう、と判断した。

何しろ手元のリストでは、少なくとも短篇九十作以上、長篇五作が本にならないまま忘れられているのだ。「ジャーロ」の風水火那子《ふうすいかなこ》シリーズや「小説宝石」の時代小説シリーズなどは、いずれ光文社から出るだろうが、SF専門誌や書下しアンソロジーに発表されたきりになっている作品は、ここで本にしておきたい。

一九七四年、「SFマガジン」に長篇『神狩り』一挙掲載というセンセーショナルなデビューを果たした山田正紀は、二〇二一年五月までに約一八〇冊のオリジナル著書を刊行しているが、そのうちの実に一三〇冊までが長篇作品である。連作短篇集、短篇集ともに約二十冊で、山田正紀が長篇型の作家であることは間違いない。

だが、長篇型の作家だからといって、短篇が苦手だとか、つまらないとは限らない。以下の短篇集リストを見ていただければお分かりのように、SF、幻想小説、ホラーから奇妙な味まで、粒ぞろいの作品集が目白押しである。

山田正紀は長篇も短篇も面白い。それはつまり、小説が巧《うま》い、という単純な事実を示しているのだ。

1　終末曲面　77年7月　講談社　↓　講談社文庫
2　剝製《はくせい》の島　78年9月　徳間書店　↓　徳間文庫
3　贋作《がんさく》ゲーム　78年10月　文藝春秋　↓　文春文庫　↓　扶桑社文庫
4　ヨハネの剣　80年1月　講談社　↓　講談社文庫
5　恋のメッセンジャー　81年4月　集英社　↓　地球軍独立戦闘隊　集英社文庫
6　あやかし　81年9月　集英社　↓　吉原螢珠天神　集英社文庫
7　少女と武者人形　82年4月　文藝春秋　↓　文春文庫　↓　集英社文庫
8　魔境物語　83年12月　光風社出版　↓　徳間文庫
9　不可思議アイランド　84年8月　光風社出版　↓　徳間文庫
10　物体X　86年9月　ハヤカワ文庫ＪＡ
11　まだ、名もない悪夢。　89年8月　徳間書店

12　五つの標的　91年7月　光風社出版　↓　光風社文庫
13　1ダースまであとひとつ　91年11月　光風社出版
14　夢の中へ　93年7月　出版芸術社（ふしぎ文学館）
15　ヘロデの夜　94年4月　出版芸術社（山田正紀コレクション）
16　見えない風景　94年5月　出版芸術社（山田正紀コレクション）
17　京都蜂供養　94年6月　出版芸術社（山田正紀コレクション）
18　渋谷一夜物語　02年8月　集英社　↓　集英社文庫
19　私を猫と呼ばないで　07年12月　小学館
20　銀の弾丸　17年12月　創土社（クトゥルー・ミュトス・ファイルズ）
21　バットランド　18年5月　河出書房新社
22　フェイス・ゼロ　21年6月　竹書房文庫　※本書

3の扶桑社文庫《昭和ミステリ秘宝》版は、2から一篇、4から二篇を加えた増補再編集版である。

私が出版社に勤務していた九〇年半ば、山田正紀の単行本未収録作品が多過ぎる、と思って作ったのが、14〜17である。SF、ホラー、幻想小説を対象とした《ふしぎ文学館》から出した14には、7をまるごと収めたのに加え、未刊行だった十一篇を一挙に収録した。それでも、まだ三十篇以上が手元に残っていたので、《山田正紀コレクション》として三冊で十九篇を刊行した。

それから二十七年が経過し、短篇は順調に発表されているのに、八〇年代と比べると短篇集の刊行ペースは、すっかり落ちてしまった。新たに編まれた短篇集は、18〜21の四冊のみ。これは出版界全体が長篇作品偏重の傾向になっていたことと、各社の編集者も、まさか山田正紀の未刊行作品が、単行本にして八〜十冊分も貯《た》まっているとは、夢にも思っていなかったことが原因だろう。

本書に収めた作品の初出は、以下の通り。

溺《おぼ》れた金魚　『異形コレクション5　水妖』98年7月
夢はやぶれて（あるリストラの記録より）　『異形コレクション19　夢魔』01年6月
トワイライト・ジャズ・バンド　『黄昏《たそがれ》ホテル』小学館　04年12月
逃げようとして　『異形コレクション9　グランドホテル』99年3月
エスケープ　フロム　ア　クラスルーム　『異形コレクション27　教室』03年9月
TEN SECONDS　『異形コレクション39　ひとにぎりの異形』07年12月
わが病、癒えることなく　『仮想年代記』アスペクト　95年12月
一匹の奇妙な獣《ein eigentümliches Tier》　『異形コレクション15　宇宙生物ゾーン』00年3月

冒険狂時代　『SFファンタジア5　風刺編』学習研究社　78年8月
メタロジカル・バーガー　「SFマガジン」95年11月増刊号
フェイス・ゼロ　「SFマガジン」10年2月号
火星のコッペリア　「トルネード・ベース」08年7月18日公開
魔神ガロン　神に見捨てられた夜　「SF Japan」02年冬号（1月）

前半六篇と後半七篇の二部構成とし、前半に幻想小説とホラー、後半にSF色の強い作品を並べてみた。

井上雅彦の編によるテーマ別書下しアンソロジー《異形コレクション》は、まさに「出版界全体の長篇作品偏重の傾向」に作家サイドから反旗を翻す試みであった。九八年一月に廣済堂《こうさいどう》文庫でスタートして二〇〇〇年までに十五巻を刊行、二〇〇〇年九月の十六巻から光文社文庫に移籍して、二〇一一年までに四十八巻を刊行した。一九九九年には第十九回日本SF大賞特別賞を受賞している。十年近い休止期間を経《へ》て、二〇二〇年から刊行が再開された。

山田正紀は《異形コレクション》に八篇を寄稿しており、第四巻『悪魔の発明』（98年5月）掲載「明日、どこかで」と第七巻『チャイルド』（98年11月）掲載「魔王」の二篇は、18『渋谷一夜物語』に収録されている。本書には、残る六篇をすべて収めた。

《異形コレクション》では、各篇のトビラの裏ページに付された井上氏による解説が、絶妙の前口上になっており、作品の面白さを増幅している。ぜひ、本書にも再録させていただきたいところだったが、やはり、これは《異形コレクション》というアンソロジーの中にあってこそ最大限の効果を発揮するものであるから、全文再録は遠慮して、いくつかの重要な指摘、情報を引用紹介するに留めておく。

「溺れた金魚」の解説は、ロッド・サーリングがプロデュースしたテレビ番組「ミステリー・ゾーン」（「トワイライト・ゾーン」）に言及した後、こう結ばれていた。

　この作品を、山田正紀によるかの番組への挑戦状ではないだろうか……と思って読み出した読者は、やがて、あの白黒映像を遥かに超えた、とてつもない驚きに襲われることになるのですが、それはまぎれもなく……山田正紀ゾーンなのです。

「一匹の奇妙な獣《ein eigentümliches Tier》」の解説では、著者の創造した奇妙な生物が大量に登場する作品として長篇『宝石泥棒』と連作『超・博物誌』の二大傑作を紹介した後、興味深い情報が明かされている。

　さて、この現代思想の術語を駆使して綴られた本作。山田正紀本人の弁によると、「この作品はいずれ書かれることになるであろう長編SF『戦争の子供たち』の一エピソードということになる」予定とのこと。実に愉しみな展開だ。

今回、著者にうかがったところでは、どんな作品にするつもりだったか、まったく覚えていません、とのことだったので、『戦争の子供たち』は構想のみで終わった幻の作品ということになる。

《異形コレクション》各巻のテーマは、それぞれのタイトルを見れば、想像がつくだろう。星新一の作品集『ひとにぎりの未来』を踏まえた『ひとにぎりの異形』だけは内容の縛りではなく、原稿用紙十枚以内という長さの縛りになっていた。

「トワイライト・ジャズバンド」が収録された『黄昏ホテル』は、作家が共同で運営して自作を販売するオンライン書店「e-NOVELS」の企画から生まれたアンソロジー。同じホテルを舞台にして二十人の作家が書いた短篇をまとめたもので、参加メンバーは順に、篠田《しのだ》真由《まゆ》美《み》、早見《はやみ》裕司《ゆうじ》、浅暮《あさぐれ》三文《みつふみ》、森《もり》奈津子《なつこ》、近藤《こんどう》史恵《ふみえ》、小森《こもり》健太朗《けんたろう》、笠井《かさい》潔《きよし》、田中《たなか》哲弥《てつや》、久美《くみ》沙織《さおり》、雅孝司《みやこうじ》、二階堂《にかいどう》黎人《れいと》、野崎《のざき》六助《ろくすけ》、加納《かのう》朋子《ともこ》、太田《おおた》忠司《ただし》、黒田《くろだ》研二《けんじ》、山田正紀、牧野《まきの》修《おさむ》、我孫《あび》子《こ》武丸《たけまる》、田中《たなか》啓文《ひろふみ》、皆川《みながわ》博子《ひろこ》であった。

「わが病、癒えることなく」が収録された『仮想年代記』は一八九五年に発表されたH・G・ウェルズ「タイムマシン」から百年を記念して刊行された時間テーマSFの書下しアンソロジー。参加メンバーは順に、梶尾《かじお》真治《しんじ》、大原《おおはら》まり子《こ》、かんべむさし、堀《ほり》晃《あきら》、山田正紀の五人であった。序文は横田《よこた》順彌《じゅんや》「『タイムマシン』生誕百年によせて」。

「冒険狂時代」が収録された『ＳＦファンタジア』は小松左京《こまつさきょう》・監修、石川喬司《いしかわたかし》・編集で七七年から七九年にかけて全七巻が刊行されたＢ５判のムック。七六年に亡くなった「ＳＦマガジン」初代編集長・福島正実《ふくしままさみ》の企画を実現させたもので、ビジュアルを重視した編集方針のため、カラーページが多いのが特徴であった。各巻のテーマは、１「地上編」、２「時空編」、３「異世界編」、４「幻想編」、５「風刺編」、６「マンガ編」（編集顧問・松本零士《まつもとれいじ》）、７「アート編」（編集顧問・野田昌宏《のだまさひろ》）。

「メタロジカル・バーガー」が掲載された「ＳＦマガジン」は、早川書房創立五十周年記念の増刊号。「現代日本ＳＦ作家25人作品集」と銘打って、眉村卓《まゆむらたく》、光瀬龍《みつせりゅう》から菅浩江《すがひろえ》、久美沙織まで二十五人の新作短篇と、各作家の全著作リストを掲載した資料性の高い一冊であった。本編に添えられた囲み記事内の著者コメントは、以下の通り。

　著者からのひとこと
　このところ、急速に若い頃のひねくれた自分に戻っていくのを実感しています。できれば性格が悪くなるばかりではなく、若い頃のＳＦに対する情熱も取り戻せればいいのですが。

「フェイス・ゼロ」が掲載された「ＳＦマガジン」は、創刊五十周年記念特大号のＰＡＲ

Ｔ・Ⅱ「日本ＳＦ篇」で、山田正紀、椎名誠《しいなまこと》から上田早夕里《うえださゆり》、円城塔《えんじょうとう》まで十八人の新作短篇の他、吾妻《あづま》ひでお、とり・みきら六人のコミック、石川喬司、眉村卓ら十人の記念エッセイ、福島正実夫人・多賀子《たかこ》さんの特別インタビューと、盛り沢山《だくさん》の内容であった。

「火星のコッペリア」は二〇〇六年から〇八年にかけて更新されたバンダイビジュアルのWebマガジン「トルネード・ベース」に掲載され、〇八年九月にＮＴＴ出版から刊行された小松左京・監修、瀬名秀明《せなひであき》・編のアンソロジー『サイエンス・イマジネーション　科学とＳＦの最前線、そして未来へ』に収録された。

合同開催された「第六十五回世界ＳＦ大会／第四十六回日本ＳＦ大会　Nippon2007」でのシンポジウム「サイエンスとサイエンスフィクションの最前線、そして未来へ！」を再録し、パネリストとして参加したＳＦ作家、山田正紀、堀晃、円城塔、飛浩隆《とびひろたか》、瀬名秀明の新作短篇、小松左京のエッセイ（いずれも「トルネード・ベース」に掲載）を併《あわ》せて収録した一冊。

「魔神ガロン　神に見捨てられた夜」は徳間書店のＳＦ専門誌「ＳＦ Ｊａｐａｎ」の特集「手塚治虫《てづかおさむ》スペシャル」号に発表された。ＳＦ作家たちが手塚治虫のさまざまな作品を小説化する、というもの。〇三年五月にこの特集をベースにしたアンソロジー『手塚治虫ＣＯＶＥＲ【エロス篇】』『同【タナトス篇】』の二冊が徳間デュアル文庫から刊行され、「魔神ガロン　神に見捨てられた夜」は「タナトス篇」の方に収録された。ただし、なぜか徳間デュアル文庫版では副題の「神に見捨てられた夜」が削られている。

「魔神ガロン」は秋田書店の月刊誌「冒険王」に五九年から六二年まで連載されたSFマンガ。五〇年生まれの山田さんにとっては、幼少期にリアルタイムで接した思い出深い作品だった訳だ。

この作品の短篇集収録を許可してくださった手塚プロダクションに感謝いたします。なお、初出と文庫版に共通の「あとがき」は、著者の意向により、本書には未収録となっていることをお断りしておきます。

一九九五年から二〇一〇年という比較的近年の作品に、本来であれば出版芸術社の《山田正紀コレクション》に入れておくべきだった七〇年代の旧作一篇という構成になった。テーマも味わいも、同じ作家が書いたとは思えないほどバラエティ豊かな作品群であり、山田正紀の短篇の巧さを、改めて確認していただけるはずである。

本書には、《日本SF傑作シリーズ》という叢書《そうしょ》の特色から、SFと幻想小説に対象を絞って作品を選んだが、山田正紀にはまだまだ多彩な未刊行作品がある。本格ミステリ、時代小説、奇妙な味、ショートショート、少年もの（安彦良和《やすひこよしかず》のカラーイラストが付いたロボットSF！）、もちろん本格SFも、いくつも残っている。

これからも機会を見つけて、そうした作品を本にしていきたいと思っている。山田正紀ファンの皆さまには、ぜひ応援していただきたい。

フェイス・ゼロ

2021年6月25日　初版第一刷発行

著者 ……………………………… 山田正紀《やまだまさき》
編者 ……………………………… 日下三蔵《くさかさんぞう》
装画 ……………………… Adam Martinakis
デザイン ………………… 坂野公一《さかのこういち》(welle design)

発行人 ……………………………… 後藤明信
発行所 ……………………… 株式会社竹書房
〒102-0075 東京都千代田区三番町8-1
三番町東急ビル6F
email : info@takeshobo.co.jp
http://www.takeshobo.co.jp
印刷所 ……………………… 凸版印刷株式会社

定価はカバーに表示してあります。
■落丁・乱丁があった場合は furyo@takeshobo.co.jp までメールにてお問い合わせください。